ハヤカワ文庫JA

〈JA1474〉

マルドゥック・アノニマス 6

冲方　丁

JN092193

早川書房

8641

マルドゥック・アノニマス 6

バジル……ロープ状の物体を操るエンハンサー
ラスティ……錆を操るエンハンサー。ロックを殺害した犯人
トレヴァー……水分を含むことにより、皮下組織を変化させるエンハンサー
シルヴィア……体内でワイヤー・ワームを生成し、電気を発生させるエンハンサー
ジェミニ……電子的干渉能力を持つ双頭の犬
ナイトメア……再生能力を持つ黒い犬
シルフィード……姿を消す能力を持つ白い犬
オーキッド……音響探査能力を持つエンハンサー
エリクソン……手足の粒子状組織を変化させるエンハンサー
バルーン……強酸性の体液を操るエンハンサー
ハイドラ……体内で毒を生成するエンハンサー
ホスピタル……治癒能力を持つエンハンサー
ストレッチャー……擬似重力の能力を持つエンハンサー
ヘンリー……地面を掘る能力を持つエンハンサー
デイモン……肉体を移植する能力を持つエンハンサー
ショーン・フェニックス……バロットの兄
プッティ・スケアクロウ……通称スイッチ・マン。カトル・カールの生き残り
ダンスロップ・ザ・ビッグダディ……ルート44のボス
ペイトン・クック……クック一家の若頭
ランドール……宮殿《パレス》の新しい支配人
ジェイク・オウル……ファイブ・シャドウズのリーダー
ブロン・ザ・ビッグボート……フィフス・プラトゥーンのリーダー
アンドレ……プラトゥーンのメンバー。〈ハウス〉の運転手
ケイト・ザ・キャッスル……ウォーウィッチのメンバー
ハザウェイ……大ガラス
マクスウェル……ガンズ・オブ・オウスのリーダー
ベルナップ……八対の腕を持つエンハンサー
ダグラス……重火器と一体化したエンハンサー
イライジャ……ロボット昆虫の群を操るエンハンサー
ジョニー……神経系を支配するエンハンサー

■ネイルズ・ファミリー
アダム・ネイルズ……ファミリーのボス
ラファエル・ネイルズ……アダムの弟
ベンジャミン・ネイルズ……構成員、ウフコックの協力者

characters

■イースターズ・オフィス
(現場捜査、証人保護、法的交渉、犯人逮捕を行う組織)
ウフコック=ペンティーノ……万能兵器のネズミ
ドクター・イースター……オフィスのリーダー
アレクシス・ブルーゴート(ブルー)……体内で薬物を製造するエンハンサー
ウェイン・ロックシェパード……ウフコックの亡きパートナー
イーサン・スティールベア(スティール)……体内で爆薬を製造するエンハンサー
エイプリル・ウルフローズ……イースターの秘書兼パートナー。検屍担当
ダーウィン・ミラートープ(ミラー)……骨格を変化させるエンハンサー
ウォーレン・レザードレイク(レザー)……皮膚を変化させるエンハンサー
ウィスパー……合成植物

■オフィスの周辺人物
ルーン・バロット・フェニックス……ウフコックの元パートナー
トレイン……電子的干渉能力を持つエンハンサーの少年
サム・ローズウッド……スラム専門の弁護士
ケネス・クリーンウィル・オクトーバー……サムの依頼人。企業の内部告発を試みている
ベル・ウィング……元カジノディーラー。現在はバロットの保護者
アビゲイル・バニーホワイト(アビー)……ナイフを操るエンハンサー
メイフュー・ストーンホーク(ストーン)……高速移動するエンハンサー
トビアス・ソフトライム(ライム)……冷気を操るエンハンサー

■ウフコックの協力者
クレア・エンブリー……刑事
ライリー・サンドバード……刑事、クレアの部下
ベルスター・モーモント……市議会議員
エイブラハム・オックス……市警察委員
ヴィクター・ネヴィル……検事補
ダニエル・シルバー……シルバーホース社ＣＥＯ
レイ・ヒューズ……旧世代の元ギャング
アシュレイ・ハーヴェスト……カジノディーラー

■クインテット
(新たな犯罪集団とみられるエンハンサーのグループ)

ハンター……クインテットのリーダー。針状の武器を中枢神経に寄生させ、他人と感覚を共有する。三頭の犬を従えている

キドニー・エクレール……マザーたちから生まれた合成ベビー、通称〈エンジェルス〉の一人

■バロットの周辺人物
アルバート・クローバー……大学教授
ベッキー……バロットの友人
ジニー……バロットの友人
レイチェル……バロットの友人

■クォーツ一家
ベンヴェリオ・クォーツ……コルチ族の長老
ロミオ・クォーツ……ベンヴェリオの息子。コルチ族代表団の一人

■円卓（反市長派連合）
サリー・ミドルサーフ……判事。通称キング
ノーマ・ブレイク・オクトーバー……エンハンサー生産計画の実行者。通称キング
ハリソン・フラワー……弁護士事務所フラワー・カンパニーの所長。通称ナイト
ルシウス・クリーンウィル・オクトーバー……オクトーバー社財務管理部。ケネスの兄。通称クイーン
ドナルド・ロックウェル……銀行家兄弟の弟。通称ルーク
メリル・ジレット……十七番署刑事部長。通称ビショップ。ハンターに従う

■シザース
ヴィクトル・メーソン……市長
ネルソン・フリート……市議会議員
マルコム・アクセルロッド……連邦捜査官
スクリュウ・ワン……シザースの連絡役
ナタリア・ボイルド……シザースのゆらぎを司る少女

■楽園
フェイスマン……三博士の一人、〈楽園〉の最高管理者
トゥイードルディ……完全個体
トゥイードルディム……電子干渉を行うイルカ

■その他の登場人物
マーヴィン・ホープ……ホワイトコーブ病院院長
ドクター・ホィール……ヒロイック・ピルの生みの親ビル・シールズ、クリストファー・ロビンプラント・オクトーバー
ダンバー・アンバーコーン（コーン）……フラワーの雇う０９法案従事者
ウィラード・マチスン……メリルの部下
ピット・ラングレー……メリルの部下
トーチ……クインテットの拷問係
ゴールド兄弟……化学の天才。麻薬製造者
サラノイ・ウェンディ……三博士の一人、現在は植物状態にあるマザー・グース

ースターズ・オフィス側勢力】
フィスメンバー）
フコック
ースター
ー■
ク■
ィール
イプリル
ラー
ドー
ロット（非正規検診者）
イン
ビー
トーン
イム

警察、市議会、検察】
ア・エンプリー
イリー・サンドバート
イブラハム・オックス■
ィクター・ネヴィル

ンダーグラウンド関係者】
イ・ヒューズ
ダム・ネイルズ
ファエル・ネイルズ
ンジャミン・ネイルズ

力者】
ム・ローズウッド■
レスター・モーモント
ニエル・シルバー

頼人】
ネス・クリーンウィル・オクトーバー

■=死亡

対立
ウフコック拉致

【中立】

【楽園】
フェイスマン
トゥイードルディ
トゥイードルディム

表向き支援

ヴィクトル・メーソン市長
＝実はシザース
表向きは市長派。独自の勢力拡大をはかり、両陣営を陰でコントロールする

権力闘争

【クインテット側勢力】
（クインテットメンバー）
ハンター
ラスティ
バジル
トレヴァー■
シルヴィア
ジェミニ
ナイトメア
シルフィード
オーキッド
エリクソン
バルーン■
ハイドラ■
ホスピタル
ストレッチャー
ヘンリー
デイモン
ショーン・フェニックス
プッティ・スケアクロウ
ダンスロップ・ザ・ビッグダディ■
ペイトン・クック■
ランドール
ジェイク・オウル
ブロン・ザ・ビッグボート
アンドレ
ケイト・ザ・キャッスル
ハザウェイ
マクスウェル

【クォーツ一族】
ベンヴェリオ・クォーツ
ロミオ・クォーツ■

【円卓：反市長派】
サリー・ミドルサーフ

（オクトーバー社）
ノーマ・ブレイク・オクトーバー
ルシウス・クリーンウィル・オクトーバー

ハリソン・フラワー
ドナルド・ロックウェル
メリル・ジレット■

マルドゥック市勢力図

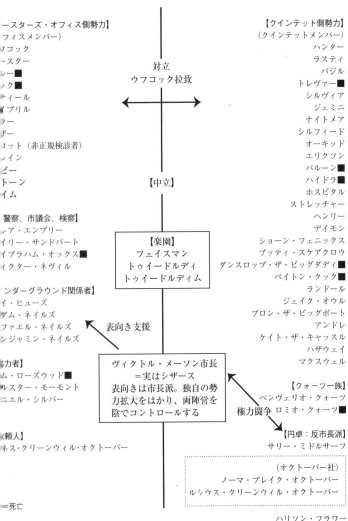

第六章

1

——最も新しい時間が始まった。

バロットはそのような予感じみた思いを抱きながら携帯電話を握りしめる手から力を抜いていった。

そして、この始まりを深く望み続けた数百日間のことを思った。それは結果的に、スラム出身にして法学生という二つの異なる世界を知る自分が、真に統合される期間だったといっていい。

経験した一つ一つが、そのように仕向けていったのだ。気づかぬうちに少しずつ。そしてその成果が実った証《あか》しのように六年のときを経て声を取り戻したまさにこのとき、一本の通話によって何もかもが試みられようとしていた。

ハンターからの連絡。

　これ以上の試金石などあるだろうか？　これこそイースターをはじめオフィスの全員がほぼ諦めていた交渉のとば口だ。

　決して逸すべからざる千載一遇の好機を無為にするか、あるいは最大限活《い》かしてウフコック救出へと見事つなげてみせられるかが、自分一人にかかっていた。

　それはつまるところ、これまで学んだこと一切が付け焼き刃に過ぎなかったか、あるいは真に心に刻まれ血肉に等しいスキルとして身についているか、通話が終わるまでには否応なく答えが出ているということでもある。

　バロットは、すぐさま携帯電話を録音モードにし、やんわりと尋ねた。

「ところでミスター・ハンター。どこでこの番号をお知りになったか教えていただけますか？」

　ジャブ代わりの話題。相手は電子戦のプロを抱えているのだから一介の学生が持つ携帯電話の番号を入手することなどたやすいはずだ。それでもあえて尋ねたのは、早急に確認すべき点があるからだった。

　すぐに、こちらの耳へ冷気を吹き込むような淡々とした声が返ってきた。

《気になるかね？　今どきの大学生にとっては重大な問題らしいな。プライバシーというやつは。だが現実問題、君たちは利用可能なあらゆるサービスでその番号が記録されることに同意しているのではないか？》

相手の圧力に反応して、自分の喉が緊張で息を詰まらせたがっているのがわかった。もうずっと経験のない肉体的な反応を、むしろ新鮮に感じながらバロットは言い返した。

「てっきり、どなたかに聞いたのかと思いまして。わざわざどこかに問い合わせたのですね」

《どのような答えがほしいかね？　たとえば、おれが今まさに使っている携帯電話にあらかじめインプットされていた、というのは？》

ブルーの携帯電話。

確かに、それを使っている可能性はある。オフィスによる追跡を全て封じたうえで。ブルーの首なし体が発見されたとき、所持品は奪い去られていた。戦利品をほしがったのではなくオフィスの情報を手に入れるためだ。

だが当然、オフィスの〈ウィスパー〉が遠隔操作で奪われた携帯電話の中身を綺麗に消している。バロットの電話番号が残っていたとは考えにくい。

ハンターが、ブルーの存在を示唆《しさ》する目的は、こちらの反応を見ることにある。

オフィスと敵対し、かつウフコックを拘禁し続けるハンターへ、バロットがどの程度、敵意を持っているかをはかっているのだ。

一方でバロットが速やかに確かめたかったのは——絶対にそうであってほしくないと思っていたことは——ハンター一味が、バロットの自宅に乗り込み、ベル・ウィングとアビーを拘束したうえで、電話をかけてきているかどうかだった。

その光景を想像するだけで戦慄させられるが、もしそうであったとしても、パニックを起こさずにいられる自信はあった。むしろそんな状態でパニックを起こしてしまうほうが恐ろしい。かえって暴力を誘発しかねないのだから。

とはいえ幸いハンターの言葉からして人質を取った様子はない。そもそもウフコックという人質が手中にあるのだから必要ないはずだ。

バロットは、心の付箋に書かれた「人質の有無」という確認項目に、「なし」と書きつけてチェックをつけた。

最初の衝撃からは、とっくに立ち直っている。意表を衝《つ》かれたのは確かだが、ただちに動揺を抑え、興奮を鎮《しず》め、思考を働かせることができていた。

視界良好《クリスタル・クリア》を保て。都市一番のロードキーパーから学んだ交通整理術の基礎を胸の内で唱えつつ、バロットはさらに尋ね返した。

「どのような経緯で手に入れた携帯電話かわかりませんが、今後このナンバーはあなたからの通信を意味すると考えてよいのですか?」

この連絡がどういったたぐいのものか探るための質問だ。一度きりのものか、それとも今後継続的に対話をする意思があるのか。

心の付箋には、すでにディスカッションの前提となる事実を書きつけていた。

ハンターは、オフィスの回線ではなく、わざわざ自分の携帯電話にかけてきた。退院前夜に。周囲に誰もいなくなったときを見計らって。こちらが声帯再生手術を受けるために入院していることも、その手術が無事に成功し、日常生活に戻るばかりであることもつかんでいる。

では、こちらの回復を律儀に待っていた理由は何か？

当然、会話に支障があっては困るからだ。ハンターは話をしようとしている。じっくりと、解体でもするように。あらゆる嘘やごまかしを退《しりぞ》け、事実だけを選《よ》り分けるために。かつて大学に突然現れ、ウフコックの正体について尋ねにきたときと同じだった。

問題は、この男が繰り返しそうする気なのかどうかだ。理想は、この通話が前置きに過ぎず、ディスカッションの場へこちらを引き寄せようとしていることだ。

ハンターは言った。

《いいや、そうはならないだろう。そのようにしてもいいが、多忙な法学生にたびたび電話をかけるというのは遠慮すべきことだろうからな》

やはり何度も連絡を取り合う気はなさそうだった。

「ご遠慮は無用です、ミスター・ハンター。有意義なお話は望むところですから。それはさておき、どのようなご用件か、うかがってもよろしいでしょうか？」

バロットは、我ながら滑らかに声が出ることに、ディスカッション・スキルと復活した声帯のどちらの点でも自信を感じ、積極的に核心へと踏み込んだ。

《電話でのやり取りではなく、顔を合わせて話したい》

さあ来た。対面への引き寄せだ。一方的な脅迫でもなければ、単純な事実関係の確認をしたいわけでもない。この男は何かの交渉を持ちかけようとしている。

「もちろん構いません。ただし、場所にもよりますが」

バロットは言った。こちらの身の安全をはからねばならないのは当然だし、何もかも相手にリードさせる気はなかった。

《おれと君が、どちらも安心して話せる場所に心当たりはあるかね？　なければ、こちらで用意させてもらおう。君にとって、それほど馴染みはないかもしれないが、少なくとも危険を感じることはそうそうないはずの場所を》

ハンターがどこを指定してくるか、ぴんときた。

バロットはすかさず言った。

「一つ、思い当たる場所があります。そこを管理している方が場所を提供してくださるかどうか、訊いてみなければわかりませんが」

《それは、どこかのオフィスかね？》

ハンターがそう尋ねることはわかっていた。〈イースターズ・オフィス〉が所有する建物は、確かにバロットにとって最も防御が期待できる場所だ。

しかしハンターを迎え入れるとなれば、周辺に〈クインテット〉のエンハンサーが大勢集まることになる。クレアが警察を動員することになるだろう。ごくつまらない何かがきっかけとなって一触即発の事態となれば、ウフコックの居場所を探るチャンスをふいにしてしまう。

そうしたことを防ぐための抑止力——言い換えれば、第三者の立ち合いが必要だった。同様のことをハンターも考えているはずで、バロットは相手に同意するようにして告げた。

「はい。フラワー法律事務所です」

意識して間を空け、反応を待った。

ハンターは異論を挟まない。黙ってバロットの言葉を待っている。

ビンゴだ。ハンターが指定するはずだった場所を、バロットが先に口にしたことで、互いに同意する流れになった。一方が指定し、他方が従うのではなく。

これでハンターは、たとえ万に一つもないと思っても、バロットがフラワーに根回しして味方につけていることを考慮せねばならなくなった。実際、バロットとフラワーの間にはローレンツ大学というハンターには馴染みのないパイプが存在するのだし、フラワーが本来、〈円卓〉に属するハンターの監視役だという事実からして、無視できないはずだ。

もちろんフラワーがバロット側につく可能性は限りなくゼロに近いとしても、ハンターは自分のオプションから非合法な拉致や監禁といった暴力的な手段を排除せざるを得なくなる。少なくともフラワー法律事務所のオフィスでそうしたことを強行すれば、フラワーからの報復を考慮せねばならなくなるだろう。

逆にそうしたオプションは、ハンターが実行する可能性がきわめて低いとしても、バロット側は必ず警戒しなければならないものだ。つまり、互いに理想的な拮抗状態に持ち込めたといっていい。

レイ・ヒューズの交通整理術と、大学で学んだディスカッションの、バロット・オリジナル・ブレンドだった。これで、〈イースターズ・オフィス〉を臨戦状態にさせず、最適なディスカッションの場を設ける目処《めど》がついた。

「あの事務所のカンファレンスの一つをお借りできればいいのではと。そう、あなたも考えていたのでは？」

念を押して尋ねると、果たしてハンターが同意した。

《その通りだ、ミズ・フェニックス。君は話がうまい。以前も思ったが、法学生とはいえ侮《あなど》れないな。その調子で、君のいう有意義な話をしよう。明日の十五時はどうかね？　君が退院してから六時間か七時間はある。それともその時間は、君にとって極めて重要な予定がすでに入っているだろうか？》

「いいえ、ちょうど空いていたところです。それでは十五時ちょっと前には、フラワー法律事務所にうかがいます」

《礼を言う。今夜は、使い始めたばかりの喉を休めておくといい》

「そうしたいと思います。おやすみなさい、ミスター・ハンター」

《おやすみ、ミズ・フェニックス》

通話が切れ、バロットはあとから、このような男とおやすみの挨拶を交わしたことに、ぞっとさせられた。人間のふりをしたエイリアンとそうした気分だ。

バロットは録音データに不備がないかチェックすると、ただちに〈イースターズ・オフィス〉に連絡した。ハンターに言われるまでもなく、もうその夜は喉を使わず、電子的干渉によってすべきことをした。

2

《ただちに対応する。場所からして罠の可能性は低いと思うけど――》

イースターが何を言うか予期しつつ、バロットは携帯電話に干渉した。

《もし人が消えたりしたらフラワーの事務所が大変なことになる。きっと、コーンを同席させて、絶対に何も起こらないようにするはず》

《それはそうだろうが、君一人で行かせることはないよ。決していいね》

《うん。わかってる。ありがとう》
　バロットはすんなりそう応じた。その点について議論する気はなかったし、ハンターも、必ずバロット一人で来なければ駄目だとは言わなかった。オフィスのメンバーがバロットの護衛につくと予期しているだろうし、ハンターとて同様に護衛されているはずだ。
《なぜハンターが君個人を呼び出したか、見当はつくかい？》
《ウフコックのことじゃないなら、彼自身のことかもしれない。レイが私たちをリバーサイド・ホテルに連れて行ったことも伝わってるはずだし》
《君がハンターをシザース呼ばわりしたのが発端だしな。そうなら、フラワーもコーンもあらかじめ話題を承知しているわけだ》
　これがライムなら皮肉が込められていただろうが、イースターはあくまで真面目に口にしていたし、思案げにこう続けた。
《だが今、君を口止めする理由がない。これまでハンターはずっと君を無視していたんだし。ウフコックについて君に尋ねたいことがあるのかもしれない》
　であれば突破口になる可能性は大いにある。イースターがそう考えて昂揚していることが口調から窺えた。だがその昂揚をバロットと共有しようとはしなかった。
《君は休んでくれ。クレア刑事が病院に護衛を手配してくれた。念のためミラーもつける。あまり休める気分じゃないだろうが……》

《大丈夫。明日に備えてちゃんと寝る》
《できる限りそうしてくれ。寝不足は手術した喉にも悪い。朝はミラーに家まで送らせる》
《ありがとう。おやすみなさい、ドクター》
《おやすみ、バロット》
通話オフ。やっとまともな相手と挨拶を交わせたという安心を覚えた。
窓のカーテンを少しだけ開けて地上を眺めていると、ほどなくしてパトカーがやって来て病院の駐車場に停まった。クレア刑事が配置した護衛だ。じきにミラーの車も来るだろう。
バロットは携帯電話のアラーム設定時刻を確認すると、ベッドサイドの充電コードにつないでサイドテーブルに置き、もうそれを振り返って見たりはしないと決めてベッドに入った。
試験前夜と同じだった。将来、出廷前夜も同様の眠りを経験することになるのだろう。精神が集中していたが、緊張と不安で眠れなくなるということはなかった。歯を食いしばってでも眠り、脳の力を最大限発揮できるよう備えねばならないのだ。
もともと寝付きが良いほうではなかった。寝る前に小一時間ほどベル・ウィングやアビーとカードゲームをしながら冗談を言い合っていると、かえって目が覚めてしまうのが常だった。満足してベッドに入るベル・ウィングや、安心しきったアビーの入眠速度たるや、バロットがようようスタートラインに立ったときには、二人ともとっくにゴールインしているようなものだとつくづく思わされるのだ。

しかしその晩は、首尾よく眠りのとば口にこぎ着けることができた。魂を虚無にひたしきり、おのれの血が下水溝に流れ込むのを見て、やっと安寧にひたることができた男がいたことを思えば、幸福としかいいようがない。そんなことを思いながら眠りに身を任せた。

その晩は、とりわけ良質な眠りにありつけたといってよかった。ふと目を覚ますと、カーテンの隙間から朝日が入り込んでいた。寝返りを打って携帯電話に手を伸ばして時刻を確認した。アラームが鳴り始める七時ちょっと前だった。

ベッドから出るとパジャマのまま歯ブラシと洗面道具を持って入院患者用のシャワールームに行った。シャワーを浴びてしっかり覚醒して戻ると、部屋のドアの脇で、ぱりっとした深紅のスーツと帽子と靴とついでにストライプのタイを身につけたミラーが、欠伸《あくび》まじりに体を伸ばしていた。

「おはよう、お嬢さん。きっちりお目覚めとは、日頃の生活の良さがあらわれてるな」

体じゅうをぐにゃぐにゃさせながらミラーが言った。天井を見ると、パネルが一箇所、僅《わず》かにずれていた。一晩じゅう、通路の天井裏に潜んで護衛してくれていたのだ。

「ありがとう、ミラー」

バロットが言うと、ミラーはその口元をまじまじと見つめ、それから非礼を詫びるように帽子の丸つばをつまんで頭を下げてみせた。

「こいつはすまん。どうも、お前さんの声ってやつを聞くたんびに、このぼんくらときたら熱いものが込み上げてくる始末でな。自分がエンハンスメントを受けて、好きなだけストリートをぶらつけることよりも、よっぽど祝福に値することだ。そうじゃないか？」

バロットはその問いかけには答えず、微笑みながら同じ言葉を口にした。

「ありがとう」

ミラーがどうぞと差し示す手ぶりに従い、部屋に入って身支度を調《ととの》えた。

荷物はほとんどまとめてあった。バッグにパジャマと洗面道具などを入れ、携帯電話を拾って充電コードをまきつけてジャケットのポケットに入れた。それから最後に、メイド・バイ・ウフコックのチョーカーを首につけた。必要があるかどうかではなく、習慣だからだとか勇気づけられるからといったことですらなく、そうすることで純粋に、しかるべき出で立ちを調えたという気持ちになった。

ウフコックを取り戻す。そのために全力を尽くすというモチベーションに、頭のてっぺんからつま先まで満たされていた。それ以外のものは、何もなかった。恐怖はない。緊張も、逸《はや》りも、怒りも、焦りも、悲しみも、まったくない。目的のためだけに発火し、青い炎を発するバーナーになった気分だ。

法廷に立つ法戦士《ロー・ウォリアー》のあるべきあり方。鏡を見ながらそう思った。そうした精神的な備えも十全に調えたうえで、ドアを開けた。

ミラーに荷物を持ってもらい、退院手続きを済ませた。病院のカフェでテイクアウトのサンドイッチとコーヒーを買い、ミラーの車に乗った。ミラーが完全に徹夜をしたのか、天井パネルの向こう側でもしっかり睡眠を取ることができたのか不明だったが、運転に危なげなところはなく、バロットは後部座席で安心して朝食をとりながらベル・ウィングと携帯電話でメッセージをやり取りすることができた。

帰宅すると、朝食中のベル・ウィングとアビーがすぐさま玄関まで出迎えにきてくれた。

「おやまあ、ようやくのお帰りだ。さあ、何か言うことはあるかい？」

にこやかに促すベル・ウィングと、目を輝かせて待ち構えるアビーに向かって、バロットは言った。

「ただいま、グランマ、アビー」

すぐさま二人が左右からバロットの身に腕を回し、きつく抱きしめてくれた。

「お帰り、バロット」

「お帰り、ルーン姉さん」

温かな腕が、バロットに身を置くべき場所を告げてくれていた。この温かさにこそ、あなたもまた身を置いてしかるべきなのだとウフコックに伝えたかった。そのための道筋をこれから作り出してみせるのが、自分の使命であるのだと。

アビーが率先してミラーから荷物を受け取って運んでくれた。バロットはベル・ウィングにいざなわれ、ミラーとともにダイニングの椅子に座り、朝の紅茶を振る舞われた。

それから、きちんとベル・ウィングに自分がすべきことを口にした。

「今日、これからオフィスに行かなきゃいけないの。ウフコックを助けるための手がかりが得られるかもしれないから」

「イースターから電話があったよ」

ベル・ウィングが言った。アビーは黙ってバロットを見つめている。バロットが何を言うにせよ、自分も行動をともにするのだという気持ちをアビーがみなぎらせていることは、誰の目にも明らかだった。

バロットは包み隠さず、これからすることをベル・ウィングとアビーに告げた。

「ハンターという男と会って、話をする。グランタワーの法律事務所のカンファレンスで。危険はないと思う。でも危険な相手であることはわかってるから、ドクターやクレア刑事がバックアップしてくれる」

「あたしも行くよ、ルーン姉さん」

アビーが言った。だから安心してくれというように、ベル・ウィングを振り返って強気な笑みを浮かべてみせた。

「あたしが絶対に、ルーン姉さんを守るから」

微笑み返すベル・ウィングに、バロットがゆっくりと落ち着いた調子になるよう気をつけて言った。

「レイに教わった、交通整理をしてくるだけ。何も心配ないから、グランマ」

ベル・ウィングは微笑みを失わぬまま、深々と溜息をついた。

「ああ、わかっているよ。あんたたち二人が、しっかりとお互いを守り合うってことはね。イースターだって、みすみすあんたを危険な目に遭わせたりはしないってこともわかってるんだ。それでも、やっぱり心配でね。それでつい、あの人に電話をしたのさ」

誰にそうしたかは明らかだった。ベル・ウィングがつい頼る相手といえば、このところずっと、バロットが教わった相手その人である、ロードキーパーしかいなかった。

バロットは言った。

「ありがとう、グランマ。私は大丈夫」

ベル・ウィングはうなずいた。

「レイもそう言っていたよ。それに、そちらの頼れる紳士もいることだしね」

黙って座っていたミラーが、ここぞとばかりにカップ片手に、ウィンクしてみせた。

「このうえなく万全だと言わせてもらいますよ、ビッグ・スピナー。さらにあなたが幸運の目を願ってくれれば、怖いものは何もない」

ベル・ウィングはまた何度かうなずいてみせ、バロットの手を取って言った。

「あんたの守護天使に通じる道を見つけてきな。あたしの心の全てを振り絞って、あんたの運がとことんあるべき方向へ回るよう祈っているからね」

バロットはベル・ウィングの手を握り、夜っぴて護衛してくれたミラーにそうしたように、重ねて同じ言葉を口にした。

「ありがとう」

そして、互いに相手を抱きしめながら誓った。

「必ずそうする。見つけなきゃいけない人を、絶対に見つけてくる」

3

バロットはアビーとともにミラーの車に乗り込んだ。道のりはスムーズだった。オフィスに到着すると、ロビーのベンチで待ち構えていたエイプリルが跳ねるように立った。

「ハイ、お嬢様方、ミスター・ダディ。どう、バロット？　喉の調子は？」

バロットはついアビーに似た口調になって言った。

「ばっちり。ありがとう、エイプリル」

「素敵な声」

エイプリルが、うっとりとなった。かと思うとすぐに顔を引き締め、きりっと言った。

「さ、検視室へ行って、念のためみておきましょう。アビーちゃんとミスター・ダディはちょっと待っててちょうだい」

バロットを引っ立てるようにして検査室へ行くと、声帯組織だけでなく、簡単な検診も行った。メイド・バイ・ウフコックのピアスがますます能力《ギフト》を封印できなくなっていることともちゃんと記録した。それからエイプリルはピアスを外させ、こう言った。

「この安全装置は大事に預かっておくわ。今日一日、あなたはエンハンスメントによる能《ギフ》力《ト》を合法的に行使できる。所長が手続き済みよ」

その途端、バロットの脳裏に、ひと夏の記憶が急によみがえってきた。

――ぶっとばしちゃいなよ。

今年ではない。前年の記憶だ。卒業旅行のときの。まだウフコックの働きについても、彼が連れ去られたことも、オフィスが痛烈な打撃を受けたことも知らずにいた頃の、悲嘆とは無縁だった楽しいひとときの思い出。

――駄目よ、ジニー。

バロットはそのとき同様、心の声にそう返した。だが、込み上げてくる闘争心が、こう付け加えるのを止められなかった。

——まだ駄目。今はまだ。

「完璧よ。何の問題もないわ」

エイプリルのお墨付きを得て検診を終えるとすぐ、エイプリルとともにイースターが待つ所長室に行った。何人もの男女が、壁を背にして立ち、あるいはソファに座るなどして、バロットを待っていた。

イースター、ミラー、スティール、トレイン、ストーン、アビー、ライムという、新旧両方のオフィス・メンバーに加えて、クレア刑事、レイ・ヒューズ、さらにはサングラスをかけたままのアダム・ネイルズまでが集合していた。

「ありがとう——」

バロットは全員に礼を言いかけ、はたと口をつぐんだ。スーツを着たライムがそこにいたせいだ。きわめて珍しいというより、バロットが初めて見る出で立ちで、つい見せかけではないかと疑ってライムの足元に視線に向けた。だがいつものサンダルはどこかにいってしまっており、なんとしたことかソックスと洒落た革靴がライムの両足を覆っていた。

「グランタワーにある法律事務所にどんな格好をして行くべきかってことくらい、おれにもわかる」

ライムが注釈するように言った。それで、ライムが同行するのだということがわかった。誰の指示であるかも明らかだ。バロットは、同じくスーツ姿のイースターを見て言った。

「ドクターとミスター・ライムが、私のエスコート役？」

　イースターが意気揚々とうなずいた。

「そうだ。そしてここにいる全員で、君を護衛し、バックアップする」

「ありがとうございます」

　バロットは改めて集まった面々へ礼を述べると、みなが力強い笑みを返してくれた。おのおのの務めを承知した者たちらしい、無駄口を叩かず、バロットの声を聞けたことが報酬だとでもいうような、あとはただすべきことを的確にしてのけるだけ、といった態度だ。

　イースターが、みなへ言った。

「オーケイ、最終確認だ。バロットの出発は、三時間半後。それまで、バロットと交渉チームは短時間かつ超特急で対ハンター・ディスカッション・プランを立てる。護衛チームは二手にわかれ、それぞれ事前警備および護送を務める。0《オー・ナイン》9法案に基づく任務であり、武器の使用とともにエンハンサーによる能力《ギフト》の行使を伴う可能性のある護衛として、法務局が承認済みだ」

　すでにブリーフィングは終えているとみえ、誰からも、自分はどちらのチームがいいだとか、武器の使用や能力《ギフト》の行使のための具体的な条件はどうだ、といった質問はなかった。

　イースターも、いいな、わかったか、といった確認の言葉なしに滑らかに続けた。

「ファースト・チームは、グランタワーまでの経路、現場、その周辺の事前警備に就く。

グランタワーの警備会社にも連絡済みで、優先的に協力を要請できる。徹底的に伏兵や罠の有無を調べ、該当エリアをクリーンに保つ。バロット到着から退去までパトロールを続け、有事の際は、バロットの脱出路の確保を最優先とする。リーダーはスティール、彼の指示に従ってくれ」

スティールが、にっこりと、いつもの血の通わぬ笑顔をみせつつ、今しがた紹介されたのは自分であり、くれぐれも他の人物と間違えるなというように手を挙げてみせた。

クレア刑事、レイ・ヒューズ、アダム・ネイルズが、うなずいて了解を示した。彼らとその部下が、ファースト・チームということだ。

イースターがうなずき、スティールの手を下ろさせた。

「セカンド・チームは、バロットの護衛だ。このオフィスからグランタワーへの移動、グランタワー内での滞在、グランタワーからこのオフィスまでの移動の三段階。どの段階も警戒を厳にし、ファースト・チームと協力し合い、バロットをこのオフィスまで無事に戻す。リーダーはミラー、運転席には彼が座るが、有事の際は〈ウィスパー〉による遠隔操作で運転が行われる」

ミラーがスティールに倣《なら》って手を挙げると、ストーンとアビーがサムアップを返した。

イースターが全員を見渡し、最後の確認の言葉を口にした。

「通信系統のバックアップは、トレインと〈ウィスパー〉が担当し、エイプリルが補佐する。電子的攻撃を受けた際は、防御用チャンネルにダメージを誘導する。慌てて別の通信機器を使ったりしないで復旧を待つんだ。質問がなければファースト・チームは即、行動開始だ」

「了解《コピー》」

スティールが率先して立ち、バロットに向かって、帽子の端をつまんで挨拶をするふりをしながら――スティールが帽子をかぶったところなど見たことがないのだが――万事任せておけ、という笑みを浮かべて出て行った。

クレアが後に続き、こちらはバロットの腕に軽くふれた。

「安心してちょうだい。あなたの安全は絶対に守るわ」

「ありがとう、クレア刑事」

クレアが意気込んだ様子で笑みを返して部屋を出た。

ついでレイ・ヒューズが、顔を引き締めてバロットに短く忠告した。

「クリアに、ソフトに。あるがままだ」

「イエス、マイスター」

レイ・ヒューズがウィンクし、颯爽と出て行った。

かと思うとアダム・ネイルズがわざわざ順番を待ってバロットに声をかけてきた。

「あー、一言だけだ。先の借りを返すチャンスが得られることと、でためにに勇敢な潜入捜査官を連れ戻せることを心から願ってるし、そのためにおれたちができることなら何でもやる」

「ありがとうございます」
「全部が上手くいったあかつきってやつがきたら、ぜひ一杯奢《おご》らせてくれ。成人したんだろう？」

バロットは、ご遠慮願いたい気分をいささかも隠さず、交渉前の昂揚のせいか、あえて身に着けてきたメイド・バイ・ウフコックのチョーカーを操作してこう返した。
《お気遣いなく。そのときがきたら、とは私は考えていません。今がそのときだと思って行動するつもりです》

覚悟と切望の桁がお前とは違うのだと暗に告げる強気な態度に、アダムがかえってにやりとなり、サングラスをつまみ上げ、好戦的な気分では決して負けていないという様子でウィンクしてみせた。
「その調子でハンターを叩きのめしてくるんだぜ、おれの妹弟子さん」

バロットも、これには思わず小さな笑みを返していた。

そうしてアダムも出て行き、イースターがドアを閉め、バロットに手振りで座るよう促しながら言った。
「さて。交渉チームの仕事を始めよう。セカンド・チームは時間まで待機だ」

「ここで邪魔にならないよう、あんたたちが言葉っていう弾薬を取りそろえるところを見学させてもらうさ」

ミラーが、どうする？　というふうに振り返ると、ストーンとアビーがうなずいて同席する意思を示した。特にアビーは、ベル・ウィングとの約束があるのだという様子でナイフを満載させたコートを身につけ、バロットのそばを離れようとしなかった。

ライムが、窮屈そうに首元のワイシャツのボタンをいじりながら、真っ先に結論めいたことを口にした。

「ハンターは読めない。だがやつの考えは読める。目的がはっきりしているからな。何度か顔を合わせたが、やつは基本的に行動の人間で、カオスの塊だ。読み解こうとするたび、落とし穴に落ちそうな気にさせられる。やつが自分の行動のために掘った穴にな」

「抽象的な表現ですね」

バロットは腕組みしてライムと向き合った。大学のディスカッションなら、もっとまともなことを言えと叱責されるところだ。

だがライムは、忠告はしっかり聞けといいたげな顔で淡々と続けた。

「しかもそれは引力を持った穴だ。やつは脅威を呑み込んで自分の力にしようとする。どんなに距離を取っても何かのきっかけであっという間に近づかれる。やつは君を重要な存在とみなした。引力が降りかかってくることを覚悟しろ」

「ハンターは、私をスカウトするつもりだとでも？」

「そんな穏便なもんじゃない。やつは必要なものを全て手に入れてきた。とんでもない量の血を流させて。今さら遠慮すると思うか？」

ウフコックの存在もふくめて、それは事実だ。

バロットは、妙に渋々とした気持ちにさせられながら、かぶりを振ってみせた。ライムが真面目に忠告しようとすればするほど、うるさく思えてしまうのはどうしてだろう。これがイースターならまだちゃんと納得するのに。そんな不思議な気分を味わいながら、

《では問題は、私の何を重要とみなしたか、ですね》

と喉のチョーカーを操作し、こう付け加えた。

《すみません。喉が嗄《か》れないようにしておきたくて》

イースターが、当然そうすべきだというように、うなずいて言った。

「僕とライムの推測では、まずウフコックを味方につける手段として、改めて君に着目したと考えられる。シザースのみならずどんな相手に対しても、ウフコックの嗅覚と変身《ターン》は優れた武器になる。この場合、君を人質にすることが最も簡単な手段だ」

《でもハンターはあらかじめ私とコンタクトを取り、私に警戒する余裕を与えた。その推測は違うと思う》

「そう。次に考えられるのは、ハンターが君を味方につけ、君にウフコックを使わせると

いう間接的な支配を思いついたということだ。この場合も、君の周囲の人物を人質にすることが最も簡単な手段となる」
《私がハンターと話し合っている間に、グランマや友達を誘拐するかもしれない。でも、もしその気なら事前にそうしていないとおかしいし、私が〈イースターズ・オフィス〉に助けを求めることを禁じているはず》
「実際にそうする必要はない。ブラフをかければいいんだから」
《それなら電話をかけてきたときにそうしてる。録音されることを恐れてそうしなかったわけでもない。過去の行動から、必要であれば躊躇《ちゅうちょ》なく人を脅迫する人物であることは明らかだから、その推測も違うはず。三つ目は？》
てきぱきとディスカッションを進めるバロットに、ミラー、トレイン、エイプリル、アビー、ストーンが感心しながら顔を見合わせた。
イースターも、ここからが本題だというようにいっそう真剣な顔になって言った。
「君がハンターをシザースとみなしたことに関する何かだ。君を脅すためにクォーツの兵隊が出動したのは事実だし、フラワーがハンターに、君を警戒するよう促したことは間違いない。そしてハンター一派は今、一触即発だという噂だ。メリル・ジレット刑事部長とその部下がまとめて惨殺されたことで、参下のグループは一斉に戦闘準備に入ったらしい。ハンターとシザースの抗争が始まったんだ。そんなときに自分をシザース呼ばわりした法学生のことを、ハンターはどう思うか？　普通に考えれば、永遠に黙らせようとするだろうね」
《なのに、わざわざ話し合いの場を設けた》
するとライムが神妙な顔つきで前屈みになり、むしろバロットの様子から答えを探ろうとするようにイースターのあとを続けた。
「君がどんな根拠をもって、ハンターをシザースとみなしたか。おそらく、やつが知りたいことはそれだ。シザースってのは、相当見つけることが難しいエンハンサーなんだろう。そんな連中の正体を見抜く手があるなら、何としてでも知ろうとするだろうな」
《その前に。ハンターは自分をシザースとは考えていないと？》
聞き返してみたところ、ドクターがまさかというような調子で言った。
「自分が抗争相手の一員だと認めるなんて自殺行為もいいところだ。今のところハンターがリーダーの座を追われたという情報もないよ」
《ハンターには自分がシザースではないという根拠があるってこと？》
ライムが、そこが論点ではない、というように吐息しつつかぶりを振った。
「あるかどうかが問題じゃない。君がシザースを正しく見つける手段の持ち主なら、相手がハンターだろうが誰だろうが、関係ないってことだ。むしろハンターは、自分はシザースではないという根拠を得る必要があって、君に白羽の矢を立てたのかもしれない。となると、君がしなくちゃいけないことは、ハンターの望みをかなえてやれるふりをすることだ」

《シザースを判別する手段を教える代わりに、ウフコックの居場所を聞き出す。それがあなたとドクターの基本的戦略ですね？》

「そうだ。ハンターが本当は何を望んでいるかによらず、有効な手だ」

《では、次なる問題は、そんな手段があるかどうか。ドクターにはある？》

　イースターが、口をへの字にして肩をすくめた。

「解剖すれば、特徴的なエンハンスメントの痕跡が見つかるかもしれない」

　そこへライムがかぶせ気味にして言った。

「シザースを生み出した博士は植物状態だ。その手段があるとしたら〈楽園〉だろう。なくても新しく開発できるかもしれない」

「そうすぐにはできないさ。シザース研究の場がこの都市に移行してから何年も経ってるんだ。この件で〈楽園〉は助けにならないよ」

　イースターが即座に否定するところをみて、バロットはまた別の懸念事項が存在することを察した。

　ライムが今回の件を〈楽園〉に結びつけようとしているのだ。能力殺し《ギフト・キラー》しだけでなく、シザースの件でも。それこそライムとイースターの間で、取引のみならず、せめぎ合いが生じているのかもしれなかった。

バロットは素早く思案し、言った。

《でも実際、〈楽園〉の存在がこの件で有用かどうか、考えなきゃ。ハンターが私から聞くことの裏づけを取ろうとしたら、オクトーバー社か〈楽園〉しかない》

イースターがむつかしげな顔で唸《うな》った。

「だとしても時間がなさ過ぎるし、僕らがうかつに協力を要請して、それを連邦の捜査官に嗅ぎつけられるのは非常にまずいんだよ。書類が残るようなやり方は絶対駄目だし、ことは水面下で行うべきだ。とことん息をひそめながら、ね」

バロットは少なからず驚きを覚えた。

これほど本気でイースターが何かを恐れているのを見るのは珍しいからだ。いつもならそうした秘密工作を自信満々でしてのけるのに。まるで、連邦という言葉を口にするだけで寒気がするというようだった。

連邦の捜査官。初めて聞く存在だ。また新たな、未知の懸念事項が現れたことを、バロットは注意深く心の付箋に書きつけた。

「おれがひとっ走りあちらまで行って、あんたと通信してもよかったんだがね」

ライムが言ったが、あまり本気ではないようだった。今から都市を出たのでは、どれだけ急いでも〈楽園〉に辿り着くのはおよそ半日後だし、イースターもそうした動きにはあらかじめノーを告げていたのだろう。

なんであれ、イースターとライムのせめぎ合いなど、これからのディスカッションに有益なはずがない。バロットはきっぱりと言った。

《シザースに関して〈楽園〉が持っていたデータなら、もう私がもらってる。前に行ったときに。それと〈楽園〉は私たちがこれからするような交渉ごとには無関心だから、彼らが喜ぶようなデータの提供がない限り、協力はしてくれないと思う》

ライムが肩をすくめた。バロットの意図を察して、ここは一歩退くと決めたのだろう。

「オーライ。おれが話を逸《そ》らさせちまった。じゃ、改めて考えよう。ハンターが納得するようなシザースの見抜き方を、どうでっち上げる？　まず、ルーンの能力《ギフト》に、そうした要素があると見せかけるのは非推奨だ。自分がシザース探知機だなんて、ハンターに誘拐してくれと言っているようなものだからな」

わざとイースターが賛成しやすいことを言っているのがバロットにはわかった。意見が対立しそうなことは厳に慎むというライムなりの意思表示。だがかえって、自分が望んでいることをあっさりうっちゃっておけるその態度に、バロットは妙に不信感を覚えた。別に今ここで、彼の真意を正直に話してほしいわけでもないのだが。

《過去の研究データを検証するうちに、ハンターがシザースである可能性が高いと判断したというのは？》

バロットが代案を口にした。というよりそれが事実なのだが、あえて二人が同意しにくいとわかっていて尋ねた。自分のエスコート役なら、二人とも内心で余計なことを考えていないで、こちらにもっと心を開いて情報を共有しろと言いたい気分だったからだ。特に連邦の捜査官についてバロットのほうの知識はゼロだった。

「ハンターなら、とっくに自分でやってるだろうな」

イースターがぼんやり呟き、ライムが言い加えた。

「ルーンならではの視点が必要だ。もっと彼女の話を聞かなきゃいけないとハンターに思わせる必要がある。なんだっていい。現実問題、ハンターがシザースだろうがなかろうが、シザースがどんなエンハンサーだろうが、おれたちの知ったことじゃないんだから」

だしぬけにストーンが口を開いた。

「ハンターもそうだ」

全員が、壁に背を預けて立つストーンを振り返った。

ストーンは、別に注目するほどのことではないが、全員が見落としていることが少しばかり気になった、というように続けた。

「ハンターには、なぜかシザースを屈服させて傘下に加える気がない。ストリートで、シ、シ、シザース狩りという言葉が広まっているが、ハンターが好む均一化《イコライズ》とかいうモットーをまったく聞かなくなった。以前は、〈ルート44〉であれ〈クック一家〉であれ呑み込もうという意思表示があったが、シザースに限っては、相手がどんな存在かも知ったことではなく、ただ排除する気でいる」

イースターがまたぞろむつかしげに唸ったが、先ほどのように話題を避けたいのではなく、どこにもはまらないパズルのピースを急に渡されて困惑している様子だった。

代わりに、それまで黙っていたミラーが言った。

「確かに、ここにきて急にシザースへの興味がわいたというのも変な話だ。それだけ手強い相手だと認識しただけかもしれんが。そうだとしてもバロットに答えを求める前にやるべきことはある。メリル・ジレットを襲った連中を追うとかな」

ライムが淡々と差し込んだ。

「やつの思考はいつだって謎だ。狩ると言いながら利用しようとしていてもおかしくない。やつは意図的に噂をストリートに流すからな」

ストーンが、片方の肩だけ小さくすくめてみせた。単に思ったことを口走っただけだから気にしないでくれというジェスチャー。ミラーも火のついていない葉巻を指先で回しながら、同様の態度を取っている。

だがバロットは気になった。それどころかクリアに保とうとしている自分の視界において逃すべからざる点を指摘された気分だった。

《そうです、ストーン。私はそれが、シザースの特徴ではないかと考えていました》

たちまち全員の目がバロットに向けられた。

《ハンターが興味を持っていて当然なのに、そうではないものが二つあります。彼自身のバックグラウンドと、彼が立ち向かおうとしている相手です。もし自分が、シザースで、共有人格という特異な世界に所属していると考えたとき、意識せずにすむことは？　まさに、その二つではないでしょうか？》

ライムが、手の平で額を拭《ぬぐ》うようにした。そんな爆弾発言を交渉の場で口にしたらどうなるかと考えているのだ。

「そいつはユニークな視点だ。自分が誰かと人格を共有できたら、なんてのはなかなか想像がつかないしな。で、君は持論をハンターに教えてやる気か？　お前はシザースだが、そのことに気づかないんだと」

《推論の過程を述べながら、あたかも根拠があるかのように語ることは可能です。一緒にシナリオを練ってくれますか？》

ライムが、バロットではなくイースターへ向かって、こんなふうに言っているがどうする、という感じで顔を傾けてみせた。

「なかなかよさそうな手だし、この通り、ルーンは理路整然と語る。聞くほうは説得力を感じるだろう。おれだってそう感じるんだ。どんなでたらめで相手を煙《けむ》に巻くかは問題じゃない。彼女の話に説得力があればあるほど、いつハンターやその取り巻きが彼女を殺して、、口を、、封じ、、よう、、とする、、か、、皆目わからないってのが問題だ。イースター所長。おれは彼女を行かせること自体、反対したくなってる」

イースターが口を開く前に、バロットが遮《さえぎ》った。

《殺さない。殺されない。殺させない》

イースターが唇を引き結んだ。困難な誓いを宣言させられると悟った者の顔だった。バロットはまっすぐにイースターを見つめた。

《私はあなたたちを信じてる。私のことも信じてほしい。必ず、ハンターからウフコックの居場所を聞き出す。私を行かせて。私を助けて》

イースターはバロットから目を逸らし、両手を組んでうつむき加減で考え込んでしまった。

ライムがソファに身を沈ませた。イースターの判断に任せるというのだろう。かと思うとライムの背後にストーンが立って、ソファの背もたれに手を置いた。アビーも立ち上がってストーンのそばに立った。

ライムがのけぞるようにして二人を見た。ストーンとアビーが、ライムを見つめ返した。

ストーンが言った。

「おれたちも、今ルーンが言ったことを守ってきた。違うか、ライム？」

アビーがにやっとした。

「あたしがルーン姉さんを守るから。あんたは自分を守ってなよ」

ライムが大きく息をつき、顔を戻して、イースターとバロットを見た。どうすべきかはさておき、何をすべきかは明らかになった、という様子で肩をすくませながら。

「オーライ。交渉の場じゃ、最初の二つはさておき、ルーンを殺させないことに全力を傾けよう。そうすれば、ハンターを怒らせて口を滑らせる手も考えに入れておけるからな。どうだ、イースター？」

バロットは、目の前の三人を見た。ライム、ストーン、アビーという頼もしいチームを。

いい。

イースターが顔を上げ、言った。

「よし。ハンターはシザースだ。それが真実かどうかはさておき、その線で押す。あくまでバロットがそう考えているだけで、我々は信じていないという態度をみせれば、ハンター側の敵意を抑えられるだろう。ハンターの反論は読めないし、読む必要もない。重要なのは、バロットの考えを聞くべきだとやつに思わせることだ。そこに焦点を絞り、あと二時間で、やつがウフコックの居場所を口にせざるを得なくなるシナリオを立てるぞ」

4

十四時に、スティールからイースターへ、異常なしの連絡が来た。そのときにはディスカッション・プランの組み立てを終え、エイプリルが頼んでくれたデリバリーのサンドイッチとフルーツジュースでみなエネルギーを補給していた。

《グランタワーまでの道に、クレア刑事がパトカーを待機させています。アダム・ネイルズが呼び出したネイルズ・ファミリーの若い衆とやらも、かなりの数が集まってくれたので、有事の際のしんがりを任せるにも十分です。道中の安全は確保しました》

自信たっぷりのスティールの報告に、ミラーが口笛を吹いた。

「グランタワー内は安全かい？」

イースターが念を入れて訊いた。

《地下からフラワー法律事務所のある二十二階までの全通路をチェック済み。危険物なし、伏兵なし。巡回を継続しますよ。管理センターと警備会社も問題なく協力してくれています》

「オーケイ。ありがとう、スティール。こちらは五分後に出発する」

《了解《コピー》。グランタワーのロビーで会いましょう》

イースターが電子眼鏡《テク・グラス》を操作して通信をオフにした。今しがたのスティールの声はデスクのスピーカーを通して全員が聞いていたので、座っていた者は一斉に腰を上げ、そうでないものはドアへと一足早く向かった。

エイプリルと地下から出てきたトレインが、通路でバロットに向かって親指を立ててみせた。

「ここで通信をしっかり見守ってるわ。グッドラックよ」

《いってらっしゃい。頑張ってウフコックを連れ戻してね》

バロットもサムアップを返した。ストーンとアビーとの間でだけそうしていたのだが、いつの間《ま》にか他のメンバーともそうするようになっていた。異常なし、出発進行。ロードキーパーの教えにも通ずるハンドサイン。

地下駐車場に降りたところで、イースターが立ち止まり、眼鏡のレンズ上に現れた何かを見ながら言った。

「やっと踏ん切りがついたらしい。交渉に直接参加するわけじゃないが、フラワーのやり口を誰よりも知っている人間が同席してくれる」

ミラーが自分の車に親指を向けた。

「この車で一緒に行くのか?」

乗車予定者は、ミラー、バロット、アビーだ。もう一人乗せるのは不可能ではないが、いざというとき守る人間が増えることを懸念しているのがわかった。

「いや。彼にはもう護衛がついてるし、グランタワーで合流したほうが早い」

イースターの返答で、バロットは誰のことを言っているのか、すぐにぴんときた。

ミラーも同じらしく、それは誰だとも尋ねずに運転席に乗り込んだ。

イースターもそれ以上説明せず、自分の赤いオープンカーに乗り込み、助手席にライムを招き入れた。

フラワーのやり口を知る人間。確かにその通りだろうとバロットは思った。身にしみて知っているうえに、今なおそのやり口を覆そうと悪戦苦闘しているのだから。

来たときと同じようにミラーの車の後部座席に乗ると、アビーがバロットの袖《そで》を軽く引っ張った。

「誰が来るの?」

バロットは、無意識にチョーカーに手を当てながら答えた。

《ケネス・C・O。私の大学の先輩で、この事件の始まりになった人》

その人物を守って、ウフコックは連れ去られたのだということを冷静に考えた。ハンターやフラワーがその人物にどのような反応を示すにせよ、疑問の余地なく、継続する対立関係というものを意識させることだろう。

バロットをスカウトしようという意思がハンターにあったとしても、その人物の存在が「NG」の意思表示代わりになる。バロット一人でハンターのプレッシャーにさらされることを防ぐための、イースターとライムが用意してくれた低反発の緩衝材といったところだ。

ストーンがバイクをミラーの車の横につけ、サムアップした。

ミラーが素直に同じサインを返さず、大げさな敬礼をし、火のついてない葉巻をくわえて車を発進させた。ドクターがミラーを追った。

地上へ出て、大通りへ入った。二台の車を、ストーンのバイクが着実に追ってきた。

道々で停車中のパトカーを確認するたび、ミラーがヘッドライトを明滅させて合図を出した。パトカーに乗る警官が、運転席から出した手を軽く振り返した。異常なしのサイン。実際に異常があるかどうかよりも、そうしてパトカーとやり取りをしているところを周囲に示すことが重要なのだ。もしよからぬことを企んでいる者が存在する場合、かなりの抑止効果となる。

だがミラーは油断はせず、陽気な鼻歌を披露しつつも常に周囲へ気を配っていた。アビーも同様だった。バロットは無意識に周囲を感覚するにとどめ、敵を探しはせず、このあとの対話に精神を集中させるため、じっと前を向いて静かな呼吸を繰り返した。

スムーズな進行。車はミッドタウンのノース・アヴェニューへ通ずる道を、無難に進んでいった。後続のイースターとストーンも同様で、なんの問題もなくグランタワーの表玄関側ロータリーに到着した。

ミラーが自分の肩越しに左手をぐにゃりと伸ばし、バロットへ拳を突き出した。

「いつでもとんずらできるよう、ここで待っててやる。好きなだけぶちかましてくるんだな、お嬢さん」

《そうしてくる》

バロットは自分の拳を軽く当てて外へ出た。アビーが素早く続き、バロットの傍らにぴったりついて鋭い目を左右に向けた。こういうときのアビーは、まぎれもない兵士としての才能だとバロットが思ってしまうほど、無駄のない機敏な行動をみせる。

気づけば背後にストーンがいた。表玄関の駐車場にバイクを停め、一瞬で移動したのだ。あらかじめ予約した駐車スペースへミラーが車を移動させた。いざというときエントランスから出てすぐに乗り込める位置だ。

イースターがロータリーでライムとともに降り、こちらはキーを車係に渡して駐車を任せた。

ライムがポケットに両手を突っ込んで周囲を見回し、それから頭上を見た。

「やけにカラスが多いな」

バロットたちがつられて見上げると、確かに黒い鳥の群が悠々と旋回していた。だがむろん、誰一人としてそれが脅威になるとか何かを意味しているといったことは考えなかった。当のライムも、余計な発言を詫びるように両肩をすくめてみせた。

「不吉だ、と言いたいところだが、大量の食い残しがゴミに出されてるだけだろう」

イースターが苦笑を返した。

「僕らが目当てで集まってるわけじゃないさ。きっとね。では、行こうか」

エントランス前の巨大な黄金の螺旋階段のわきを通り、そびえ立つ巨大な総合《コンプレックス》ビルであるグランタワーへ、そろって足を踏み入れた。

入ってすぐ、はるか頭上の吹き抜けへ虹色の飛沫《しぶき》を上げる噴水が見え、そのそばに、スティール、レイ・ヒューズ、クレア刑事、そして青年がいた。ケネス・C・Oだ。青ざめた顔に、痩《や》せこけた頰。だがその目は大きく見開かれ、バロットが抱いた印象をストレートに表現するなら、奮然と戦う意志を示している。

イースターが彼らへ手を振りながら近寄った。

「ご苦労さま。異常なしかな？」

スティールがうなずきながら、人数分の許可証をイースターに手渡した。

「今のところは。引き続き警戒にあたりますよ」

イースターが許可証の束を持ち、ケネスと向き直った。

「よく来てくれた。ありがとう」

ケネスの顔に、強《こわ》ばってはいるが、しっかりとした笑みが浮かんだ。

「こちらこそ。悪夢と向き合う、いい機会です」

それからケネスがその顔をバロットへ向けて言った。

「フラワーが差し出すものは書類であれ白紙の何かであれ、おれが目を通す。君はフラワーに返事一つする必要はない。いいかい？」

《はい、ケネス。ありがとう》

「今言ったばかりだけど、こちらこそだよ。おれを助けてくれた人を、おれも助けたい。ミスター・ペンティーノを」

そのときレイ・ヒューズがさりげなくエントランスへ一歩踏み出した。その動きの意味を機敏に察したストーンとアビーが、さっとそちらへ注意を向けた。

ライムがレイ・ヒューズのそばに来て呟《つぶや》いた。

「見たことがある。ハンターの車だ」

レイ・ヒューズがうなずいて言った。

「君たちが入るのを交差点の陰から見ていたんだろう」

バロットもそれを見た。ロータリーに今しも滑り込んできた、巨大な車を。

その真っ白い車体は、エントランス前に鎮座する黄金の螺旋階段に劣らず輝きを放ち、可能な限り大きく設置された車輛後部のスライド式ドアの内側は、今いるビル同様、総合的なシステムを備えていることがうかがい知れた。

間違っても乱痴気騒ぎが目的のパーティ・カーなどではない。証拠に、バロットはおのれの能力《ギフト》をもってしても容易に操作できないとすぐに判断したし、その車から発せられる高度に暗号化された信号を読み解くこともできなかった。

ウフコックが残した捜査資料では、〈ハウス〉と名付けられたハイテク・リムジン、すなわちハンターが座す、走る玉座だ。

その美しく光沢を放つ後部ドアが開かれるや、最初に現れたのはブロンドのポニーテールの若者と、カウボーイハットの男だ。二人がさっと辺りを見回しながら先行した。

ラスティ・モールトとオーキッド。バロットはウフコックのリストに記された名を心の中で呟いた。

若いラスティは、ウフコックを支配し、オフィスのメンバーであるロックを射殺した殺人犯だ。

オーキッドのほうは、バロットがリバーサイド・ホテルの森で見た人物であり、過去にミラーやレザーと銃撃戦を行ったガンマンだった。レザーの頭に弾丸を叩き込み、昏睡状態にした、銃撃犯。

ついで、真っ赤なロングヘアの女が現れた。額から左頬にかけてL字型の深い傷痕がある。

シルヴィア・フューリー。こちらもミラーやレザーと現場で闘争し、オックス市警察委員殺人犯と目されている人物だ。

そのあと現れたのは、馬鹿でかい黒い犬だった。ナイトメア。撃っても死なない犬。

褐色の肌を持つ巨漢がぬっと現れた。全身から武器を出現させるエンハンサー、エリクソン。

続いてその巨漢が盾となって守る男――ハンターが車を降りた。

その足元には、純白の体毛を持つスマートな体形をした犬が付き添っている。シルフィード。姿を消す猟犬。

それで最後ではなかった。ハンターのすぐ背後に、黒髪の昏《くら》い目をした男が現れた。他の面々同様、周囲に目を配りつつ、いざとなればハンターを車内に引っ張り込んで逃走できる位置についている。バジル・バーン。ハンターの腹心の部下。

車内には、おそらく双頭の犬であるジェミニが待機しているのだろう。

運転手は不明。自動運転の可能性もあるが、バロットの感覚は、人による操作だと告げていた。証拠に、バジルが、どん、と車体を叩くと、リムジンが後部ドアを閉め、専用の駐車スペースへと移動していった。

ハンターとその従士たち――〈クインテット〉の六名と二頭が、まっすぐエントランスを通過し、ロビーへ入ってきた。

「止まれ」

ハンターの静かな声が、ロビーに響いた。

噴水を背後にして立つバロットたちから数メートルの距離で、彼らが足を止めた。

バロットの前にレイ・ヒューズとライムが立ち、左右をアビーとストーン、すぐ背後をスティールとクレア刑事が固めていた。そしてイースターとケネスが、前へ出てライムの横に並んだ。

　対して、ハンターの前にラスティとオーキッドが立ち、右手にシルヴィアとナイトメア、左手にエリクソンとシルフィード、すぐ後ろにバジルがぴったりついている。

　二つの陣営が、互いに守るべき一人をがっちり取り囲み、一歩も引かぬ対峙の様相を示していた。

5

　バロットはウフコックとともに、がらんとしたエレベーター・ホールに立っていた。

　薄暗いそこで、ほとんど待ちぼうけを食わされているといってよかった。

　八階建てのニューフォレスト保健福祉センターこと〈スパイダーウェブ〉の二階から三階にかけて、集団同士の銃撃戦が激しく繰り広げられているというのに。さらに四階では、アビーとストーンが、ムカデ男とカブトムシ男という、きわめて異様で攻撃的なエンハンサー二名に追い回されるかたちとなっている。

　バロットとウフコックが一階で奇襲を試みた、マクスウェルとその盾である人間寄生虫は、〈イースターズ・オフィス〉で電子戦を担う〈ストーム団〉の情報によれば三階エレベーター・ホールそばのロビーで戦況を見守り、自身が打って出るべき頃合いをはかっている。

この敵集団に関しては、目的も行動も明白だった。

バジルたちに代わり、屋内にいる〈イースターズ・オフィス〉関係者を皆殺しにし、勢力としての自分たちを誇示する。そのために異なる戦法をとる部隊を順番に送り込む。軍隊顔負けの、秩序立った波状攻撃。

明白でないのは自分たちのほうだ。バロットはそう思いながらフラストレーションを解消するため、足音をたてないよう気をつけながら、その場でうろうろするということをした。勝利への道筋が曖昧であること。それがフラストレーションの一番の理由だった。

ライムが次にどんな指示を出す気かわからないのが問題なのだ。ハエ叩きを終わらせた次に、何をさせられるのか。現時点で、自分が何をしているのか。

刻々と変わる状況に合わせて指示を出すのだから仕方ないという理屈もわかるが、おおよそ何を考えているかくらい説明すべきではないか。わからないなら黙って待てという言い方には、少なからずプライドを刺激されるし反感を覚えて当然だという気分にさせられた。

ハンターとの交渉の場では、率先して攻めることができた。プランと即興を織り交ぜながら。ファイターとしての実感をとくと味わうことがプレッシャーをはねのける力にもなってくれたのに。これでは役に立たない傍観者に等しいではないか。
そんなじりじりする気分をウフコックに押しつけてしまわないよう、ゆるやかな呼吸を保とうとするバロットへ、ウフコックが言った。
「焦ることはない。そろそろ、ミスター・ライムのほうから呼びかけてくるだろう」
そうは思えなかったので、単にこちらの気持ちを汲《く》んで言ってくれているのだとバロットは受け取った。
「ごめんなさい。下の人たちがどうなってるか気になっただけ——」
《ルーン、勝手にどっかへ行っちまったりしてないだろうな？》
ライムからの通信。だしぬけに。いや、ウフコックが予期したとおりに。バロットは思わず目を丸くしながら応じた。
《こちらルーン。六階にいます》
《おっと、意外に素直だな。じゃじゃ馬がしっかりクールダウンしてくれたらしい》
《はい？》
たちまち屹然とさせられるのをよそに、ライムが知らぬふうで続けた。
《次のターゲットが決まった。もう少しエンジンを温めていてくれ》
《冷やすのですか？　温めるのですか？》

《敵の通信に注意しておけ。お喋りは終わりだ。仕事に戻る》

《ライム》

指揮を執るためのマイクの向こうでライムが表情一つ変えず通信を切り替えるところを想像して無性に腹が立った。こちらはエンジンを全開にする用意をして待っているというのに。

するとウフコックが感心したように言った。

「正面対決を避け、確実に損害を防ぐ考えだろう。それと、君がおれを気遣っていることを察して、考慮してくれているんだ」

「あの人が？」

実に疑わしかったが、ウフコックの言い方には確信が感じられた。直接ライムの感情を嗅ぎ取ったわけでもないのに。意外なことばかりのせいで、つい訊いていた。

「どうしてわかるの？」

「ずっと、人を観察していたからかもしれない」

その言葉には、とことん痛ましい気持ちにさせられた。そんな言葉で片づけられる生やさしい働きではなかったはずだ。果てしなく続く沈黙の日々。たとえ目の前で何が起ころうとも何一つしてはいけない。挙げ句にそれが死と隣り合わせの囚獄の日々となってなお、ウフコックは情報を集めた。観察することをやめなかった。

「君は傍観しているわけじゃない。一緒に出番を待とう」

ウフコックが言った。苦難のなかでも役目をまっとうした者の態度。バロットは泣きたくなり、すぐには返事ができなかった。やっとそうしたとき、じりじりする気分は綺麗に消えていた。

「ありがとう……私、まだたくさん、あなたから教わらないといけないみたい」

「人間なんだ。ネズミなみに早く成長する必要はないさ」

バロットはくすっと笑い返した。以前も似たような冗談を聞かされた気がしたが正確にいつかは思い出せなかった。ただ今のように喉を鳴らすことはできなかったはずだ。失われたものを取り戻せたという実感がさらに気分を落ち着かせてくれた。

そうするうちにも、階下で変化が訪れていた。

まず、二階で冷静に戦っていたアダムとその仲間たちが、いきなり騒々しくなった。

《埒《らち》があかねえぜ、兄ちゃんと姉ちゃんたち！　大人しくやるのはやめだ！　盛大に撃ちまくって、めいっぱい釘付けにしてやんな！》

破れかぶれといった銃撃が起こったが、もちろん戦況が一変するようなことはなかった。数人ごとに撃っては退いて弾を込めるということを、スピーディに、かつあまり狙いをつけず、せっせと繰り返すだけだ。対する〈ファイアリング・パーティ〉は変わらず粛々と応戦しており、アダムたちが強引に前へ出ようとすると、巧みに退いて引き寄せ、必殺の十字砲火の餌食にせんと機会をうかがっている。
このままではアダムたちが勇敢というより無鉄砲に突撃し、敵の銃火に引き裂かれてしまうのではないかとバロットは危惧した。
《やられた。救助する》
果たして誰かが倒れたらしく、バロットをひやりとさせた。
《くそ、一人撃たれた》
《こちらもだ。気をつけろ》
《おう、またやられた。ネイルズではない。後ろだ》
《いない。姿を消した。なんという手練《てだ》れだ》
一人また一人と倒れていることを告げる声が飛び交ったが、驚いたことにどれもアダムたちの声ではなかった。
アダムたちに気を取られた〈ファイアリング・パーティ〉の面々を、何者かが暗がりから的確に、容赦なく撃ち倒しているのだ。
バロットは、その人物が、巧みというのを通り越した神速の射撃でもって、無造作に電撃弾を見舞うさまを容易に思い浮かべられた。
レイ・ヒューズだ。アダムの攻勢はブラフで、ライムがレイ・ヒューズを投入するお膳立てに過ぎないのだとやっとわかった。

これに、三階にいたマクスウェルがただちに反応した。音もなく現れては消えるガンマンの存在が示唆されるや、きびすを返して階段を駆けおりていった。

《ボーイズ。そいつはお前たちでは歯が立たん。私が相手をしなきゃならん男だ。ストリートのロードキーパーを気取る、罰当たりのレイ・ヒューズめ。何十年かぶりに、ストリートの殺し屋だった頃のあいつに戻ったか、我が目で確かめてやろう》

この状況は、ライムが相手の戦術を流用した結果といってよかった。ネイルズに騒ぎ立てさせ、レイ・ヒューズに仕留めさせる。まさに〈ガンズ〉の〈ラバーネッカー〉、〈ファイアリング・パーティ〉、そして〈スニーカーズ〉の役目を再現したのだ。〈ガンズ〉の面々からすれば癪《しゃく》に障《さわ》るだろうし、自分たちのほうが優れた効果を上げられるところを見せつけたい思いに駆られもしただろう。

自分たちがよく知る戦術であるからこそ、レイ・ヒューズが彼らのいう〈スニーカーズ〉役であることを疑わなかったに違いない。レイ・ヒューズがわざと姿を見せ、マクスウェルと寄生虫男を、四階から遠ざけたとは考えなかったのだ。

《ベルナップ、ダグラス、イライジャ。お前たちで、そちらにいるエンハンサーどもをトロフィーにしてやるといい》

マクスウェルが、仲間のエンハンサーに通信すると、今度はベルナップが反応した。雄叫びをあげながら多数の手で撃ちまくっていた彼が、ぴたりと騒ぐのをやめたのだ。そして全ての手を静かに垂らすと、通路に仁王立ちになってこんな通信をするのをバロットは聞いた。
《ボス、ダグラス。イライジャが暗がりに潜んでから、何分経つ？》
《かれこれ十五分以上だ》
　とダグラスも足と射撃を止めて答えた。
《それだけの時間がありながら、あのシューターが一人も仕留められなかったなんてことが今までにあるか？》
《いいや、ない》
《ならなぜ、イライジャは今もって誰も仕留めていないと思う？》
《敵の手強いシューターに、逆に仕留められたのかもしれない》
《おれもそんな気がして仕方がないんだ。それと、この会話、あいつらに聞かれているんじゃないか？》
《きっと聞いているだろうな》
《なあ、ボス。おれとダグラスのこの会話は見当違いかな？　意外に敵が手強いせいで、おかしな空想をもてあそんじまっているとか？》
　するとマクスウェルが答えた。
《いいや、ボーイズ。お前たちの判断が間違っているとも、それは過剰反応だとも、言う気はない。通信は聞かれているだろうし、この建物の監視カメラもやつらのものだ。しかもここを管理すべきバジルときたら、とっくに逃げてしまった。こうしたとき、どうすべきか？　訊かずとも、お前たちならわかっているはずだ》
　ベルナップが、にわかに冷徹な調子で、一オクターブほど低くなった声で言った。
《好きにやる》
《そうだ。我が子らよ。好きにやれ。通信したければしろ。お前たち二人に、自由射撃《ウェポン・フリー》を許す。そんなことは決してないと思うが、もし仲間を撃ってしまうようなことがあれば、それはそれだ。トロフィーを得るためならば、あらゆる行いは許される。まことに引き金を引くのは、おのおのの指ではなく、苛烈な意志にほかならぬ。撃てよ、我が道のために。ということだ、ボーイズ》
《ありがとう、ボス。では、おれはここで通信を切る。暗がりに潜り、イライジャをやったシューターを仕留める。いいか、ダグラス？》
《いいとも、ベルナップ。おれがお前の分まで騒ぐとしよう。よい狩り《グッド・ハント》を》
《よい狩り《グッド・ハント》を》
　ベルナップが言った。一瞬であらゆる感情を失ったかのような、平淡で、どすの利《き》いた声音《こわね》だ。そして、あれほど狂喜乱舞して撃ちまくっていた男が、次の瞬間、沈黙の中へ消えた。

六階にいるバロットも、漠然と彼らの位置を感覚していたが、すぐにベルナップがどこにいるかわからなくなった。監視カメラや通信機器による位置特定もできないようだった。

役割の交代。囮《おとり》役の男が、忍び寄って撃つスキルの持ち主でもあったのだということにバロットは驚かされた。それだけのスキルがあるのに、仲間のため、あえて大騒ぎするという働きを担っていたのだ。また、自分たちの欲求に従ってめちゃくちゃに暴れているように見えて、彼らは実際のところ、きわめてチームワークに長《た》けているのだ。

彼らは集団で狩りをする。群で襲うのだ。それがよくわかった。どれほど特殊なエンハンスメントを獲得しようとも、彼ら一流の用心深さと、仲間とともに群をなそうとする態度を、決して失わない。群であることが、つまるところ彼らの最大の武器なのだ。

ライムもそれがわかっているから、群を離れた者から狙った。ハエ男のイライジャを。すぐに次のターゲットを選ばず、バロットという駒を温存していたのは、続いて群を離れる者が出るのをじっと待っていたからにほかならない。

つまり先ほどバロットに通信した時点で、アビーとストーンを追い回していたほうの片方が暗がりに消えると予期していたのだ。

さすがに舌を巻く思いがした。お前に足らないものはこれだと言われたような気分でもあった。先を読む力ではない。チームとして動くということだ。敵がみせたようなチームのための行動が、お前にできるのかと。

「さあ、彼の指示が来るぞ」
ウフコックが言った。バロットが心の中で抱いた驚きを嗅ぎ取っているのだ。声に面白がるような響きがあった。
《ルーン、勝手に撃ちまくりに行ったりしていないだろうな？》
《はい。指示をお願いします》
なぜか少し間があった。
《急に素直な態度をとられると、かえって君が怖くなるな》
バロットは眉間に皺を寄せて返した。
《指示を》
《向こうと同じようにやる。わかるか？》
《はい。自由射撃《ウェポン・フリー》ですね》
《そんなわけないだろ。何言ってるんだ》
うっ、と声に出して呻《うめ》いてしまった。ウフコックが何か言いかけ、バロットの気持ちを慮《おもんぱか》って口をつぐんだのが気配でわかった。
《まさか本気で言ったんじゃないだろうな？》
《いえ――指示を》
真顔になって返したが、途方もない恥ずかしさで頬が赤くなるのがわかった。

《思ったとおり、乱射ムカデがうまい具合に消えてくれた。暗がりとやらで一人ずつ消えていってもらう。君とアビーで叩きのめすんだ。ただしカブトムシの弾に気をつけろよ》
ハエ男の次のターゲット指定。バロットは、ここぞとばかりに確信を込めて言った。
《私が消えた相手を見つけます》
《そんなことは言ってない。見つける必要なんてあるか？》
またしても否定され、バロットは危うく途方に暮れかけた。こちらはとっくにそんな気分だというようなライムの溜息が聞こえた。
《君にチームワークを教えるのは、思った以上に骨が折れるな。まあ、おれが指示するまで、そこに突っ立っていてくれれば大丈夫だ》
《待ってください――》
通信オフ。
こんなふうにいたたまれない気持ちにさせる相手を認めたり好意を持ったりするのは、きわめつけに無理に違いないとバロットは思った。
代わりに、ウフコックに尋ねた。このうえなく素直に、情けなさを隠さずに。
「私、何を間違えてるの？」
「間違ってはいない。君とおれがしていることを仲間と一緒にやるということだ。やらなくていいことが増えるぶん、やれることも増える」

「仲間のために精一杯働くってことでしょう？」

「仲間と一緒にだ、バロット」

そう話す間に、階下で今度はストーンが姿を消した。

カブトムシ男の機銃掃射をめいっぱい引きつけたうえで、高速移動によって逃げたのだ。そして、ベルナップともども、バロットですらその行方を見失っていた。

カブトムシ男が構わず四つん這いで驀進した。通路を折れるなり、浮遊するナイフの群へ、口から生えた機銃が火線を迸《ほとばし》らせた。

銃身の激しい震動で白目を剝き、大量の汗と唾液を飛び散らせている。自分自身に拷問を施しているのか、はたまた恍惚《こうこつ》となっているのか、判然とせぬ様子だ。きっとその両方だろうとバロットは思うことにした。

火線は、通路で盾を形成するナイフに襲いかかった。だがあっという間にその盾が霧散した。ナイフの盾の向こうには誰もいなかった。火線の衝撃を受け流すようにしてナイフが散り、窓ガラスにぽっかり空いた穴から飛んでいった。

さんざん鬼ごっこを繰り広げていたカブトムシ男を、いともたやすく置き去りにし、アビーが宙を駆けていた。建物の外だった。一列に並べたナイフの腹の上を走っていくのだ。

エレベーター・ホールがあるあたりに来ると、ナイフで階段を作って一階分上がりながら、数本を窓ガラスに放った。

分厚い防風ガラスにナイフの切っ先を叩き込むのではなかった。ナイフの一つを巧みに操って、ガラスに円を描くように切り込みを入れてから、十二本のナイフをその円に沿って打ち込んだのだ。

バロットが呆れるほど巧みなガラス切り。アビーが悠々と通れるほど大きくて綺麗な円形の穴が空いた。円《まる》く切り取られたガラスは、宙を舞うナイフがちゃんと支えながら、音もなく床に下ろされている。

アビーに侵入窃盗の前科がないことを祈ったところで、バロットは先ほどライムが口にしたことの一つを理解した。

見つける必要があるか？　確かにそうだった。アビーがそっと入り込んだ五階のエレベーター・ホールの先に、階段があった。そのちょうど一階下では、バロットに気絶させられたハエ男が、体内に飼っていたハエの群と一緒に、床に転がっている。

ムカデ男は必ずそこに来る。仲間の状態を確認し、どんなシューターが仲間を仕留めたか、可能な限り情報を収集するためだ。

用心深くエレベーター・ホールを横切るアビーへ、ライムが言った。

《しっかり身を守れ。相手を仕留めなくていい》

アビーの返答はない。黙って何十本ものナイフを宙に浮かべて球状に配置していた。一部をセンサーに、一部を防御に、一部を攻撃に使うと定め、どこから来るかわからない敵に全神経を集中させているのだ。

バロットは思わず、両手の銃を思い切り握りしめてしまった。アビーにやらせるなんて。この自分をそこに立たせればいいのに。なぜ自分ではなくアビーなのか。心配のあまり胸の奥がきりきりしたが、何も言わなかった。いや、言えなかった。自分がアビーやライムの注意を奪うことで、万一にも危険な状態になることが怖かった。本当に、心の底から怖さを覚えていた。

自分とウフコックだけなら、こんな心配も怖さも抱かずに済むのに。

そう思ったとき、ライムからの通信が来た。

《アビーの近くにムカデ男がいるはずだが、彼女のレーダーに引っかからないようだ》

空飛ぶナイフが、アビーに情報を送ることはバロットも知っていた。大半は、どの位置にナイフがあるかという情報だ。それがなければ、うっかり自分を貫いてしまうだろう。それ以外にも、熱を持つものの存在や空気の動きなども、ナイフを通して感知することができる。

ナイフの群が誰もいないと告げるならば、相手はそのフロアにはいないのだ。

ではどこか。天井パネルの裏側に潜り込んだのかもしれない。エレベーター・シャフト内の可能性もある。あるいは〈イースターズ・オフィス〉の電子戦を担う〈ストーム団〉ですら把握できていない隠し部屋か通路が――

バロットの様々な思案を一蹴するようにして、ライムが指示を下した。

《ルーン、今すぐ窓から跳べ。ムカデ野郎が壁をのぼってくる》

6

ライトアップされた噴水が七色の飛沫を散らすグランタワーの瀟洒《しょうしゃ》なロビーで、バロットをふくむ八名と、ハンターをふくむ六名と二頭が、ものも言わず、視線を逸らさず、にらみ合いの状態となっていた。

さながらキングを守るチェスの駒が、盤上に整列して対峙しているようだ。

その一人一人が、相対する者たちの顔を見つめ、あのときのあいつだとか、こいつにはこんな借りがあるとかいったことに気づき、表情を変化させている。このままでは駐車場にいるミラーも、ほどなくして駆けつけてくるだろう。

豪奢なビルのど真ん中で、今にも、誰かが何かをしてしまいそうな緊張が張り詰めていた。大半が武器を所持しているどころか、能力《ギフト》を身につけたエンハンサーであるという事実が、いよいよ状況をのっぴきならないものにしているのだ。

レイ・ヒューズはただ黙って佇《たたず》んでおり、率先して交通整理をしようとはしていない。

そうすべき人間は誰か、暗に告げているのだ。

バロットは、自分がすぐさま決断すべきであることを悟った。これではいけない。わざわざ場をここに設定した意味がなくなってしまう。一触即発を避け、暴発を防ぐという目的に従って状況を整えるべきなのに。

どうすべきかは明白だった。バロットはハンターを見つめた。ハンターも同様だった。最初からバロットしか見ていなかった。

バロットは言った。

「こんにちは、ミスター・ハンター。またお会いしましたね」

するとハンターも、仲間たちに取り囲まれていることなど気にもせず、すぐ手の届くところに相手がいるかのように応じた。

「ごきげんよう、ミズ・フェニックス。こうしてまたお目にかかれて嬉しく思う」

全員がたちまち変化を示した。ボディガード役の自分たちが何かをする場ではないと察して、緊張を緩和させたのだ。とりわけバロットを護衛していた面々にとって、彼女が地声で話し始めたことは、交渉の始まりを告げる合図に等しかった。

「てっきり、もうカンファレンスにいらっしゃるだろうと思って急いでいたところです」

「いいや。申し訳ないが、御覧の通り到着したばかりだ。これから入館の手続きを行うので、先に上がっていてもらえるだろうか？」

「それでは先に二十二階へ行って、お待ちしたいと思います」

「ありがとう。すぐに行く」

バロットとハンターがうなずき合い、そして二人ともきびすを返した。

残り全員が、おのおのの役割に従い、機敏に動いた。

バロット側でロビーにとどまったのは、スティールとクレア刑事だ。

ハンター側でそうしたのは、エリクソンとナイトメアだった。

どちらも警備を行い、いざというときは脱出口を確保する役目についたのだ。

バロットたちがエレベーターに乗り、イースターが通行証を配った。

目的の階に着き、みながエレベーターから出た。

「私はこちらにいる」

レイ・ヒューズがそう言って、エレベーター・ホールから出たところにある窓際に佇んだ。高層ビルからの眺めをとっくり楽しみたいというように。フラワー法律事務所の入り口とエレベーター、そして非常階段が同時に見渡せる位置だった。

「クリスタル・クリアにな、ルーン。さっきの感じでいくんだぞ」

「はい、マイスター」

励ますレイ・ヒューズに微笑み返し、バロットはフラワー法律事務所の受付に向かった。

受付のそばにある待合室で、ストーンとアビーが立ち止まり、配置についた。

「おれとアビーは、ここで待つ」

「なんかあったらすぐ行くからね、ルーン姉さん」

バロットはサムアップしてみせ、二人もそうした。

受付では係の人間がわざわざカンファレンスまで案内してくれた。ついてゆくのはバロット、イースター、ケネス、ライムの四人だ。曇りガラスで仕切られたフロアを歩き、ひときわ大きなドアが開放された部屋を示すと、係の人間は回れ右をして立ち去った。

イースターが中に入ろうとした途端、足を止めていた。つられてケネスが意味もなくぎくっとなった。どうやら中に誰かいるらしく、確認のため部屋を覗き込もうとするバロットを、ライムが手振りで止めた。

「どうした、イースター」

「あ……いや。どうやら先客が、ね……失礼した」

イースターが、ネクタイを引っ張って締め直し、気を整えて入室した。ライムが続き、バロットとケネスが並んでそのあとから入った。

カンファレンス・ルームというよりどこかの屋敷の娯楽室じみた内装で、壁には瑪瑙《めのう》細工の飾り柱があつらえられており、バーカウンターを思わせる木彫りの棚に、会議用のプロジェクターとコンソールが置かれている。

中央には楕円形のどっしりとしたテーブルがあり、奥の右サイドで、二人の若い女性が布張りの椅子に腰掛け、入室したバロットたちを見ていた。

イースターがテーブルの左サイドに回り、ライム、バロット、ケネスと続いた。

「あー……君たちは、ハンターの……？」

イースターが女性たちに尋ねる横で、ライムが椅子の背もたれに両手を乗せ、一人を指さした。

「そうだ。そっちは、ホスピタルって呼ばれてる。殺し合いゲームをさせられていた頃、バスに乗っておれたちを検診して回ってた」

バロットは、ウフコックのリストにその名前があったことをすぐに思い出した。治癒の能力《ギフト》の持ち主。ハンターたちにとって命綱に等しい存在で、その身柄を確保したことでハンターは当初のゲームを制したといっていい。

スティールが入手した入院記録にあった名は——マリー・ブロッサム。

腰まで届く長い黒髪と、やけに白く透明な肌は、活発さとはほど遠い印象だった。ずっとどこかに閉じ込められていたかと思うほど華奢で、バロットよりずっと細く、小柄だ。生まれてこの方ずっと長期闘病中という感じの、とても他人の命を救う力を持つとは思えない、はかなげという言い方がぴったりの女性だった。

ライムはさしてホスピタルに関心を示さず、もう一人の女性のほうに遠慮なく声をかけた。

「そちらは、初めて見る顔だ。あんたも、例のゲームに巻き込まれたエンハンサーか？」

するとその女性はにこやかにうなずき、イースターに向かってこう言った。

「ケイト・ホロウです。私を覚えていますか、ドクター・イースター？」

あまりに唐突であったため、バロット、ライム、ケネスが一瞬、なんの反応もできず、それから驚きの目をイースターに向けていた。

イースターは、弱々しいと言えるほど優しげな笑みを女性へ返した。

「やっぱり……。ああ、覚えてるよ。昔の……オフィスのメンバーが、君を助けた」

「ええ。その方が亡くなって、私は壊れてしまいました。こうしてまともに話せるようになったのは、それからずいぶん後のことです」

「君は……施設からいなくなった。探したよ。ずっと捜索リストにあったが……」

「私も、自分がどこにいるのかわかりませんでした。私が誰なのかも。今はこうして誰かの役に立つことができています。あなたたちと、ハザウェイお兄ちゃんのおかげで」

「そうか……」

と呟いて、イースターが目を伏せた。

バロットは、女性が口にしたのは過去オフィスのメンバーだった誰かの名だろうと想像した。彼女を助け、不運にも命を失った誰かの。

その女性には、ホスピタルのような華奢そのものといった印象はなく、本人が言ったとおり、何か大事なものが壊れて失われてしまったような、虚ろな雰囲気があった。そのくせ妙な——妖しいとさえいえるような生気を発している。赤いワンピースに同色のストール、手袋。おそらく靴や下着まで血のような赤に違いない。

その容姿と雰囲気は、バロットにも否応なく、過去の自分を思い出させた。正確には、当時出会った様々な女性たちの中でも、壊れた自分の破片がどんなものであるか知り、ときにそれを武器にして大いに稼ぎながら、結局は正しく扱うことができず、自分を粉々にするしかなかった女性だ。

プリンセス。久方ぶりにその通称を思い出していた。大金を稼ぐ花形娼婦だったのに、あるとき客を縛り上げ、ありったけの銃弾を撃ち込み、大人しく捕まった女性。

ケイト・ホロウという人がそのたぐいであろうとなかろうと、バロットはハンターが意図して彼女をここに配置したことを疑わなかった。ちょうどイースターとライムが、ケネスをここに呼んだのと逆の意図で。

どれだけ対立していようとも、過去にさかのぼれば接点があり、オフィスが確執を越えてハンターに協力する理由があるかのように演出してのける。そういう存在だという仮定と、彼女もまたエンハンサーであるらしいことを、バロットは心の付箋に書きつけた。

そこでふと、通路を進む四人の男を感覚した。来るべき者たちがこちらへ向かっている。ドアを振り返りそうになり、咄嗟《とっさ》に思いとどまった。自分の能力《ギフト》のヒントを、ハンターの側にいる女性たちに与えるような挙動をしてはならない。そう自分に命じ、やってきた男たちのうち、このフロアのあるじといえるほうが開いたままのドアをノックするまで、あえてケイトに注目し続けた。

全員が——バロットは意識して最も遅れて——ドアを振り返った。

コン、ココン、とリズミカルにドアを叩くフラワーの傍らで、コーンがにっこりしながら立っている。

二人の後ろに、ハンターとバジルだけがいた。バロットを守る人々と同様、メンバーを各所に配置してきたのだ。

「オーケイ。お揃いのようだ。各自、席についてくれ」

フラワーが、ケネスの鋭い視線を完全に無視して言った。

バロットはフラワーに目を向けながら、久々に制限なしに感覚を広げた。

待合室では、ストーンとアビーが並んで座った椅子の正面に、わざわざラスティとシルヴィアが同じようにして並んで座っていた。

エレベーター・ホールにはオーキッドがいて、距離を取りつつレイ・ヒューズをちらちら見ている。オーキッドの足元に、姿を消したシルフィードが潜んでいた。

こうした感覚について情報を持っているのはコーンだけだ。そしてそのコーンも、ピアスをつけたバロットしか知らないはずだった。

今早くも自分が能力《ギフト》を発揮していることを悟られないよう気をつけながら、感覚する対象を、入室して席に着くハンターへと集中した。

そのバロットを、ケイトがちらりと見た。むろんバロットもその視線を感覚しているが、警戒を要するという印象は受けなかった。ただ、なぜか彼女が自分と話したがっている、という感じがしていた。

そのバロットに、フラワーが苛々した様子を隠さず声をかけた。

「おい君、早く座ったらどうかね？」

みなすでに着席していた。楕円形のテーブルを囲み、それぞれそこにしか座るべき場所はないというように。

バロットから向かって左から、ホスピタル、ケイト、ハンター、バジルの四人が並んでいる。それと対面するのは、イースター、ライム、バロット、そしてケネスの四人だ。

出口付近に――何かあれば一目散に逃げ出せる場所に――フラワーとコーンが座っている。

バロットは椅子に手をかけて引いたが、あえて腰を下ろさず、ハンターを見下ろすようにして言った。

「ミスター・ハンター。今、あなたを背後から撃とうとしている人がいます」

フラワーが不快感で顔を歪ませた。バロットが下手な弁論を始めたと思ったのだろう。

対照的にその隣のコーンは興味津々の様子だ。

イースター、ライム、ケネスは、バロットの先制攻撃を止めずに見守る構えでいてくれている。

ホスピタルとケイトが静かに様子を見ている一方で、バジルが眉間に皺を刻んでバロットを睨みつけたが、ハンターの眼差しに比べればいかほどのこともなかった。

バロットは自分を見上げるハンターの目の奥で、激しい唸りをあげる思考の渦を感じた。狂気とはほど遠く、それでいて恐怖を催させずにはおかない、無機質そのものといった眼差し。その途方もないプレッシャーを受けながら、バロットはただウフコックのことを思い、こう続けた。

「でも、あなたは気にもしないのでしょう。かつて戦地で、グッドフェロウ・ノーマン・オクトーバー氏に背後から撃たれたことと同様に。あなたは目覚めたあと、長い眠りについたのが誰のせいであったか気にもとめていないようですから。今まさに自分を撃とうとしている相手に、なんの関心も払わないのが当然なのでしょうね」

バジルがぎりぎりと歯を軋《きし》らせた。

「何を言ってやがる――」

ハンターが手振りでバジルを黙らせた。そしていよいよ強烈なプレッシャーを放ちながら、うなずいてバロットの発言を促した。

だがバロットはそこで口をつぐみ、おもむろに椅子に腰掛けると、改めてハンターを正面から見つめた。

ハンターは微動だにせず、バロットを見つめ続けている。

沈黙が降りた。

長々と、耳鳴りがするような状態になるまで、誰もが沈黙を放置し、向かい合う男と娘を見守り続けた。

7

沈黙を恐れないのは、ファイターである証拠だ。

それもローレンツ大学で学んだことの一つだった。クローバー教授をはじめ実践的なディスカッションを学生に行わせるとき、必ず教えるのが黙秘の価値と意味だ。

言うまでもなく黙秘はどんな事件においても一定の効果を発揮する。たとえ発言に法的責任が問われるような状況でなくとも、ノーコメントを貫くべきケースがほとんどだ。

意志の力で口を閉じない限り、人間はとめどなく言葉を漏洩するようにできている。誰しも理解と共感を求める気持ちは同じだからだ。その気持ちを抑え込み、しっかり黙ることに成功する者ほど、勝利に近づくことができる。

それはバロットが実際に経験したことでもあった。法廷のまっただ中で〝沈黙《サイレンス》〟を選択し続けたのだ。それが最終的に自分を有利に導いたことを、今では冷静に思い返すことができる。

黙秘は、勝利への道の過酷さを教えるものでもある、ということを。

当然ながら、黙れば黙るほど追及や尋問は苛烈なものとなる。非協力的な態度が、有形無形の攻撃を誘発するのだ。人は、ひたすら黙り込む者を、おのずと不気味で不快に思い、何か隠しているのではと考えてしまう。それゆえ攻撃が心理的に肯定され、こいつを叩きのめしてでも口を開かせるべきだと誰もが思いがちになる。

そうした攻撃を決して恐れず、徹底的に戦う覚悟が必要となるのが、黙秘する権利や守秘義務を盾にした戦術だ。戦えねば、黙ることはできない。それが法廷の現実だ。

無口《サイレンス》なルーン。

いみじくもベッキーがつけてくれたあだ名は、バロットの闘争的態度の証しでもあった。障害のせいで喋れないというだけでなく、沈黙することが戦うすべだった経験が、心に根づいているのだ。無力でほかにすべがなかったからこその経験。それが今のバロットに、ファイターとしての沈黙を与えてくれていた。

黙り込むバロットに最も不快そうな様子を見せたのはフラワーだった。呆れたように鼻を鳴らし、指でこつこつテーブルを叩く。一流の法律家《ローマン》として、ほとんど条件反射的にやっているのだ。ガードを固める相手に、ジャブを打って様子を見るように。

だが最初に沈黙を破ったのは、フラワーではなかった。

眉一つ動かさずじっとバロットを見つめるハンターが、おもむろに尋ねた。

「満足したかね？」

フラワーがテーブルを叩くのをやめた。

バロットは答えない。彼女の左右にいる男たちも微動だにしなかった。

ハンターが続けた。

「周囲の関心を惹き、注目を浴びることは、君のような年齢の者にとってはとても大事なことらしい。大勢から見つめられると、なにやら自分が輝いているような気分になるに違いない。おれが知る限り、優れた者ほど無用な関心を避けるものだが、若い君にそんなことを言っても仕方ないだろう」

バロットは意識してしっかり口を閉じたまま、脳裏で素早くメモを取った。

早くもハンターが、重要なキーワードを自ら口にしたのだ。関心。それは、この会合がなぜ実現したかを、逆に言えば、なぜ今まで実現できなかったかを端的に語っている。

「今おれは、君に関心を持ち、こうして向かい合っている。その点で君は、すっかり満足しているのでは？」

とんでもなかった。今のハンターの様子を感じ取れば感じ取るほど、かえって不可解な気分にさせられること甚《はなは》だしいのだ。

ハンターがまさに全神経を集中させてこちらの内心をあまさず読み取ろうとしているのが感じられた。この男らしい、対象の心身を分解して最適な形に組み立て直してやろうとでもいうような、途方もない関心の持ち方だ。

明らかにおかしい。これでは〈イースターズ・オフィス〉がリークした、グッドフェロウ氏による銃撃の件が、ハンターに伝わっていなかったとしか思えない。そんなわけがなかった。ある意味、情報収集魔のハンターを信頼しての作戦だったのだ。彼が聞き逃したり、周囲があえて伝達しなかったことなどあるだろうか。

ハンターは、リークされた重要な情報を完全に無視した。にもかかわらず、今のこの注目ぶりはなんなのか。

バロットは、相手が喋れば喋るほどその正体や目的がつかめなくなるという、ぞっとするような不安を表に出さぬよう気をつけながら、なおも黙り続けた。

相手から譲歩とその条件を提示してくるだろうことはおのずと読めている。イースターとライムの二人とともに短時間で何パターンものシナリオを検討した成果だ。最初に示される条件が、ひどいしろものであることも自明だった。

果たしてハンターが言った。

「沈黙は金なりというわけだな。ではこちらも、金に等しいものを示さねばならないだろう。君がこれから、おれの質問に正直に答えるならば、ウフコック・ペンティーノ氏の廃棄処分の訴えを取り下げよう」

イースターがあえて顔色を変え、やや身を乗り出すようにした。食いついたというように。だがこれはブラフだ。このあと大いに失望してみせるための。

バロットはここで初めて声を放った。

「ウフコックを解放するということですか？」

ハンターがゆっくりとかぶりを振ってみせた。物知らずな娘に、この世の成り立ちを教えてやろうというように。感情的なものはかけらも示さず、こちらがどんなシナリオを立てているか、あっという間に読みきってやろうという思考のプレッシャーを全身から放っている。

「彼は引き続き、合法的に拘禁される。だが死刑宣告は決して下されない。そのことを、ここで書面化してもいい」

まったくもってひどい条件だ。必ずそう言われると予期していたものの、実際に耳にすると怒りで体が震えそうだった。

死刑から終身刑にしてやるから話せというのか。真摯《しんし》に善なるものを求めて戦ってきたウフコックを、そんな選択肢しか示されない状態に陥れたハンターやフラワーへの熾烈な怒りがわき起こった。

席を立ちたいほどの怒り。だがこれもまた、こちらの反応を探るための攻撃だ。反応を引き起こしたうえで、効果的にノックダウンし、無力感を抱かせ、いいように操るための戦略だった。

バロットは言った。

「質問をどうぞ」

ハンターが端的に告げた。

「なぜ、おれをシザースとみなした？」

「自分自身のバックグラウンドへの極端な関心のなさといった、あなたが顕著に示す特定の傾向から、そのように推測したまでです。もうご存じかと思っていましたが」

しれっと返した。

お前がその程度の条件しか示さないなら、こちらもこの程度のものしか与えないぞという態度。

実のところ、今言ったことがバロットの手持ちのカードの全てといっていい。

だがこうしていきなり開示することで、それ以上の何かがあるに違いないと相手に思わせることができる。正直に話すことで、矛盾点を突かれることもなく、今後こちらは微動だにせぬまま、相手を疑心暗鬼にさせてやれる。かのハンター相手に、適当な嘘を信じ込ませることだってできるかもしれない。

かたやハンターは、最初に提示した条件がすでに最終通告だと思わせ、譲歩するときの価値を高めようとしていた。

譲歩とは何か？　これもわかりきっている。終身刑ないし死刑を宣告された者に与えられる僅かな自由、すなわち外部の人間との面会だ。様々な条件をつけて、ウフコックに会わせてやると言ってくるだろう。必然的に、ウフコックがどこでどのようにしているかを間接的に示すことになる。居場所を特定する情報をハンター自ら、あるいはフラワー自ら、口にせねばならなくなるよう、会話を進める。

それが、最も有効と思われるシナリオだった。

「おれに、君から詳しく話を聞く機会があったとは思えないな」

「そちらのミスター・フラワーとは親しいのでは？」

「彼も、君がどのように推測し、結論を導いたかはわからないそうだ」

バロットは腕を組んで肩をすくめてみせた。そんなのはお前たちの問題で、こちらの知ったことではない、と示すために。

そのとき、視界の隅で、まったく同じ動きをする者がいた。

ケイト・ホロウ。そういう名の女性だ。この会議室にはじめからいた二人の女性の片方が、じっとバロットを観察していたかと思うと、いきなり姿勢や仕草をコピーし始めたのだ。こちらを茶化したいわけではないだろう。それならもっと存在感を示すはずだ。

　そうした気配をみせない代わりに、ケイトの挙動はおそろしく精密だった。バロットの感覚が伝えるところによれば、ケイトはミリ単位といっていい正確さで、バロットの動きをその身に映し出そうとしていた。

　心のマッピングだ。

　バロットは久方ぶりに、今とは違うテーブルについていたときのことを思い出していた。変身《ターン》したウフコックを身につけて。彼から生き残るすべを授かりながら。

　カジノのブラックジャックのテーブル。そこで、ディーラーが人の心を読む方法の一つをウフコックから教わったのだ。

　視線、肩の位置、腕の置き方、脚の組み方。そうした仕草にあらわれる思考や感情を、あたかも地図に記すかのようにして記憶し、相手が今どんな状態かを読み取る。

　ケイトがなぜここにいるのか、バロットはその一瞬で悟った。

　イースターに協力を促すための心情的なスイッチというだけではない。生きる嘘発見器《ライ・ディテクター》だ。それがこの女性の役割に違いなかった。ハンターがわざわざ連れてくるからには、おそろしく高度なマインド・マップを組み立てるはずだ。もしかすると、心を読む能力《ギフト》を身につけたエンハンサーかもしれない。

　バロットは、うるさそうに首を左右に振った。頭の後ろで束ねた髪を、ちょっと振ってみたくなったというように。意味のない動作だ。相手が心をマッピングしにかかるなら、矛盾する情報を流し込んでやるのが基礎的な防御法だった。そのこともウフコックから教わっていた。ずっと前に。沈黙がこうして武器となり、盾となることをきちんと理解していなかった頃に。

果たしてケイト・ホロウの動作コピーに遅滞が生じた。バロットは自分の心とは無関係の、無意味な仕草を巧みに示してやりながら敢然と言い放った。

「私が今この状況で口にできるのは、ウフコックに関して、私が導いた結論がどのようなものであるかということだけです」

「ほう。ぜひ聞かせてほしい」

「あなた方の手に落ちて、理不尽な目に遭うくらいなら、廃棄処分になったほうが彼にとって幸福であるという結論です」

ハンターが僅かに目をみはった。彼の左右にいる男女も、これは意外な態度だというような微妙な表情の変化をみせた。

バロット側にいる人々もすかさず援護に出ている。イースターが大げさに目をみはり、ライムが眉根に皺を刻み、ケネスが法律家らしい無表情さでバロットの様子をちらりとうかがった。三人ともしっかり自分たちの役割を演じてくれていた。

ハンターが言った。

「それは君の本音ではなさそうだ」

バロットは、相手の言葉を、そのまま跳ね返して攻撃に用いてやった。

「私が本音を口にしているかそうでないか、そちらのミズ・ホロウに尋ねてみてはいかがですか？」

ハンターの青灰色の目が、ぎらりと光を放った。

ケイトがぴたりと動きを止め、信じがたいというようにバロットを見た。バロットはその視線を完全に無視した。

バジルもホスピタルも、ほんのかすかな表情の変化が、むしろ彼らの驚きの強さを物語っていた。しっかり無表情を保ち、驚きを抑えようとしているのが。

なぜわかったのか。それともケイトの特質を知っていたのか。そうした問いをハンターたちが一斉に呑み込む、ごくりという音が聞こえそうだった。もし問うてしまえば、バロットがブラフをかけてきていた場合、ケイトの特質についての具体的な情報を、間接的に示してしまうことになる。

他方、イースターたちはここぞとばかりに、バロットに同調してくれていた。口の端を上げてみせるなど、最初からケイトがいる理由を知っていたのだぞという態度をめいめい示してみせたのだ。

ケイトは微動だにしない。いや、できない。なぜ自分の特質を読まれたか、わからないからだ。

ここでまた過去の経験からの推測だといってやれば、さらに彼らを疑心暗鬼にしてやれただろう。だが代わりに、バロットはケイトに向かって、にっこりしてみせ、声もなく言ってやった。

ビンゴ。

ケイトが顔を青ざめさせた。

怒りか恐怖か、どちらのせいかはわからない。両方だろう。マインド・マップの巧手が仲間の前で逆に読まれたのだ。さぞ屈辱だろう。

一人倒《ワン・ダウン》した。バロットはケイトを見もせず思った。

ケイトはこれで戦力外だ。その特質を読んだからには、バロットは防御を万全にしているという前提でハンター側は考えねばならない。ケイトが正確にバロットの心を読もうと読むまいと関係ないのだ。ケイトがつかむ情報そのものに、消しきれない疑問符がついたのだから。

むろんケイトの役割は他にもあるかもしれないという可能性を、バロットは忘れていない。対面しているのは全員、一筋縄ではいかない人々だ。油断するな。ウフコックであればそう戒《いまし》めてくれたはずだと思いながら、改めてハンターを見つめた。

「他にあなたから、提案はないと考えていいのでしょうか？」

「いいや。絶対ゆいいつの条件とは考えていない」

ハンターがすんなり認めた。それどころか、フラワーを見やってこう言い加えた。

「当然、その場しのぎでもない。書面化し、法務局に提出する。優れた法律家の立ち会いのもとで」

フラワーが不快そうに口をへの字にしてみせた。

「私の事務所の名で出すなら、それなりのフィーをいただくがね」

「当然、おれが支払う。君に負担はさせない」

ハンターが、バロットに目を戻して親切めかしつつ言った。むしろ威圧感たっぷりといった様子で。

バロットも、ありがたいというように、うなずき返した。

そうしながら、おかしい、という思いをさらに強めた。ここでフラワーに何もかも任せるハンターではない。そもそも弁護士の助けが要《い》るなら、すぐ隣に座らせるべきだ。テーブル越しに声を交わせば、バロット側にその内容が筒抜けになるのだから。

そればかりか、改めて相手の陣営を眺めると、ひどく違和感を覚えさせられた。

初めてハンターがバロットの前に現れたときは、一人だった。

たやすい相手だとバロットのことをみなした、というのではない。むしろ護衛は万全といっていい状態だった。そのうえで、テーブルに一人でついたのは、それだけバロットが情報を得る隙がなくなるからだ。

　周囲に人が多くなればなるほど、ギャラリー・リークを引き起こす。そばにいる人間の表情の変化で、情報の真偽や意味がおのずと漏洩していってしまうのだ。

　それを防ぐには一人か二人で相対するのが最善だった。なのに、ぞろぞろと人を引き連れてくるとは何ごとだろうか？　ホスピタルについてはすでに治癒のエンハンサーだとわかっている。彼女を同席させるハンターは、衛生兵を連れ歩く将軍といったところだ。まさか今、負傷を恐れているわけではあるまい。それなら決して負傷してはいけないホスピタルをここに置くなど奇妙きわまることだ。

　意図不明の集団行動。このハンターらしからぬ行動の意図をつかめ。すぐに。そう心にメモしながら、バロットは言った。

「ご厚意に感謝します。あなたのそのご厚意に甘えて、一つお尋ねしてもいいですか？」

「なんなりと」

「あなたはなぜウフコックを求めるのですか？」

「優れたエンハンサーは、人であれそれ以外の存在であれ、おれが等しく求める相手だ」

「なぜウフコックなのですか？　あなた方を苦しめた分、彼を苦しめたいのですか？」

「いいや。君が勘違いをしているのであれば、それは違うと言っておく。おれは彼の能力《ギフト》を高く評価し、ともに均一化《イコライズ》を目指してほしいと思っている。また、彼のために、そちらのオフィスに勝るとも劣らぬ環境を用意できると断言しよう」

バロットは、よくわかった、というようにうなずいてみせながら相手の文脈をあえて無視してさらに尋ねた。

「あなた自身の魂の匂いを知るためですか？」

ハンターがいったん喋るのをやめた。彼の仲間が、バロットの言葉の意味を理解しようとするための間《ま》が空いた。

その空白に、バロットが言葉を滑り込ませた。肋骨《ろっこつ》の間にナイフを突き込んで、相手の心臓を貫くような気分で。

「あなたが本当は何者であるか、ウフコックであれば嗅ぎ取れるとわかっているから、なんとしても彼を生かしたまま拘束したいのではないですか？」

また間が空いた。先ほどよりも数秒ほど長く。彼らが衝撃を受け止め、あるいは受け流すために要した時間のぶんだけ。

つまり、ウフコックにはシザースかそうでないか嗅ぎ分けることができると言ってやったのだ。もちろんウフコックがシザースとそれ以外を区別できるかは未知数だ。問題は本当にそうであるかどうかではなく、説得力を持たせられるかどうかだった。そしてまた、自分が望む条件を相手から開示させられるかどうかだ。

「ウフコックは〈楽園〉という施設にいたとき、シザースのプロトタイプとなった人々と暮らしていたことをご存じですか？」

　だから日常的にシザースを嗅ぎ分けていたし、今もそうすることができるという言い方をしてやった。どうやら絶大な説得力を持ってくれたらしい。ハンターのみならず彼の側にいる全員が——フラワーやコーンまでもが——長年の難題を解決するすべを突然示されたような空気を漂わせた。

　バロットは、ここぞとばかりに、ハンターではなくそれ以外の人々を揺り動かし、ギャラリー・リークを狙って言葉を放った。

「ですがどうやら、ウフコックは今もあなた方への協力を拒んでいるようですね。あなたの信念や、それを生み出している思想が、ウフコックにとって価値のあるものなら、とっくに協力しているでしょう。あなたでは、ウフコックを協力させることはできません。彼の有用性を証明することにはならないからです」

　ハンターが笑みを浮かべた。

「君ならできるというわけだな」

　当然、バロットが目指すゴールを察しているのだ。ウフコックとの面会という手札がいよいよ出されるときだった。

　バロットはたたみかけた。

「はい。私が彼と話すことができるなら、彼と協力してあなたの望みを叶えられるでしょう。私が抱く確信と、彼の嗅覚があれば。あなたを疑心暗鬼から解放できます」

人々の目がハンターに注がれた。ただちに決断が下されるかどうか、ハンター側にいる者たちにも読めないらしいことがわかった。

だがハンターは、バロットが示す道のりに足を踏み入れてはこなかった。

「君とペンティーノ氏を会わせるべきか、今ひとつおれには確信が持てないようだ。君の考えをもう少し聞くことができれば、優柔不断な気分に踏ん切りがつくかもしれない」

弁護士顔負けの、何一つとして断定しない言い方だ。バロットは内心で舌を巻いた。

志願兵になるしか生活の道がなかった貧困層出身の元憲兵。そんな彼のプロフィールが妙にしっくりきた。きっとこの調子で犯罪者をじわじわと追い詰めていったのだろう。確実に証拠を積み重ね、捜査を充実させた結果、背後から弾丸を受けることになったのだ。

だがここでハンターが探ろうとしているのは犯罪の証拠ではない。彼自身に対する疑いの根拠だ。バロットが半ば直感的に抱いた疑惑や確信の全容を知りたがっている。

バロットはここでようやく、なぜハンターが大人数を引き連れてここに来たか理解する手掛かりを得た気がした。その手掛かりをどう活かすべきか必死に考えながら、質問で返した。

「あなたの思想は、本当にあなた自身が見出したものですか？」

「確信をもってイエスと答えることができる」

「もう一度、あなたの均一化《イコライズ》の思想を教えていただけますか？」

「要点だけにしよう」

断りを入れつつも、ハンターはバロットの要求に応じた。

「強制された価値を破壊し、全てが均等《イコール》になるよう再創造する。一部の市民を生まれながらの貧者とするシステムを崩壊させ、天国《マルドゥック》への階段の最下層から都市を震撼させる。そのために、おれはおれに苦痛を与える者とすらつらなる。苦痛を受ける価値もまた、均一化《イコライズ》されるべきものだ。都市のあらゆる犠牲者たちが、おのおのの苦痛を均一化《イコライズ》することによって救済者となる。おれを疑い、責め立て、虐《しいた》げ、辱《はずかし》めようとする者もまた、そうすることでおれを崇め、そのもの自身の均一化《イコライズ》によって救済されることになる」

ハンターが口を切った。確かに要点だけだった。しかも以前より確信の念が増している。あらゆる他者が自分と同等の存在になることに何の疑いも抱いていない。それこそ、こうして疑念をぶつけるバロットですら、いずれハンターの信者になると告げているようだ。

バロットは、じっくりと彼の思想について考えているというように口を閉じている。ハンターが不快に思っても構わなかった。彼をつき動かす思想について議論することなど、どのみち無意味なのだから。

問題は、その思想がどこから来たかということについて、いかにしてハンター自身に、かえりみるべきだと思わせるかだ。

そこへ、イースターがだしぬけに質問を飛ばした。

「君はクリストファーと会ったことがあるのか？」

ハンターの無機質な目が、イースターを一瞥《いちべつ》し、またバロットに戻された。いかにも外野は眼中にないといった感じだ。それでも、質問には反応を示した。

「誰のことだ？」

「クリストファー・ロビンプラント・オクトーバー。通称、〈ホィール〉」

ハンターはバロットへの集中を乱すことなく、小さくかぶりを振った。

「0 9《オー・ナイン》法案の生みの親であること以外には知らんな。それは、おれと彼女の会話以上に重大なことか？」

「全ての犠牲者は同時に苦痛の体現において喪われた救済者の相をあらわにする……。彼が、〈カトル・カール〉に殺される直前に遺した言葉の一部だよ。もう一つ。天国への階段《マルドゥック》の最下層から都市を震撼させる……。僕らが彼に言われた言葉とほとんど同じだ」

事前の打ち合わせにはない発言だった。バロットは内心で驚いていたが、ハンターを揺り動かす点で効果的であることは間違いなかった。同様の思想が第三者によって口にされたのなら、そのおおもとになるものはハンターの内側ではなく、外側にあることになるからだ。

だがハンターは、バロットからまったく目を逸らさなかった。意地になってそうしているというのではない。はなから関心を持とうとしていないことが感じられた。

「おそらくその男も、無の啓示を受けたのだろう」

ハンターがにべもなく言った。イースターが肩をすくめた。確かにそうだろう、というように。だがそうしながら最後にこう付け加えた。

「君を撃ったグッドフェロウは、クリストファーの兄でね。君とオクトーバー一族の因縁を感じさせられるよ」

ハンターが口の端を僅かにつり上げ、バロットを見て言った。

「因縁ということで言えば、君のほうが興味を抱いてしかるべきではないか？　グッドフェロウ氏が事故で死んだのは、そもそも君が君の事件を終結させたからだ。本来、イースター所長の同胞であったはずの人物、ディムズデイル・ボイルドを射殺することで」

いきなり投げ返され、バロットは危うく驚きをあらわしかけた。事件を終結させたから。その視点を、今初めて持たされていた。

眠らない男の死。まるでそれが、ある人物の死の契機となるばかりか、眠れる男の目覚めをもたらしたというように。

いや、もしかすると事実そうなのかもしれないという直感が閃《ひらめ》いたが、今ここで活用できるかどうかわからなかった。話に乗るべきかもわからない。ただの話の接ぎ穂に過ぎないものとして、脇へ置くべきだった。

「私の事件も、オクトーバー社が関係しているという点で、あなたの今の状況と類似しているということでしょう。あなたの思想的背景とは、どうやら関係ないようですが……」

だがそこでバロットは言葉を失った。

ハンターの眼差しが消えていた。いや、その無機質な目はじっとこちらに据えられている。にもかかわらず、目の光といおうか、焦点といおうか、ハンターが自分を見ているという感覚が、綺麗になくなっているのだった。

視線だけではない。そのことにバロットはすぐに気づいた。

激しく唸りをあげるような思考の気配。ハンターから発せられる何より強烈なプレッシャーが、跡形もなく消えていた。まるでハンター本人が一瞬でいなくなり、代わりに、彼そっくりの物言わぬ人形が、そこに座っているようだと思った。

そのときハンターはカンファレンスのテーブルに置かれたものに目を向けていた。

薄汚れた青と白のプラスチックの塊。クーラーボックスと呼ばれる箱だ。その蓋の上でビニールの肩掛けベルトが蛇のようにうねり、音をたてていた。

広々としたカンファレンスには、ハンターの他には誰もいなかった。今の今まで大勢いたという意識が僅かに起こったが、すぐにどこかへ消えてしまった。

クーラーボックスの肩掛けベルトがずるりとテーブルの上に落ちた。うねるそれをハンターは見つめ、それから手を伸ばして蓋をずらした。箱の中に、暗闇が見えた。心を呑み込むほどの深い穴だ。

その穴から、声が響きだした。

「点と点をつなげるなどということは許されない。我々が積み上げてきたものごとに輪郭を与えてはならない」

ハンターは空無《くうむ》に満たされながら、ヴィクトル・メーソン市長の声を聞いていた。

「ノーマ・オクトーバーがエンハンサー軍団の首魁《しゅかい》に据えた男の面目躍如か？　人格転写装置みたいな女の次は、我らの同胞であるディムズデイル・ボイルドを仕留めた娘を呼ぶとは。グッドフェロウが君を見込んだものの、結局は殺さねばならなかった理由がよくわかる。我々の慈悲深さと忍耐強さに感謝するんだな、スリーピング・ビル。君は速やかに会合を終わらせて席を立つ。そして今日こそ人格転写装置女を射殺する。目の前にいる娘は、いずれマルコム連邦捜査官が処理する。他に選択肢があると思うな、スリーピング・ビル」

ハンターは両手で蓋を持ち、それを箱の横に置いた。ベルトがうねり、しゅうしゅう音をたてながらハンターの腕を撫でた。

箱の中の暗闇から、猿のような雄叫びが放たれた。

「キキキキャァーアーアアーア！」

8

ハンターの目に、光が戻った。

思考の唸りが再び激しいプレッシャーとなってバロットに降りかかってきた。

バロットは、ほんの短い時間に起こったハンターの変化の意味を考えた。そうしながら、別の異変を目の当《ま》たりにしていた。ハンターのシャツの襟に、赤い染みが広がってゆくのだ。

傍らのホスピタルが、すっとハンカチをハンターに差し出した。

「どうぞ、ハンター」

ハンターが、奇妙な間を空け、バロットからホスピタルへ目を移し、そして差し出されたハンカチを手に取った。

「ありがとう、ホスピタル」

ハンカチを首の後ろに当て、そこからこぼれだした血を拭い、ホスピタルに返した。

それから改めてバロットに視線を戻し、言った。

「失礼した。話を続けよう」

バロットはとてもそんな気になれないというように、訝《いぶか》しげにハンターの顔を覗き込むようにしてやった。明らかに何かがおかしかった。それが何か、見逃すものかという態度を示したが、意外なことにハンターは何も否定せず、自分からこう口にした。

「どうやら君は今、おれに違和感を抱いたらしい」

バロットはむしろそう言われたことに違和感を抱かされた。ホスピタルだけでなく、ケイトとバジルも、ハンターを注視している。

やはりそうなのだ。

バロットは確信した。なぜハンターが大勢引き連れて現れたか。前もって二人の女性をこの会議室に配置しておいたか。

それは、ハンター自身を監視させるためだ。彼に異常が起こったとき、ただちに本人の注意を促す。そのために、ハンター側の面々はこのテーブルに着いているのだ。

あるいは、この自分も。そのためにハンターは自分を呼んだということを、バロットは完全に理解した。

「あなた自身に、能力《ギフト》を行使したのですか？」

「厄介なところに、腫れ物ができただけだ。お目汚しをお詫びする、ミズ・フェニックス」

ハンターが微笑んだ。見え透いたごまかし。

主に首の真後ろに、血中成分を針化させて打ち込むのがハンターの能力《ギフト》の使い方だ。容易に想像がついた。行使したその力が、何らかの理由で解除されたらしいことも。

ハンターは、自分自身を監視しようとしている。

先ほどの、何もかもが停止してしまうような状態に陥らないように。あるいはその状態になったことを自覚するために。

つまりハンターはすでに自分を疑っているのだ。その思想的な背景の根源を問い質《ただ》すまでもなく。肉体的な違和感のようなものとして何かがおかしいと察している。

「どうやら正直に話すべきらしい。おれは実のところ、君がおれの鏡となることを期待して、こうして話している」

バロットはすぐさま、どこまで相手が本気かを推し量った。そばにいるイースター、ライム、ケネスも同様だろう。

今起こったように見えた全てが、茶番の可能性もある。目的は不明だがバロットたちを煙に巻くため、一芝居打ったかもしれないのだ。

法廷で争う前の示談交渉においては、しばしばとんでもない悲喜劇が催されるものだ。突然、不治の病であるふりをしたり、女性が子どもを宿したかのように振る舞ったり、ひどいときには判事の目の前で、いきなり記憶喪失や心神耗弱《こうじゃく》に陥った真似をする者もいるのだ。

そのたぐいの茶番かどうか見当もつかない。ハンター自身が茶番だと思っていなくとも、一時的に精神をおかしくさせる能力《ギフト》の持ち主をそばに置いて自分をおかしくさせればいい。ホスピタルやケイトがその手の力を持っていないと断定することはできない。

いや――違う。

バロットの直感が、これは茶番ではないと告げていた。原理的に、そしてまた経験上、おかしいからだ。ハンターがわざわざ自分を呼び出して茶番をみせるとしたら、目的はバロットを操作することにある。ならば居並ぶエンハンサーたちをそのために使うはずだ。ハンターの行動原理が支離滅裂になる。ハンターは決してでたらめに動く人物ではない。何より、このような人物が精神を最も集中させるのは、命の危険にも匹敵する危機感があるからこそだ。

その点で、ハンターが放つプレッシャーは、何より信じることができる。

バロットは言った。

「私は昔、殻の中に閉じ込められていました」

ハンターが、いっそう食い入るようにバロットを見つめた。

「殻の中で、私は一度、死にました。閉じ込められたまま。そのときに声を失いました。それでも、生き返らせてくれた人たちがいました。肉体を。そして、心を。最後には魂を。全てを取り戻すため、力を貸してくれたんです。私一人では、決して叶わないことでした。あなたも今、同じように殻に包まれているのだと思います。あなたが思想の全てを見出したという、空虚な無の殻に」

たちまちハンターではなく、隣のバジルが不快と怒りに顔を歪めたが、何も言わぬままバロットを睨みつけるだけだった。

ハンターは何の反応も示さない。それこそ、また空無に満たされたかと思うほどに。だがその目の光も思考の唸りも、健在だ。むしろどちらも烈しくこちらに降りかかってくるようだった。

「もしあなたが今以上の空無《ボイド》で覆われるのであれば、今あなたのそばにいる大切な人を失うでしょう。あるいはもうすでに、あなたの空無《ボイド》の犠牲になって命を落とした人たちもいるのでは？」

ハンターに変化は見られなかったが、隣のバジルがやや反応を示した。顎《あご》に込められた力が抜けて真顔になったのだ。

当てずっぽうでもなんでもなかった。彼らに近しい、十七番署の署長や刑事部長が銃撃され、惨殺されたニュースが流れているのだ。その原因が、ハンター個人にあるかのような言い方をしただけだった。そもそもギャング集団の連合なのだから、他にも同様に処刑されたか、されそうになった人間が大勢いてもおかしくない。

ハンターが何も言い返さないのを確かめながら、バロットは続けた。

「防ぐにはどうすればいいか？　あなたから関心を奪っている何かが存在します。あなたにとってのあなた自身を、重要とみなさないよう強制する何かが。きっとあなたもそれに気づいているはず。私とウフコックなら、あなたを助けることができます」

相手の問題を一緒に解決する態度を示す。自分の経験や、ウフコックの存在を絡めて。口にしながら半ば気持ちのうえでもそうすべきだと感じていた。

これもバロット自身の経験に基づくことだった。かつて自分を殺そうとした男を守ることが、結局は、一番の勝利になったのだ。

何より、ハンターの心の貿易港は広大で複雑だ。カルト的な思想を打ち立てながら、常に貿易主義とでもいうべき態度を崩さない。自分のような一学生に過ぎない未成年の娘とすら、有意義とみなせば、余計なプライドなどかけらも示さず、取引しようとする。

黙って聞いていたハンターが、ふと口を開いた。

「おれは、何に対する関心を奪われた？」

「グッドフェロウ氏の死についてです。その話題のすぐあと、あなたは……奇妙な空白に包まれたように思えました。グッドフェロウ氏が死亡した日が――」

「あんたが、あのディムズディル・ボイルドを仕留めた日と同じってことだ」

いきなりの声。

誰もが眉をひそめ、声の主を見やった。

コーンが、つるりとした褐色の頭を撫でながら、にこにことみなを見返して言った。

「ディムズデイル・ボイルドの遺体は、エンハンスメントの副作用で崩壊し、炸裂した。彼の本当のボスだったグッドフェロウ氏は、その炸裂に巻き込まれて死んだんだろう？検視官と一緒に」

「コーン？」

フラワーがたしなめた。その声音に、バロットは意図的なものを感じ取った。

「リスペクトを示したいだけだ。何が言いたいかっていうと、君を尊敬してるんだ、ミズ・フェニックス。ああ、うん、すまない。黙っているよ。もう喋らない。続けてくれ」

コーンが巨体を精一杯すくめるようにしながら、せかせかした調子で言った。

なぜ彼はここで注目を惹こうとしたのか？　頭の隅で考えながら、別のことにも意識を引っ張られそうになっていた。

ディムズデイル・ボイルドの本当のボスだったグッドフェロウ氏は、その炸裂に巻き込まれて死んだ。眠らない男と、眠り続けた男が、その一点でつながっているのだという感覚が改めて迫った。だが今は、そのことに注意を振り向けるときではなかった。

「あなたは、この世から消えてしまったグッドフェロウ氏の存在を、どのように均一化《イコライズ》したというのですか？」

「無の中で。存在しないものとして」

ハンターは言った。

それから、テーブルの上にあるクーラーボックスに目を向けた。

今度は蓋が外れており、その上でベルトが縮んだり伸びたりしながら蛇のようにうねっていた。

「無駄だ、ハンター」

クーラーボックスの中の暗闇が、ヴィクトル・メーソン市長の声を放った。

その声はただちにハンターの意識を隅々まで支配し、停止させた。カンファレンスには誰もおらず、ただハンターと色褪せたクーラーボックスしかなかった。

「席を立て。君は以後、自分自身を調べたところで無駄だと判断し続ける。なお君の能力《ギフト》は今ここでスクリュウが封じる。なぜ急に能力《ギフト》が使えなくなったか君には見当もつかない。君がある種の不能になったことは〈クインテット〉が何としても守るべき秘密となるが、適切な時期に、あらゆるグループへリークする。リーダーの資格が問われるぞ。君が絶体絶命に陥ったところで能力《ギフト》を復活させる。奇跡の訪れのようにな。そのときには君の組織は半ば瓦解しており、君につくと決めた者の大半が世を去っている。君自身が招いた災いだ――」

突然、声が遮断された。

どこか遠くで、ハンターが衝撃を受けていた。精神ではない。肉体としてのハンターに異変が生じたのだ。

原因はバロットだった。

ハンターが先ほどとまったく同じ状態になったと感覚されるや、すかさず席を立って身を乗り出し、片膝をテーブルにつけ、相手の右の頬を思い切りひっぱたいたのだった。

ばしっ、というすごい音が響き、人々が驚愕で息を呑んだ。だがバロットはハンターの望み通りにしたまでだった。鏡として振る舞うこと。それがハンターから示された条件なのだから遠慮はいらなかった。

すぐさま護衛役の三人が立ち、おのおのがすべきことをした。

「何しやがる！」

バジルがハンターの盾となって、スーツの隙間という隙間から蛇の群のごとく電線を溢れさせ、バロットを拘束しにかかった。

ライムがさっと立ってバロットの胸元を左腕で抱き寄せ、力一杯、椅子のほうへ引き戻していた。そうしながら、革靴を履いた左足をテーブルに叩きつけるように載せ、半ばバジルに背を向けつつ、肩越しにワイヤーの群を見据え、能力《ギフト》を発揮していた。

電線の群が、バロットごとライムを拘束しにかかった瞬間、動きを止めた。たちまち冷気が漂い、電線の群に霜《しも》が下りていた。

三人目は、コーンだったが、こちらはフラワーを立たせていつでも能力《ギフト》を行使して逃走できるよう身構えたものの、自分たちには波及しないとみて、別段の行動に出ることはなかった。

「やめとけ、バジル」

全身に電線が接触した状態で、ライムが言った。

バジルが、手を懐に入れたところで動きを止めた。銃を抜こうとしたのだ。

「おれは身を守ってるだけだ。この電線たちを通して、お前の銃と弾を凍らせた。撃っても弾は出ないし、下手すりゃ暴発だ。お前の両手もフリーズドライになるだろうよ。ゆっくりその手を出してくれりゃ何も起きない。知ってるだろう、おれから攻撃することはないんだ」

能力《ギフト》を極端なほど防御に振り向けるもの特有の言い分。何もしない。何も起こらない。コーンと同じタイプのエンハンサーであり、この場にふさわしい態度であるとバロットも理解するものの、胸元に回されたライムの腕には、理屈抜きでものすごく腹が立った。

「いつまでそうしている気ですか。離してください」

怒りを発散するバロットから慌てて腕を離したライムのみならず、遅れて立ったイースターやケネスまで、びっくりして身を引いた。

その様子にバジルが眉をひそめ、ホスピタルとケイトまでもが立ち、もしや〈イースターズ・オフィス〉側は内紛の火種を抱えているのかと観察するといった間が空いた。

ライムが情けなさそうに眉を下げた。

「いい感じでおれを見直すところじゃないのか？」

バロットは知らぬふりで着席した。今や自分とハンターを除く全員が立ち上がっているさまに呆れ顔を作ってみせ、ぴしりと言った。

「座ってください。私はミスター・ハンターに危害を加えたいわけではありません」

宙で文字通り凍りついていた電線たちが柔軟さを取り戻し、バジルのスーツの内側へ消えていった。バジルの顔にはありありと困惑の表情が浮かんでおり、バロットとハンターの間で視線を行ったり来たりさせながら、懐から手を出し、椅子に腰を下ろした。

全員が、バロットではなくいまだ何の反応もみせぬハンターの様子を窺いながら座った。

ハンターが、うつむかせていた顔をゆっくりと上げ、頬にふれた。まるで今やっと、そこに衝撃を受けたことに気づいたというように。

バロットはその挙動を微細なレベルまで感覚した。脈搏から筋肉のこわばり、目線や唇の動きまで。つぶさに。

「無の中で。あなたはそう言いました。今、まさにその無の中にいたのではないですか？」

ハンターが、バロットに目を戻した。

「今のが、君のいう奇妙な空白か。どうやらずいぶん分厚い——空無《ボイド》と呼ぶにふさわしいものらしい」

「はい。わかりましたか？」

「何もわからない。だが……なるほど。もし銃口を向けられても、おれは何の関心も払わないままだった。そういうことらしい」

「ウフコックなら、あなたのその状態をとっくに嗅ぎ取っていたでしょう。あなたに協力的であれば、ですが」

「おれがあのネズミを得ようとした動機というやつに、おれ自身を知るという要素を加えたいらしい。大いに説得力を感じる意見だな、ミズ・フェニックス」

「あなたには、私が必要なはずです。なぜならウフコックは、厳重なプロテクトで守られているのですから」

「その点では君が必要とは思えない」

「なぜですか？　オクトーバー社の協力を得ているからでしょうか？」

バロットが、シナリオどおりの問いを口にするや、そこで意外な援護射撃がきた。

「ここで情報を開示するなら、おれに秘密保護法を適用した書面を、オクトーバー社と交わしてもいい。この件にオクトーバー社が関わっているのなら、だけど」

ケネスだった。バロットは危うく驚きの声をこぼしかけ、あえて当然だという顔を保った。

このうえなく効果的な爆弾発言。さしものハンターですら、ケネスに目を向けざるを得なかった。フラワーなど食い入るようにケネスを凝視している。さすがクローバー教授のクラスでトップを取ったというだけはある、模範的かつ驚天動地の提案だった。

秘密保護法を適用するとは、ケネス自ら、オクトーバー社の内部告発につながる一切を封じるということだ。事件の発端となったケネスとその恋人の一件もふくめて。ケネスの子をやどしていた彼女が、仕組まれたであろう車輛事故で何もかも失ったこともだ。

今のケネスにとって全てといっていい報復のすべを、残らず放棄してまで協力してくれるとは、イースターとしても想定外だったに違いない。今後のオフィスの活動にどの程度影響を及ぼすか素早く考え、ケネスを制止すべきかどうか決断を下さねばならないところだ。

イースターは開きかけた口を閉ざした。少なくともこの場でケネスを止める手はないということだ。

ケネスの向こうにいるフラワーが、急に爪をほじり始めながら肩をすくめた。

「まあ、そうしたことは、今ここで話すべきではないな。後日、私が話を聞こう」

フラワーが見事に食いついた。精一杯、関心がないふりをしながら。よい、よし。

ハンターも何も言わない。よい、よし。

情報を開示したも同然の態度。

オクトーバー社がウフコックの合法的拘禁に全面的に荷担している証拠などバロット側は何もつかんでいなかったが、今ここで彼ら自身が、交渉の材料としてふさわしいことを認めたのだ。

ウフコックを守るプロテクトという技術的な面で攻めるというシナリオを立てたのはイースターだが、それを法的な面にすり替え、間接的に情報を引き出したケネスのスーパー・ファインプレーだった。

オクトーバー社は間違いなく、ウフコックを閉じ込めるための施設なり技術を提供している。であれば、なくてはならない技術者の存在が、秘匿の壁を崩す綻《ほころ》びとなる。この機を逃してはならなかった。バロットはただちに言った。

「ミスター・ハンター。プロテクトの解除が実行されてなお、ウフコックの全面的な協力が得られないのであれば、私が必要であることに疑いはないはずです。解除を実行した人物が誰であれ、その人物はウフコックの信頼を得るには至っていないのでしょう。私であれば、その人物に助言を与えられます」

ハンターの目が、ちらりとフラワーを見た。

確認をするための視線。テーブル越しに大声で相談できないがゆえの。

「喋る必要はないぞ、ミスター・ハンター。あとは私たちに任せろ」

発言を封じた。カードを開かせないという選択だ。

しかし代わりに、フラワー自身が、あからさまにカードを開いていた。

私たち。

バロットは、フラワーの隣にいるコーンをひたと見据えた。

「プロテクトの解除は禁じられた科学技術の一つです。行使するには権限が必要です。この部屋にいる誰かがそうしたのですね？」

たちまちコーンが目を白黒させながら声を漏らした。

「おう、くそ」

雄弁な肯定。

自分など注目を浴びるに値しないと、巨漢をわざわざ萎縮してみせようとしていた。

だがケネスが容赦なく言った。

「彼が委任事件担当官として、同じ担当官の廃棄処分が適切であるとする書類にサインしたんだ。それならウフコック・ペンティーノ氏への迅速な処置も納得できる」

バロットもそれに乗って、苛烈な眼差しをコーンに向けてやった。

「あなただったのですね。ミスター・アンバー・ダンバーコーン」

コーンが目を潤ませるほど震え上がる様子をみせて言った。

「おう、ボス、あんなこと言ってますよ」

「黙ってろ。何も喋る必要はないぞ、ミスター・コーン」

フラワーがカードを伏せるよう促した。わざわざおおっぴらに開かせておきながら。カジノならゲーム無効が宣言されているところだ。

　しばらく前の自分なら完全に騙されていたかもしれないとバロットは思った。いや、たとえ今の自分でも、隣にいるケネスが、わざわざコーンを糾弾するような真似をみせてくれねば、そうされていた可能性はある。

　コーンは囮だった。だから、ここにいるのだ。ウフコックの移送に関する書類にコーンがサインをしたのは事実だろう。だがその後、管理一切を別の人間が請け負っているはずだ。その間に、わけのわからない書類をどっさり仕込んだうえで。

　フラワー一流の隠匿戦術。なんのためか。オクトーバー社そのものを守るためでもない。ウフコックはすでにプロテクトを解かれている。

　そうしてのけた技術者を守るためだ。

　もう少しだった。あともう少しで、答えが手に入る。バロットは言った。

「私も、秘密保護法を適用した書面を交わす用意があります。ミスター・ハンターの病状について、今後、一切公言しないと――」

　これに、ハンターではなく、傍らのバジルが噛みついた。

「ハンターは病気じゃねえ」

　バロットは詫びるようにうなずいて、言い返した。

「ミスター・ハンターの状況について、今後、誰にも何も言わないことを約束します」

　すると、またしてもフラワーが乗ってきた。

「あー、君が二度とここに来てわけのわからないことをわめき散らさないというのは、大助かりだな。これも後日、私のほうで手続きをしよう」

かったるそうな態度とは裏腹の、前向きな姿勢。

ハンターは席を立たない。交渉の余地がまだある証拠。

「ミスター・ハンター。あなたには、私が必要なはずです。そしてまた、〈イースターズ・オフィス〉の存在そのものが。なんといっても、ウフコックの信頼を得るには、彼の検診を行い、データを理解できるほどの知識と経験の持ち主が不可欠なのですから。あなたに協力するのは、私だけではありません。こちらのイースターもそうすることにやぶさかではないのです」

技術者の話題を絡める。さらわれた者を助けるために、なんでもするという態度を示す。

果たして、ハンターがすげなく言った。

「知識と経験の持ち主ということなら、新たに求める必要はないとだけ言っておこう」

「私の協力も拒むのですか？　ウフコックの管理だけでなく、シザースという存在を理解することも必要になります。この都市でどれだけの人間が、当てはまると思いますか？」

食い下がる。自分たちの有用性を主張しながら。なんとしても接点を保ちながら。

間接的に情報を開示させるために。

「喋る必要はないぞ、ミスター・ハンター」

フラワーが声を高めた。

バロットは十分、備えていた。押し続けていた扉が急に開いたせいで、たたらを踏むような感覚を味わうことはなかった。

喋る必要はないぞ。フラワーの雄弁な肯定。

気づけばケイトがこちらの姿勢をまたぞろコピーし始めていた。バロットが核心に迫ろうとしていることを察知したのだろう。だがもう遅かった。バロットは、開いた扉を、さらに思い切り開け放つようにして言った。

「そうですか……オクトーバー社には有能な人材が多くそろっているというわけですね」

もちろん多ければいいというわけではない。

エンハンスメントが合法化されたこの都市では、かつて禁じられていた技術を駆使する医師であり科学者でもあるような人物は、例外なく野心家だ。コーンのような囮役を引き受けるわけがない。ましてや本当に法的に追及されかねない立場を望むはずもなかった。

野心的ではないが、誰よりも優秀な人物。それは、完全にコントロールできる科学技術者であり、法的に、物理的に、あるいは恐怖によって精神的にも、がんじがらめに支配された誰かだ。

そんな条件に適合する人間など、多くいるわけがない。

「ヒロイック・ピルの生みの親も。彼ですらオクトーバー社と契約していますから」

誰もが黙った。部屋じゅうに、ひりつくような沈黙が満ちた。

そうだ。これこそ自分のフィールドだ。真っ暗闇で、視覚健常者よりもむしろ視覚障害者のほうが積極的に動けるように。沈黙の中で生きてきた自分の領域で、バロットはあらゆる人間の表情、仕草、動作、呼吸、それら全てを感覚した。

イースターもライムもケネスも、バロットの邪魔にならないよう息をひそめてくれている。扉に手をかけたバロットは、途方もない繊細さを要求される最後の仕上げを、そうしてまんまとしてのけたことを確信した。

「彼であれば、09法案に基づく科学技術に造詣が深いだけでなく、かのサラノイ・ウェンディ博士がオクトーバー社にもたらした、当時の最新鋭の技術を体得していますし、当然、シザースの研究そのものも任されていましたからね」

フラワーが椅子をはねのけるようにして立ち上がった。

「時間だな。会合はこれで終わりだ」

全てのカードを無理やり伏せさせる行為。ゲームの無効宣言。遅きに失した撤退。

バロットもすかさず立ち上がり、今度は対面した男の頬ではなく、テーブルを烈しく叩いてみせた。

「待ってください！」

だがハンターはバロットを無視して、左右の男女ともども席を立った。

「私が必要なはずです！　ここにいるイースターも！　あなたの助けになります！」

　ハンターが言った。

「不要だ、ミズ・フェニックス。有意義な会話に礼を言う。では、これで失礼する」

「待って！」

　ハンターは応じず、もはやバロットに目を向けようともせぬまま、出口へ向かった。

　誰も何も言わない。

「ミスター・ハンター！　あなたはその状況を背負って生きていく気ですか⁉　私への関心を失えと、自分自身に命じているのですか⁉　そうするようシザースから命じられているのですか⁉」

　渾身のブラフ。バジルが不快そうにバロットを僅かに振り返ったが、すぐにハンターと一緒に会議室を出て行った。

「お願いだから待ってください！　ミスター・フラワー！　ミスター・ハンターを止めてください！　お願いします！」

　喉も張り裂けんばかりに叫ぶバロットへ、フラワーが遠間から人差し指を突きつけて言った。

「秘密保護法を適用した書面について忘れないことだ。君たちから言い出したことだからな。今後も話し合いがしたいなら、自分たちで書面を用意して持って来るくらいのことをすべきだ」

バロットはフラワーを睨み、そしてまた隣にいる大男にその熾烈な眼差しを向けた。

「ミスター・コーン！」

コーンがびくっとなった。

「あなたを決して逃がしはしません」

大男のコーンが――まがりなりにも〈イースターズ・オフィス〉で活躍していたエンハンサーが――ぎょっとなってフラワーにすがりついた。

「ほら、ボス。あんなこと言ってますよ」

フラワーが、うっとおしそうにコーンの馬鹿でかい手を押しやり、こっちに来るなというようにバロットへ指を突きつけた。

「０９法案の執行官を脅迫したり、ましてや危害を加えたりしたらどうなるか、そこにいる大人たちによく聞いておけ。それと、二度とここに来るんじゃないぞ」

フラワーが言い捨て、きびすを返した。コーンが慌てて後を追って部屋を出て行った。

バロットはとどめとばかりに、何度も拳でテーブルを叩いた。

囮としての役目をまっとうしながら。茶番もいいところのやり取り。

「戻ってきて！　お願い！　お願いですから！」

誰も戻ってはこなかった。

バロットは叫ぶのをやめ、深々と息をついた。

喉が猛烈にひりひりした。いったい何年ぶりの叫びだろう。喉が痛むという感覚が久しぶりすぎて、どうすれば元に戻せるのかわからず、やみくもに唾を飲んだらかえってむせてしまった。

イースターが席を立ち、バロットの背をそっと叩いた。

げほげほと咳き込みながら顔を上げると、ケネスが親指を立てていた。グッジョブサイン。思わず笑みを浮かべてしまった。バロット自身、会心《かいしん》の出来だという手応えがあった。それこそ、いみじくもハンターが電話をかけてきたときに言った通り、高らかに歌いたい気分だ。

ライムも立ち、白い歯をみせて笑みを浮かべた。大変よい顔だし、世間一般的ではハンサムで通るのだろうが、バロットは毛ほどもそうは思わなかった。

イースターがバロットの背を軽く押し、退室を促した。

「行こう。これ以上、ここにいても仕方ない」

諦めきったような声音。会議室のどこかでカメラや録音機器が作動していることを警戒しているのだ。バロットの感覚では、そんなものはなかったのだが、用心に越したことはないので何も言わず従った。

会議室を出ても、誰も案内してくれなかった。係の者は引っ込んだままだ。会議室でわめき散らす人間など法律事務所では日常茶飯事なのだから、わざわざ慰《なぐさ》めてやる者などいないというわけだった。

代わりにイースターが、バロットの耳元に口を近づけ、ささやいた。

「君の勝ちだ、バロット。君の勝利だ。これで、ウフコックを救うことができる」

9

バロットはウフコックとともに待ちぼうけの状態からいつ脱せるのか、アビーは大丈夫なのかとはらはらしていたが、ライムの指示はいつものようにだしぬけでバロットの意表を衝くものだった。

《今すぐ窓から跳べ。ムカデ野郎が壁をのぼってくる》

バロットは、なぜこの場にいないのに、そんなにも確信してものが言えるのか、と思う自分を心の外へ放り捨て、瞬時にきびすを返し、窓を撃った。

窓ガラスが木っ端《こ ぱ》微塵《みじん》に砕け散り、破片が舞い散るそこへ助走なしに跳んだ。メイド・バイ・ウフコックのスーツの助けを借りて、それこそ弾丸のように宙へ躍り出ながら、右手の銃を、ワイヤーガンに変身《ターン》させた。

頭上へフックを撃ち放ちながら、左手の銃を下方へ向けたときには、電子的な探査能力を存分に発揮し、まさにムカデが壁を這うがごとく、ベルナップがせっせと壁をのぼってアビーの背後を突こうとするさまを感覚していた。

多数の手の一部をクライミングのために使い、小さなとっかかりに指先だけでしがみつき、巧みに体を引き上げてきたのだ。植物状態で眠るレザーもかつて同様の芸当をしてのけたが、この男の場合、能力《ギフト》ではなく本人のたゆまぬ鍛錬のたまものというべきだった。エンハンスメントはあくまで貴重な武器に過ぎず、それを用いる側の努力を決して怠らない姿勢には感心させられるものがあった。

建物の周囲を遊泳していたサメたちは高度を上げて消えており、そこに脅威が存在していたことも知らぬまま、ベルナップはアビーが空けた窓の穴を覗き込んだものの、屋外へバロットが飛び出すや、ただちに壁面を移動しながら数多《あまた》の銃を驚くほど正確に構えてみせた。

途方もない銃撃の応酬が起こった。バロットが撃ち、ベルナップが猛烈に撃った。銃火が壁面をまばゆく照らし、照明弾でも打ち上げたかのような輝きのなか、バロットの身をスーツが守り、ベルナップの身を高価な防弾仕様の黒衣とプロテクターが守った。

互いに何発となく被弾し、バロットは宙で弧を描き、ベルナップは壁面をジグザグに移動した。

先に体勢を整えたのはベルナップのほうだ。全身に被弾した電撃弾の火花をまとわせながらも、入念な防備と、被弾の衝撃に耐えうる強靭な肉体と、呆れるばかりの精神力でもって、果敢に、可能な限りの手数で、銃を構え直していた。

ベルナップの十二もの銃口が巧みに狙いをつけたとき、バロットは多数の弾丸を叩き込まれた衝撃で体勢を崩したままだった。右手のワイヤーを巻き上げ、壁を蹴って銃撃を避けるという考えが、下方から浴びせられた弾丸の雨によってあっさり砕け散った。

ウフコックがバロットの頭部を覆うヘルメットを作り出して防御してくれたものの、ベルナップが二秒余で放った数十発の弾丸の大半を食らっていた。体勢を取り戻すどころか、宙で滅多打ちにされ、右手のワイヤーガンを破壊される始末だった。

ウフコックに衝撃吸収剤を展開してもらいながら地上まで落下するしかない。バロットとウフコックだけなら、そうだった。

だがにわかにバロットの周囲を、魚群のようにナイフの群が飛び交い、一部が盾となって熾烈な弾丸の猛攻を防ぎ、一部が足場となってバロットに宙で立つすべを与えてくれていた。

そのナイフの腹を踏んだ瞬間、バロットとアビーをつなぐ、ある種の回路が生まれた。バロットが次にどう動くかという情報が、電子的手段で、あるいは単に体重のかけ方を通してダイレクトにアビーに伝えられた。

ベルナップがすかさず壁面を動いてバロットの頭上へ出ながら、盾の隙間を探しつつ、ナイフを操るエンハンサーが加勢に現れたところを多数の手で狙い待つ構えとなった。

ところが、盾から飛び出したのはバロットのほうだった。

ベルナップが、一斉射撃した。

バロットが舞った。

ダンス——地上六階の空中で、飛び交うナイフを踏みながら。

ベルナップが放った弾丸がことごとく外れた。

バロットは右手の道具を再び銃に変身《ターン》させ、宙で猛然と舞いながら両手で立て続けに撃った。

今度はベルナップのほうが滅多打ちとなり、多くが銃を構える多腕に命中した。黒衣が守る胸部や腹部にも当たった。何の防御もしていない剝き出しの頭部にも。

だがベルナップは耐えた。体勢を崩さず、意識を失いもせず、所詮は電撃弾に過ぎないから死にはしないという一念でもって、壁にはりついたままだった。そればかりか、撃ちつくした銃のうち六挺を、全身に巻きつけまくったホルスターに戻し、壁を這うためにしまっておいた六挺の銃を抜き、構えた。そうしながら、残る四本の手で、空《から》になった銃に片っ端から弾倉を装塡してのけていた。

一挺の銃を完璧に使いこなすだけでも熟練を要するものだが、十六挺もの銃を寸毫《すんごう》もあやまたず整然と扱っているのだ。

人間多脚類《ポリポッドマン》となった男の、芸術的なまでに巧みな銃の扱いぶりといえた。まさにガンスリング・ポリポッドの名に恥じぬ、撃ちまくることに人生を捧げる男と、真っ向から対決せんとするバロットへ、ライムが言った。

《もういい、ルーン。撃たれて落ちろ》

バロットは、その業腹な指示に対し、そんなことではないかと思っていた自分がいることに気づいた。そして、ベルナップに向かって決して手加減せず銃撃を浴びせながら、あえてアビーのナイフの上で足を止め、我ながら奇妙に思えるほど素直に従っていた。

ベルナップがその隙を見逃すはずもなく、翌日には全身アザだらけどころか、あちこち骨にひびが入っているに違いない我が身などまったくかえりみず、倦《う》まずたゆまず一斉射撃を行った。

バロットの全身に、数えることも億劫になるような弾丸の山が叩き込まれた。

当然ながら足場のナイフから吹っ飛ばされ、宙へ投げ出された。右手の銃を再びワイヤーガンに変えてフックを放つと同時に、アビーのナイフが、バロットの盾となり足場となることをやめて、一斉に放たれた。

ベルナップが、迫り来るナイフの群に瞠目《どうもく》した。バロットとの空中ガンファイトに気を取られ、宙を舞うナイフがもう一人のエンハンサーの武器であることをすっかり忘れてしまっていたという顔だ。

それでも六本の手で装塡を終えたばかりの銃を構えたところへ、刃物の雨が降り注いだ。銃撃で何本かナイフを弾き飛ばしたものの、数で圧倒的に負けていた。許された行動の全てが無意味だった。チェスでチェックメイトを宣言されたようなものだ。そしてチェスで人を追い詰めることを大得意とするライムの狙いは、容赦なく的確だった。

アビーのナイフが、ベルナップの手や腕をさんざんに刺し貫いていった。ベルナップは体を激しく左右にひねって黒衣をひるがえし、ナイフの群を防ごうとした。防刃機能を持つ布をそのようにすれば、普通はナイフを包み込むなり、はたき落とすなりできるものだが、アビーのナイフは布の動きに合わせて自在に軌道を変えるのだから、これまた無意味だった。

結局、その十六本の腕と、ついでに二本の脚に、三十本以上ものナイフが突き刺さった状態で、ベルナップは壁からはがれ落ちた。

真っ逆さまに落下するのではなく、刺さったナイフが落下速度を軽減し、地上が迫るにつれて円を描き、くるくるとベルナップの体をきりもみさせた。そうして一階に達したところで、ナイフが一斉に円を描くのをやめて宙で静止した。

拍子に、ベルナップの手足から全てのナイフが抜けた。その体が飛んでいき、窓ガラスをぶち破って転がり倒れた。

負傷して降りてきた〈ガンズ〉の面々が、呻きながら応急処置をしていたど真ん中である。そこへ幹部たるベルナップが血まみれで放り込まれたものだから、たちまち黒衣の男どもが騒然となり、慌ててボスに惨状を報告した。

《オーケイ。この調子でいけば、ルーンが切った啖呵《たんか》どおりにしてやれるだろう》

バロットは右手のワイヤーを巻き戻しながら壁を蹴り、アビーのいる五階へのぼっていった。ベルナップを放り込んだナイフたちが戻ってきてバロットを取り囲み、笑うように互いに打ち合って軽やかな金属音をたてた。

目的の階に達し、ワイヤーを切り離して、窓の穴から中へ入ったとたん、アビーが胸に飛び込んで抱きついてきた。

「あたしたちやったね、ルーン姉さん！」

バロットはアビーを抱き返しながら言った。

「あなたがやったのよ、アビー」

するとウフコックが注釈するように告げた。

「君たちだ、バロット」

アビーが身を離し、バロットのスーツの胸元に向かって、

「あたしと、ルーン姉さんと、ミスター・ペンティーノで」

と言って元気よくグッジョブサインをした。

バロットも、右手の道具をぐにゃりとさせて消し、親指を立ててみせた。

そこへ、ライムの指示が来た。

《ストーンを一人ぼっちにさせるなよ。二人とも外に出て、今いるフロアの南側へ回ってくれ》

「行こう！」

アビーが朗らかに窓の穴から跳び出し、ナイフを足場にして走った。バロットも外へ出た。アビーは振り返りもせず、きちんとバロットの足場も作ってくれていた。

「貢献する価値があるチームだ」

ウフコックが言った。

バロットは返事代わりに感謝を込めて右手を握り、アビーが作ってくれる道を走った。

10

ハンターたちが、フラワーを先頭にして事務所の待合スペースへ戻った。

そこにいたラスティとシルヴィアが素早く立ち上がり、ストーンとアビーを警戒してハンターとの間に壁を作った。

とはいえ争いが起こる気配はなく、ストーンとアビーは二人とも脚を組んで座ったまま挑発めいたことは一切しなかった。

バロットたちを守るとき以外動かないと〈クインテット〉の面々に態度で示し、ハンターたちが通り過ぎるのを淡々と見送った。

ハンターとバジルのほうもストーンとアビーを一顧だにしなかった。ホスピタル、ケイト、フラワーも同様だ。コーンは、突発的な事態に備えるためストーンとアビーを注視したが、微笑んだり目をすがめたりといった、相手を刺激しかねないことはしっかり慎んでいる。

ラスティとシルヴィアはなおも用心しつつその場を離れると、足早にハンターの護衛についた。シルヴィアがしんがりを守り、ラスティがバジルのそばに来て言った。

「ずいぶん騒いでたじゃん。なんか始まるのかと思ったぜ」

「娘がかんしゃく起こしただけだ」

バジルがうるさそうに返し、エレベーター・ホールにいるオーキッドへ手を振った。

オーキッドは手にしたカウボーイハットを胸に当て、同じく持ち場を守るレイ・ヒューズに対し、ごく個人的な敬意を表した。

レイ・ヒューズのほうも茶化さず礼を示すため、何も着けていない頭を傾げ、帽子のつばをつまんで下げる仕草を返してやっている。

コーンがスイッチを押すとエレベーターがすぐに来た。バジルを先頭にハンター側の面々が乗り込み、フラワーがエレベーターのドアを押さえて言った。

「あちらと書面を交わすことになっても問題なかろうな？」

「問題ない。〈円卓〉に都合のいいようにすればいい」

ハンターが言った。フラワーがよしよしとうなずき手を離した。ドアが閉じ、ハンター一行をロビー階へ送り出した。

コーンがまたスイッチを押した。他のエレベーターが来てドアが開いた。今度はコーンがドアを押さえて待った。すぐにオフィスに戻らないのは、通路でバロットたちとレイ・ヒューズに挟み撃ちされる格好になるのは、フラワーを守るうえで望ましくないとコーンが判断したからだ。フラワーとしても、バロットがさらに食いついてくるときはオフィスの中より外のほうがずっと追い払いやすい。

すぐにバロットたちが現れた。こちらはライムを先頭に、イースター、ケネス、バロットと続き、しんがりにストーンとアビーがついている。レイ・ヒューズがするりとケネスの傍らについた。いざというとき最も対応が遅れそうな者についてやることで、全員が迅速に行動できるようにするためだ。

バロットはコーンの姿をみとめると、あえて険しい視線をぶつけてやった。

ライムが先んじて無造作にエレベーターに乗り、ドアを押さえてコーンにうなずきかけた。コーンがうなずき返し、ちらりとバロットを見て身をすくめるようにしながらこちらを向いたままエレベーターから遠ざかった。

バロットたちが乗り込んだ。ケネスが、最後に乗ったストーンの肩の横から顔を出してフラワーへ言った。

「近いうちに連絡することになりそうだ」

フラワーが肩をすくめた。

「書類はそちらで用意するんだろうな」

ケネスは答えず、ライムに目配せした。

ライムが目的の階のボタンを押し、手を離した。

この間、バロットはひたすらコーンを見据え、相手をひやひやさせてやっていた。

ドアが閉まった。階下へ向かい始めてようやくバロットは演技をやめ、けほっと空咳をした。アビーが心配そうに顔を上げた。

「ルーン姉さん、大丈夫？」

「大丈夫……」

言いかけたが、喉ががらがらだったのでチョーカーの電子音声に切り替えた。

《ちょっと叫び過ぎちゃった》

「キャンディ舐める？」

アビーがナイフをぎっしり収めたトレンチコートのポケットをがさがさやった。

《ありがとう》

レモン味のキャンディをもらって口に入れる間、イースターの眼鏡がちかちか光って仲間からの報告を確認していた。

「ハンターたちが建物から出た。スティールとクレアがエントランスで待機中だ」

他に乗る者もなく、地上階に到着した。エントランスへ出ると噴水の前で二人とも緊張を解かず、行き交う大勢の来客にしっかりと目を配っていた。バロットたちが入館証を返却ボックスに入れてゲートを出ると、すぐにスティールとクレアが近づいてきた。

「ハンターたちは去ったわ。引き続き彼女を護衛する必要がありそう？」

「なさそうだ、クレア刑事。それとは別に相談がある。護衛を要する人間を確保し、僕ら側の保護証人にしたい。できれば今日じゅうに」

クレアが驚いた顔でイースターとバロットの顔を見比べた。バロットがうなずき、会談の成果があったことを無言で告げた。

「わかったわ。ネイルズたちに引き続きルートの監視を頼む。ここに集めた人員から護衛をピックアップする」

「人数は？」

「うちの人員でこれから一日張りつけるのは六人が限界」

「十分だ。ありがとう、クレア刑事」

「相手の居場所は？」

「これから特定する」

イースターが、スティールに目を向けて言った。

「スティール。オフィスと連携して居場所をつきとめ、先行して監視してほしい」

「了解ですよ。どこの誰ですか？」

「ビル・シールズ博士だ。ウフコックの合法的拘禁《インプリズン》の主体を担っている」

スティールが目を丸くし、バロットへ、にっと笑みを浮かべた。いつもながら作り笑いめいた表情だったが、その両目に意気込みを告げる光がまたたいていた。

「上々の成果というわけですね。ではみなさん、のちほど会いましょう」

バロットの働きを称えるように小さく頭を下げると、回れ右してサマーコートをひるがえし、正面玄関とは違うほうへ歩んでいった。彼が好んで使う地下鉄へ向かうためだ。

「オクトーバー社側の重要人物よ。どうやって素直に従わせる気？」

「彼の人生に長く多大な影響を与えてきたものを取り除いてやるしかない。恐怖や契約の圧力を。是が非にでもね。ウフコックのために」

「すぐにチームを整えるわ」

クレアが言うと、突然、感極まったようにバロットにぐっと迫って肩を抱き寄せ、耳打ちするような仕草でさりげなく頭に唇をつけた。

「あなたの頑張りに驚かされっぱなしよ。最後までサポートさせてちょうだい」

《はい、クレア刑事。頼りにしています》

バロットは当惑させられながら接触したほうの相手の肩に手を置き、抱擁に応じるふりをしつつ、それ以上密着されないようしっかり腕で防いでいた。

クレアは身を離すと力強くバロットに微笑みかけてウィンクし、屋内駐車場へ続く通路へ立ち去った。

「人気者だな」

ライムがぼそっと呟いた。

《表現が少し大げさなだけです、たぶん》

バロットは口の中でキャンディを転がしながら、苦い顔で抗弁した。

「引き続き、市警の応援が得られる」

イースターがその点を強調し、レイ・ヒューズを振り返った。

「あなたのことも頼れると思って構いませんか、ミスター・ヒューズ？」

「もちろんだ、イースター所長。いよいよラジオマンにつながる人物が見つかったというのに、私だけお払い箱にされるのは忍びないものがある」

「心強いことこのうえありませんよ。さ、みな車に戻ろう。ミラーが待ってる」

エントランスを出て、イースターが車係からキーを返してもらった。グランタワーの正面玄関から駐車場へと元来た道を戻りながら、レイ・ヒューズがバロットへ言った。

「ずいぶんとハッスルしたな。あのお上品きわまりない建物の中で、みっともなくわめき散らすとは。君が私から交渉のやり方を学んだなんて、とても人には言えないぞ」

揶揄《やゆ》めきつつも最高の賛辞と言ってよかった。バロットは昂揚感もあって喉を鳴らして笑ってしまい、つられてアビーもにこにこした。

大げさなジェスチャーを交えて相手のプライドを最優先に刺激する手管は、もちろんレイ・ヒューズから学んだに決まっている。以前の自分なら、たとえ相手を油断させるためだとしても哀れっぽく叫びまくるなどということは、とてもできなかったはずだ。

《おかげさまで、素晴《スーパー・クリスタル・クリア》らしく視界良好でいられました》

「本当に手強い人間は、相手に手強いと思わせないものだ。よく学んでいるな」

《はい。あなたから教わったおかげで、とても平和的に話し合いができました。そうグランマにお話しします》

「見上げた心がけだな。来週またお邪魔するよ。ベル好みのデザートを用意して」

「やった！　レイの料理、大好き！」

横で話を聞いていたアビーが無邪気に喜び、ここぞとばかりにレイ・ヒューズが言い加えた。

「ついでにこの老骨も気に入ってくれると、何かいいことがあるかもしれないぞ」

「レイ、大好き！」

「よしきた。君好みのデザートも用意しよう」

「やったー！」

アビーが両手を挙げて喜ぶさまを、ストーンが微笑ましげに見つめた。

イースターとケネスまでもがつられて笑みつつ、ケネスが口にした秘密保護法を〈円卓〉との交渉材料にすることについて話していた。

和気藹々《わきあいあい》というより、みなそろって昂揚しているのだ。ハンターの軍勢と真っ向から対峙し、突破口を得たという確信がもたらす昂揚だった。ウフコックが姿を消してから一年半ぶりに訪れた希望のときといってよく、バロットは内心いても立ってもいられない思いだが、

「そろそろおれのことも気に入る頃合いだな」

などとライムが声をかけてきた途端、一瞬で醒めるのを感じた。温度を奪うという彼の能力《ギフト》は、きっと心にも効果が及ぶに違いない。

《どのような根拠でそうおっしゃるのか、参考までに教えていただけませんか？》

ライムは下手なジョークでも聞いたかのように口を曲げてみせた。予想どおりの反応だといいたげでもある。バロットはほぼ反射的にむっとなった。

《おっしゃりたいことがあるならどうぞ》

「確かバジルがキレたとき、君は誰かに庇《かば》ってもらったんじゃなかったか?」

アビーが興味を惹かれた顔で二人を見上げた。ライムはスーツの襟をわざとらしく整え、自分がそうしたのだとアピールしてみせた。アビーの不思議そうな眼差しの手前、バロットは癪に障るものを感じつつもてきぱきと礼を述べた。

《その件では大変助かりました。ありがとうございました。感謝しています》

「ご丁寧なことだな。表現が少し大げさというのは君にも当てはまりそうだ」

《ごく普通にお話ししているだけです》

ぴしゃりと反論するバロットに、アビーがちょっと身をすくめ、心配そうにストーンに小声でささやいた。

「ねえ、ライムって嫌われてんの?」

ストーンは真面目な顔でかぶりを振ってみせた。

「お互い、少し性格が違うんだろう」

ふーん、とアビーが呟き、ますます不思議そうにバロットとライムの様子を窺っている。

すぐ隣を歩くライムから顔を背けがちにしながら、気づけば口の中のキャンディを噛んで粉々にしてしまっていたバロットを、駐車場から飛んできた声が振り向かせた。

「おおい、お嬢さん方! 大仕事を終えたそうじゃないか!」

ミラーが自分の車のトランクから降り、喜ばしげに帽子を手にとって振った。オフィスと連絡を取り合い、すでにスティールが出動したことも、その理由も把握していることが態度からうかがえた。

イースターが眼鏡を操作してレンズを明滅させながら、ミラーに歩み寄った。

「さっそく〈ウィスパー〉とトレインが居場所を特定した。スティールが向かってる。僕らもすぐに出動だぞ、ミラー。ミスター・ヒューズを乗せて、追ってきてくれ」

「よしきた。伝説のロードキーパーを乗せられるとは光栄の至りだ、ミスター・ヒューズ」

そう言ってミラーが差し出す手を、レイ・ヒューズが握り返した。

「レイでいい。よろしく、ミスター・ミラートープ。後部座席に乗せてもらっても構わないかな？　いざというとき車体の左右どちらにも位置できるようにしたいのでね」

「ミラーだ。あんたの気に入る場所ならどこでも構わないさ、レイ・ヒューズ。こっちは戦車の砲手を乗せる気分でわくわくする」

ミラーとレイ・ヒューズが車の中に入った。イースターが、誰がどのようにして移動するかをてきぱきと指示した。

「あとでね、ルーン姉さん」

《またあとで。アビー、ストーン》

バイクを置いた場所へ向からストーンとアビーに手を振り、バロットはイースターの車の後部座席に乗り込もうとした。

ライムが空を見上げて呟いた。

「カラスが消えたな」

バロット、イースター、そしてケネスが頭上を見た。真っ青なそこを飛び交っていた黒い鳥の群が、確かに消えていた。一羽残らず。

「気になるかい？」

イースターが尋ねたが、ライム自身も判然としない様子で肩をすくめた。

「危険って感じはしないな。いたものが消えたんだから、今は大丈夫ってことだろう」

そんなふうに言って助手席に乗り込んだ。かえってライム以外の三人が空を気にしながら車に乗った。バロットは後部座席に座り、そこではたと隣にケネスがいることに面食らってしまった。彼があまりに自然についてくるせいで今まで違和感すら覚えなかったのだ。

《ケネス、あなたも一緒に来るのですか？》

きちんとシートベルトをしたケネスが、首を傾げた。

「何か問題があるのかい？」

《いえ――》

運転席のイースターが身をひねり、後ろの二人に顔を向けて言った。

「彼には、ビル・シールズ博士の説得を手伝ってもらいたくてね」

その一言で、バロットは自分の思慮が足りていなかったことに気づかされた。ただウフコックの解放に協力してもらおうとしてもビル・シールズ博士は拒んで逃げてしまうだろう。バロットが会いに行ったときのように。あんたのせいで人格を持つネズミがひどい目に遭っているのだと責めただしたところで、あの老医師は自分の殻の中に閉じこもってしまうに違いなかった。

その点、ケネスによる説得には期待が持てた。何しろ彼自身がオクトーバーでありながら一族に逆らい、それゆえ恋人と腹の中の子を奪われ、さんざん脅され、そして軟禁されたのだ。そのうえで再起し、反旗をひるがえそうとしていた。ビル・シールズ博士と同じ立場とまではいかないが、互いに通じるものもあるだろう。

《確かに、誰よりも適任だと思います。すみません、ケネス。あなたがこんなことまで引き受けてくれるなんて思わなくて……》

「おれを助けて捕まったんだぞ。助けるのは当然だ。それに、オクトーバーたちにしっぺ返しをしてやれる絶好の機会じゃないか。こっちからやらせてくれとお願いしたいよ」

ケネスはそう言ってくれた。ならば秘密保護法の件は、どういう意図があってのことなのかと訊きたかったが、そこでライムが振り返りもせず余計なことを言った。

「ルーンには、自分にもできないことがあると大学の先輩から教わる絶好の機会だな」

バロットはかちんときたが、事実その通りだったので、ケネスにうなずいてみせた。

《学ばせていただきます、ケネス》

ライムが前を見たまま両手の平を上に向けて肩をすくめた。おれには言わないのか、というのだ。バロットは当然のように無視した。ライムに対して同じことを言う理由などこれっぽっちもないと心から断言できた。

ケネスはとばっちりを受けるのを恐れるように身を縮めた。

イースターが電子眼鏡《テク・グラス》の弦《つる》に指を当てて操作した。いかにも旧式といったデバイスだが、オフィスのシステムや車のナビとの同期に問題はなかった。すぐにナビのフレームに目標地点と経路が表示された。いちいちどこへ向かうか説明する手間を省くためだ。

「出発する」

イースターが眼鏡を通して他のメンバーにも告げながら車を出した。ミラーの車がぴったり後続し、ストーンがバイクの後ろにアビーを乗せて追ってきた。

行き先は、ミッドタウン・サウスにある〈デンズバーグ・ホテル〉だった。超高級とまではいかないが一帯では最も立派なホテルで、ショッピング・モール、豪華なフードコート、水族館、美術館、シアター施設、ファミリー向けカジノなどが併設されていることから、中流以上のファミリー層にとっての週末の出かけ先ともなっている。

そのレジデンスで、ビル・シールズ博士は暮らしていた。医療現場で数多の研究者の群を率いた巨象が選んだ終《つい》の棲家《すみか》。ホテルを訪れる様々な家族にまじってラウンジに座り、彼がついに手に入れられなかったものを遠くから眺めて孤独を紛らわすさまが目に浮かんだ。

それとてケネスいわく、オクトーバー社が提供した住居であり、結局はビル・シールズ博士を支配する檻の一つに過ぎないとのことだ。

「おれがリバーサイド・カジノで見えない鎖につながれていたのと同じことさ」

《ビル・シールズ博士が逃げたり、社に反抗したりしたことはなかったのですか？》

「おれが知る限り、ないよ。おれだって、エリーと出会うまで、自分がそうするなんて夢にも思わなかった。今日の君を見て、それこそ、おれにはできないことを学ばせてもらったよ」

《私から……？》

「君は、戦うことをまったく恐れない正真正銘ロー・ウォリアー・タイプだ。あんなファイトをフラワーが同席する場で見られるとはね。なんていうか、最高だ」

《それは、ウフコックのためですから……》

バロットは、誉められて嬉しく思うものの、もっと見せてくれというようなケネスの調子に、少々たじろいでしまった。それに、こういうときこそライムが何か口を出してきそうで、ついそちらの様子も気になってしまう。だがライムは大あくびをして寛《くつろ》ごうとしており、こっちの会話をてんで聞いていないことが窺えた。それはそれでなぜか腹立たしい気持ちにさせられるのだから不思議だった。

そんなバロットをよそにケネスは言った。

「今頃フラワーはコーンを囮にするための大量のペーパーワークを部下に命じて偽装させてるはずだ。無駄になるかもと思いながらね。つまり君は正しく相手の急所をつかんだんだ。相手が完璧に仕立て上げた法的アリバイというやつは、完璧であるからこそ、いざというとき少しも動かせず、隠すことができないってわけ。フラワーもハンターも今さらビル・シールズ博士に関しては何もできない」

この指摘は、バロットをほっとさせてくれた。ビル・シールズ博士という苦心に苦心を重ねた末につかんだ解答が、こうして移動するための短い時間で、手の届かないところに連れ去られてしまうのではないかという不安があったからだ。

しかし、その点に限っては完全にバロットの杞憂だった。連れ去られるということに限っては。ビル・シールズ博士が行方不明になった時点で、そもそもフラワーが講じた手続きは無に帰すのだから。

「スティールがコンタクトした。目的のレジデンスでビル・シールズ博士と一緒だ。クレア刑事も我々のすぐあとから来てくれている」

果たしてイースターが落ち着いた調子でハンドルをさばきながら言った。

バロットは文字通り胸をなで下ろした。ケネスが、言っただろう？　というように笑みを向けてくれた。

だがそこで、ライムが呟いた。

「動かせないものなら、相応のセキュリティを置くんじゃないか？　美術館の品みたいに」

「その点は大いに警戒すべきだな」

イースターが同意した。だがこれに関しても、スティールがすでに相手とのコンタクトを果たしていることから、杞憂なのではないかとバロットには思われた。

やがて〈デンズバーグ・ホテル〉に到着した。ロータリーは三段構えだった。宿泊者用、併設された施設目当ての者用、そしてレジデンス・エントランスだ。螺旋状に上階へ続くコースを一番上までのぼり、レジデンスの来客用駐車場の一角に車を滑り込ませた。

しっかりオート化された駐車場だった。オフィスにいるエイプリルが来客手続きをオンライン上で済ませてくれており、駐車場内に設置された多数のカメラが車のナンバーを読み取って、壁のフレームパネルの表示が、駐車すべき区画を指示していた。

イースターが車を停めた。ライムがシートベルトを外し、車内から辺りを見回して言った。

「カジノなみに厳重だ。出入りする人間は一人残らず記録されるんだろう」

ケネスがうなずいた。ひそかに出て行くことのできない、まさにビル・シールズ博士を常時監視下に置くには最適な場所だ。

「おれたちが来たことも伝わっていて、フラワーに問い合わせがいっているだろうね。とはいえ、ビル・シールズ博士がおれたちに説得されて建物から出てくるかどうか見守るしかないよ」

隣にミラーの車が滑り込んだ。やや離れた二輪車用の駐車区画にストーンがバイクを停め、アビーがひらりと降りてヘルメットをとり、シートの内側の収納ボックスにしまった。イースター、ケネス、ライム、バロット、ミラー、レイ・ヒューズ、ストーン、アビー。八名がエントランスの大きな自動ドアの前に集合した。ドアの向こうの受付もオート化されていて無人だった。

クレア刑事と護衛チーム六名が二台のパトカーに分乗して現れた。彼らも車を降り、イースターとクレアが話し合って持ち場を決めた。

「ビル・シールズ博士のそばに監視役のボディガードはいない。スティールが確認済みだ。博士が僕らへの協力を拒む可能性があることから、敵は博士がホテルの敷地から出るかどうか見て動くはずっていうのがセオリーだ」

「博士の部屋からここまでは安全ってわけね？　でもハンター一味はセオリーを覆すのが得意だし、そのせいで私たちも、さんざんな目に遭ったんじゃなかったかしら？」

「遺憾だがその通り。ここはリレー方式で、常に誰かが博士を守り、迅速にここから脱出できるようにしよう。まずこの駐車場に、僕らの車輛に何か仕掛けられないよう見張りながら、いつでも出発できる少人数のドライバー・チームを置く。そしてこのエントランスには、敵側が駆けつけてきたときに食い止めるストッパー・チームを置くんだ」

「賛成よ。あとは博士を説得して連れ出すエスコート・チームと、該当フロアで部屋からエレベーターまでを守るガード・チームに分けるというのはどう？」

「オーケーだ。四チーム態勢でやろう」

イースターとクレアが、集合した面々を見渡し、チームの割り振りを行った。

ドライバー・チームには、クレアが連れてきた警官二名があてられた。ストッパー・チームにはストーンとアビーと警官二名の、計四名。ガード・チームにはミラーとレイ・ヒューズ、クレアと警官二名の、計五名。そしてエスコート・チームとしてイースター、ケネス、ライム、バロット、すでに部屋に到着しているスティールの五名があてられた。

十六名による護衛に加え、オフィスの電子的バックアップがあった。〈ウィスパー〉とトレインがくまなくこの建物を把握し、いつでも干渉できる状態なのだ。これで博士を無事に連れ出せないなんてことがあるだろうかとバロットが思うほどの鉄壁ぶりだ。それでも、ハンターの存在を思い出せば、さらに上を行く可能性があることは否定できず、バロットだけでなく誰もが緊張した面持ちでいた。

「では行こう」

イースターを先頭に、ドライバー・チーム二名を残してエントランスのドアをくぐった。オート化された受付のタッチパネルと音声確認で入館許可を得ると、人数に合わせて四つあるエレベーターのうち二つがドアを開いた。

ストッパー・チームを除く九名が、チームごとに分かれてそれらに乗り込んだ。

アビーとストーンがグッジョブサインを送り、同じ箱に乗るバロットとライムが返した。ドアが閉じ、入館許可が下りた階以外停まらず速やかに十六階に到着した。

ミラーとレイ・ヒューズがどちらも常人には真似できない迅速さと滑らかさでエレベーターから出て、無言のうちに左右へ分かれて襲撃に備えた。だが何も襲っては来ず、ミラーの手招きで二つの箱から全員が通路に出て、目的の部屋へ向かって移動した。

ミラーがその場に残り、レイ・ヒューズがそこから数メートル離れたところで足を止めた。さらに数メートルおきに二名の警官が待機し、クレアがドアの前まで来た。イースターがインターフォンを押すと、僅かな間を置いてスティールの声が応じた。

《博士が、入っていいと言ってます》

かちりと音をたててロックが解錠された。イースターがドアを開いて入り、ケネス、ライム、バロットが続いた。クレアがドアを押さえ、その場に立ちながら一方の手でスーツの裾をまくって腰のホルスターに手を当てた。

イースターを先頭に、エスコート・チームが廊下を進んでリビングに出た。

ビル・シールズ博士好みと思われる、どっしりとした重厚な家具が並ぶ住まいだった。来客用の向かい合わせに置かれたソファの一方にビル・シールズ博士がうつむいて座っており、そのそばにスティールが立って、青いリンゴを一つ手の中でもてあそんでいる。ソファの間にあるテーブルに、レジデンスのサービスと思われるフルーツを載せた皿があり、その一つを拝借してさっそくスティール独自の武器に変えていることがうかがえた。

「我々の来訪を受け入れてくださって感謝します、ビル・シールズ博士」

イースターが言って、テーブルを挟んでビル・シールズ博士の正面にまわった。

ビル・シールズ博士はかけてくれとも言わず、大人数が説得と護衛に駆けつけたことに感銘を受けた様子もなく、伏せた目でおのれの手元を見つめたまま言った。

「拒めなかっただけだ。私をどうしようというのかね？」

「我々の仲間の拘禁を解除することに同意していただきたい。それを阻止しようとする人々がいるでしょうから、我々があなたを保護証人とする法務手続きを準備しています。あなたの同意があれば０９法案に基づき我々があなたを保護できます」

「阻止しようとする人々だと？　君たちはわかっていない……」

ビル・シールズ博士が呟き、眉間に拳を当てた。祈る姿勢のようでありながら、憤りを抑えるようでもあり、絶望にうちひしがれるようでもあった。それら三つ全てが、常態化しているのかもしれないとバロットは思わされた。

ケネスがすっとイースターのそばに寄ってソファに腰を下ろし、ビル・シールズ博士と目線を合わせようとした。

「おれの名前はケネス・クリーンウィル・オクトーバーです。あなたがどんなふうに悩みながら苦しんでいるか、ある程度ですが推測できます。おれも、ありとあらゆるものをオクトーバーから与えられることで支配され、奪われる恐怖を植えつけられてきました」

ビル・シールズ博士が顔から拳を離し、うろんそうにケネスを見た。

「君があの……リバーサイドから逃げたという……？」

「はい。ウフコック・ペンティーノ氏はおれの身代わりに捕まり、彼のパートナーは殺されました。ですが、おれはこうして無事でいます。〈イースターズ・オフィス〉のおかげで。彼らがあなたを守り通すという点では、おれが保証できます」

「そんなことを言うために来たというのか……なんということだ。ここでの会話は全て筒抜けだと、そこの09法案執行官にも説明したというのに」

スティールがリンゴを手の平の上で器用に転がしながら肩をすくめた。

「どのみち我々の存在は相手側に伝わりますし、盗聴にしてもオフィスのメンバーが把握していると博士にはお伝えしたんですがね」

ビル・シールズ博士がかぶりを振った。バロットには、博士がどう説明したらいいかわからないもどかしさを募らせているように見えた。ライムも同感らしく、博士に歩み寄ってこう言った。

「博士。あなたが何を恐れてるのか、おれたちにもわかるように言ってもらえませんか。ハンターとその部下たちに、ひどく脅されたとか？」

「君たちは考え違いをしている。ハンターという人物は、百数十名の人間と数十頭の動物を用いたエンハンスメント実験の、いわば副産物にすぎない。あの実験は本来、子どもたちをより完全な存在にするためのものだ。全ては〈キング〉の意思であり、君たちは何を相手にすることになるかも、これが私への死刑宣告であることもわかっていない」

イースターが中腰になってテーブルに手をつき、相手の顔を覗き込むようにした。

「死刑宣告？　どこの誰があなたを狙っているのか言っていただけますか？」

ビル・シールズ博士が、恐怖に歪む顔を上げた。

「どこの誰という君たちの発想は、おおよそ理屈が通用する存在を前提としている。それが間違いなのだ。ハンターという人物なら、まだしも理屈が通用するだろう。これから訪れる相手は、一切の理屈が通用しない。彼らの創造を命じた者と同じように。あの〈カトル・カール〉を上回る狂気の産物が遣わされる……」

バロットは両腕にぞっと鳥肌が立つのを覚えた。異様な電子的な感覚を遅れて意識し、思わず左耳にふれた。能力《ギフト》制御装置であるピアスはエイプリルに預けたことを思い出しながら、今しがたの感覚の出所を探った。

リビングを出てすぐ左手にあるバスルームの脱衣所の天井パネルが、トラップドア式にぱかりと開き、そこから形容しがたい者たちが続々と飛び出してくるのだ。

ビル・シールズ博士が恐怖の光を両目の奥で踊らせながら言った。

「〈天使たち《エンジェルス》〉が来る」

11

フラワー法律事務所を出てのち〈ハウス〉に乗り込んだ面々へ、ハンターが言った。

「コーンが目くらましになってくれたと思いたいところだが、楽観にすぎるだろう」

後部座席には〈クインテット〉メンバーが勢揃いしているほか、ホスピタルとケイト・ホロウが同乗している。ケイトのパートナーである大ガラスは車内に入ることを好まず、群とともに〈ハウス〉を追って都市の空を飛び渡っていた。

運転席でハンドルを握るのは〈プラトゥーン〉のアンドレだが、よき〝お抱え運転手《シャウファー》〟の例に倣《なら》い、ハンターが大勢つれてなぜ法律事務所などに行ったのか、といった詮索は控えていた。車内での会話に聞き耳を立てるということもせずにいる様子だ。そんなことをして、ハンターとのホットラインに等しい立場を失ってはならないとリーダーのブロンから厳しく言いつけられているのだ。

「ケイト、彼女の人格は映し出せたか？」

ハンターの問いかけに、ケイトが申し訳なさそうにかぶりを振った。

「やはり彼女と、もっと会話をしなければ、人格を形成することはできません」

「彼女は、君の〈ザ・キャッスル〉としての能力《ギフト》を察知していたようでもあった」

「はい。心を読み取られまいとしていました。彼女なら、コーン氏が囮であることも察知しているでしょう」

バジルが同意するようにうなずいた。

「ビル・シールズのこともな。オクトーバー社に雇われ、09法案絡みの仕事も引き受けて、シザースのことも知ってるなんてのは、実際あの博士だけだ。もともとターゲットにしてたんだろう。ネズミを閉じ込める鍵をつかまれた」

そう口にしながら、バジルがじっと目の前の宙を睨むようにしているのは、会議室で交わされた会話やその場にいた人々の様子を、注意深く思い出しているからだ。

少年の頃から裏稼業に染まってきたバジルが、逮捕された経験が一度や二度ではないにもかかわらず、常に有罪判決を免れてきたのも、あるいは初期からハンターの右腕として活躍できたのも、ひとえに腕力や能力《ギフト》頼りに振る舞わず、優れた記憶力と情報分析力を武器としてきたからだ。

証拠となるメモや帳簿のたぐいは一切残さず頭の中に全てしまい込み、仲間同士にしかわからない符牒を駆使し、商売相手との会話やストリートでささやかれる噂を反芻《はんすう》して様々な角度から検討することで、自分たちをはめようとする罠の存在をたちまち察知する。

暗い怒りの形相と乱暴な口ぶりからはおよそ想像がつかないほどの頭脳派であることが、彼の生存戦略の要《かなめ》であるのだ。そのことをハンターが指摘してきたことで、今ではバジルも自身の才能を自覚し、たゆまず磨きをかけるのだった。

そのバジルが、心の書類棚から現実に目を戻し、ラスティを見やって訊いた。

「ビル・シールズ博士と連絡は取れねえんだな？」

「電話もメッセージも反応なし。ショーンに調べてもらったら、オクトーバー社の雇用者管理サーバーじゃ、丸一日、会議だってさ」

「どこで何の会議をしてるかわかるか？」

「いいや。十分くらい前に、博士の端末でスケジュールが書き換えられたんだと」

シルヴィアが溜息をついた。

「もうすでに〈イースターズ・オフィス〉が接触したのよ」

エリクソンが肩をすくめた。

「だったら、博士をとっ捕まえてこようか？」

オーキッドがむつかしげな様子で手を振った。

「待て待て。ゴールド兄弟やグリーンのようなヤクの作り手とはわけが違う。我々がそうしていいものなのか、ハンターの考えが知りたい」

ハンターは猟犬たちから手を離し、シートに背を預けて言った。

「博士は、ブラックキングの所有物に等しい人間だ。博士が我々の虜囚同然となることをブラックキングは快く思わないだろう。何より、あの博士を監視しているのは我々ではない。これから向かう子供工場《ベイビー・ファクトリー》で生まれた、無垢なる〈天使たち《エンジェルス》〉だ」

オーキッドがうなずきつつ、さらに尋ねた。

「〈イースターズ・オフィス〉が、ネズミを奪い返しに来たときは？」

「丁重に遇し、大人しくお帰りいただこう。法的手続きではフラワーを頼るしかない」

「フラワーはどこまで信用できる？　あのケネス・C・Oとオクトーバー社との間で合意があった場合、法学生の娘とネズミの面会を許さねばならなくなるのではないか？」

オーキッドの懸念を、ラスティが一笑に付した。

「ちょっと脅しゃいいだろ。ナイトメアが吠えりゃ、泣いて逃げちまうんじゃねえの」

エリクソンがそれは気が進まないというように眉をひそめて意見した。

「ネズミを他の場所に移せばいいだけだろう？」

だが賛同する者はいなかった。むしろ法律面での事情をさっぱり考慮しない態度に、シルヴィアがまた溜息をこぼした。

「それは最後の手段よ。そうしてしまった場合、あのネズミを閉じ込めておくことが合法的ではなくなるわ」

「それの何が問題なんだ？」

「〈イースターズ・オフィス〉と警察を相手にすることになるし、彼に必要な合法的なメンテナンスだって得られなくなるの。そもそも、ああ見えて09法案執行官なのよ。ハンターや私たちが誘拐犯とみなされて追われることになるわ」

エリクソンが降参したというように両手を挙げてみせた。

「面倒ごとを抱える価値のあるネズミだってことだな」

その点だけ自分は承知していればいいだろう、というように呟いた。

一方、ラスティが別の点について口にした。

「あのネズミ、ホスピタルにもメンテナンスできないの？」

隅に座って黙っていたホスピタルが、なぜここで自分を会話に参加させるのだろうとこちらも眉をひそめながら、かぶりを振った。

「生身と機械が一つになった存在です。私一人では治癒も検診も施せません。私の能力《ギフト》が適切に働くのは生身だけです」

「君の能力《ギフト》で、バスを修理しろっていうようなもんか？」

「まあ……そういう理解の仕方でも、構いません」

彼らの会話をじっと聞いていたハンターが、おもむろに口を開いた。

「博士とネズミの件は後回しだ。今から行く場所のことを考える限り、〈イースターズ・オフィス〉が博士に手を出してくれたほうが、都合がいいと言えるだろう」

バジルがうなずいた。

「〈天使たち《エンジェルス》〉がオフィスの相手をしてくれるなら、こっちも楽になる」

この言葉に、顔を引き締めたのはシルヴィアとホスピタルだった。ほかに異形の子どもたちと実際に相まみえたのは、トレヴァー、ハイドラ、バルーンという今は亡きメンバーであり、残る面々は話に聞くだけなのだ。

ハンターは、その残る面々にも脅威に備えるべきだという共感《シンパシー》を広げるため言った。

「ホワイトコーブ病院は、そもそもあの怪物たちの住《す》み処《か》だ。せいぜい多くの者が、ビル・シールズ博士のほうへ遣わされたことを願おう」

ハンターの言葉とともに、みなが共感《シンパシー》を抱き合った。ここしばらく乱されがちで波立つばかりだった共感《シンパシー》が、ようやくこれまでのように機能し、結束を促してくれることに、猟犬たちをふくめ全員がこのうえない安心と頼もしさを感じていた。〈ハウス〉を運転するアンドレもその波を感じ、無意識に微笑んで口笛を吹き始めた。

ほどなくして〈ハウス〉は入り江に建てられた総合病院に到着し、表側の駐車場ではなく搬出入口へ回された。そちら側に、ホワイトコーブ病院を支配するオクトーバー一族、すなわちブラックキングが用意させた出入り口があるのだ。

救急受け入れ口からも通常の搬出入口からも死角となる、VIP専用の搬出入口という名目で設けられた、駐車場とバックドアがあるだけの場所だった。

ハンターたちが運び込まれ、院内でエンハンスメントを施されてまた送り出されるという、瀕死の人間のリサイクルおよび出荷所ともなっていた場所だ。当然ながらホスピタルやストレッチャーが乗っていた検診用のバスの発着場でもあったことになる。

そしてそれは今、〈天使たち《エンジエルス》〉の通用口としてのみ機能していた。

ハンターたちが来ることは事前にマーヴィン・ポープ院長に伝えられているが、院長が出迎えに現れることはなかった。むしろ院長の務めは見て見ぬふりであり、ハンターたちがここに現れたときはその痕跡を綺麗に掃除することだった。

〈ハウス〉が停車し、アンドレを除く全員が降りた。いつもならきわめて人目を引くジェミニを車内に残すのだが、このときは他の二頭とともに、ぴったりハンターについて行った。

荷物があるのはシルヴィアとラスティだけだった。シルヴィアは大ぶりなスポーツバッグを肩から提げ、ラスティは馬鹿でかい愛用の釘打ち器を手にしている。グランタワーのような場所では目立ちすぎて持ち歩けないものも、ここなら問題なかった。

全員がバックドアの前に来ると、それが音もなくスライドした。専用のカードキーがなければ解錠しない電子ロックも、ジェミニがいる限り自動ドアに等しい。

その向こうには、やや長いまっすぐの通路がのびており、突き当たりには車輪つきベッドを二つ並べて入れることができる大型エレベーターが待っている。

バジルが先頭に立って乗り、ドアを押さえながら用心深くハンターたちとその背後の通路、そしてジェミニの操作で開きっぱなしのバックドアを見回し、言った。

「エリクソン、そのドアのそばにいろ。残りはハンターと一緒に乗れ」

バックドアをくぐってすぐの壁に、エリクソンが背をもたせかけた。ハンター、シルフィード、ナイトメア、ジェミニがエレベーターに乗った。ついでホスピタルとケイトが乗り、シルヴィア、ラスティ、オーキッドの順で続いた。

「そこは頼んだぞ」

バジルが声をかけると、エリクソンが太い指でOKサインを送った。

エレベーターがドアを閉じて上昇すると、オーキッドが天井を見上げて呟いた。

「ここから運び込まれ、そして送り出されたのか。何も覚えていない」

シルヴィアが肩をすくめた。

「私もよ。改めて見たせいで、そのうち夢に出そう」

ラスティが、ホスピタルに言った。

「この地下でおれらを改造したんだろ？」

ホスピタルが眉間に皺を寄せた。

「私はしていません。生命維持に協力しただけです」

「今から行くところに住んでたんだっけ。住み心地よかった？」

「入院させられていたんです。〈ガーデン〉のほうが比べものにならないほどいいです」

ホスピタルが突っぱねるように言って、背後のハンターを振り返った。

「私たちが来たことは、もう伝わっているでしょう。私がいたとき、〈ドクター・ホィール〉は、常に監視されていると言っていました。ドアの開閉回数でさえ記録されていると」

ハンターは当然という態度でうなずいた。

「この知られざる道を通り、ブラックキングの庭園を正面から訪ねる。敵対するのではなく、ブラックキングの望みを叶えることにもなると理解させるためだ」

ホスピタルもうなずき返したが、早くもその顔から血の気が引いている。長くここにいたことは違法エンハンサー同士の殺し合いに加わらずに済んだことを意味する反面、悪夢の中に住むことを余儀なくされたといっていいからだ。

刻み込まれた恐怖がホスピタルからハンターに伝わり、ハンターがそれを共感《シンパシー》としてみなに伝えていた。むろんのこと仲間の心を恐怖で染めるためではなく、分かち合うことで恐怖の克服を促すためだ。全員でホスピタルと手をつないだり抱擁したりするのに等しく、効果は大きかった。ホスピタルの恐怖がたちまち和らいでゆくのをみなが感じ取っていた。

「ありがとうございます、ハンター、みなさん」

ホスピタルが嬉しげに言った。みながホスピタルへめいめい笑みを返したところで、目的のフロアがある九階に到着した。

エレベーターのドアが開くと、今度はオーキッド、ラスティ、シルヴィアの順で速やかに降りて安全を確かめた。

ただちに危険が迫る様子はなかった。そこにも通路があり、突き当たりでT字路になっている。壁に表示はなく、どこへ通じるのかを知るすべはなかったが、ホスピタルがケイトとともにエレベーターを出て告げた。

「左へ行くと、私がいた場所に出ます。右は、〈ドクター・ホィール〉の部屋と聞いていますが、入ったことはありません」

ハンターと猟犬たち、そしてバジルが最後に降りた。全員で通路の突き当たりまで進んだところで、バジルが指示を出した。

「よし、シルヴィアとオーキッドはここにいろ。ラスティ、レーダーを張れ。オーキッド、〈ドクター・ホィール〉の部屋を調べろ」

シルヴィアがバッグをどさっと床に落とし、ジッパーを開いた。中には彼女が工夫を重ねるプロテクターとケブラー繊維の束がぎっしり詰まっている。鎧《よろい》であり動力回路であるそれをシルヴィアが取り出す一方、オーキッドが右手に銃を握り、用心深く部屋のドアを僅かに開き、音波探査で中を調べた。

「誰もいない。ただのベッドがある書斎だ」

「あの博士の独房か」

ラスティが釘打ち器を床や壁に向け、ばすっ、ばすっ、とリズミカルに打ち込んでいった。堅いコンクリートであっても、ぴったり頭まで釘を打ち込める、優れものの釘打ち器だ。打ち込まれた釘から赤錆《あかさび》にそっくりのワームが染み出し、蛇が這うようにほうぼうへ伸びていった。あとは自動的に増殖するだけなので、立ち上がってバジルにOKサインを出した。

「後ろを守れ、ラスティ。行くぞ」

バジルを先頭に、ホスピタルが示した左へ折れる通路を進んだ。窓もなく、突き当たりの左側にドアが一つあるのみだった。電子ロックをジェミニが解錠し、バジルがドアを開いて無造作に踏み込んだ。

室内の様子が一変した。無機質なリノリウム敷きの空間が、小洒落たログハウスふうの玄関口になっていた。廊下の左右にバスルーム、カトラリー室、ランドリー室などがあり、バジルが両袖から電線を放ちながら踏み入った。電線がこれまた蛇のように猛スピードで這って部屋から部屋へと移動して人の有無を確かめていくとともに、天井をラスティの赤錆が何条もの筋となって染みを広げていった。

　上階にはホスピタルやストレッチャーが自室として使っていた小部屋など数室が存在するが、今は全て無人であることを確かめた電線が、するすると戻ってきてバジルの袖の中に入っていった。

　残りの電線が廊下を進み、閉じたドアの前でとぐろを巻いた。バジルが歩み寄ってドアノブに手をかけた。鍵はついていなかった。静かに押し開くと、隙間から電線が入っていった。

「化け物はいない」

　バジルがドアを大きく開いて中に入った。

「くそったれの子供工場《ベイビー・ファクトリー》に到着だ」

　ハンターと猟犬たち、ホスピタル、ケイト、ラスティが後に続き、キッチンのそばを通ってリビングに出た。

　広々としたスペースの大半を、一列に並ぶベッドと生命維持装置が占めていた。ベッドでは装置に接続された四人の女たちが、怪物を出産するガチョウ《グース》として呼吸を繰り返し、大きな腹を僅かに上下させている。

　ホスピタルとケイトが表情を消して女たちを見つめた。ラスティが顔をしかめてカウンターの椅子を引いてきて背もたれを前にして行儀悪く座り、ドアからリビングまでの進路を守るよう位置取った。

「工場ってより家畜小屋だぜ。用が終わったら始末しちまおうぜ、ハンター」

「これはブラックキングの獲物であり、今おれたちがゆいいつ見て触ることができるシザースたちということになっている。それを忘れるな、ラスティ」

「あいよ、ハンター。胸くそ悪いったらないぜ」

バジルも同感だというように低く唸りながら、リビングの奥へと足を運んだ。

「このあたりだ、ハンター。ここであんたは女たちに針を打って均一化《イコライズ》しようとした。そうしたら急に……止まっちまった。今日の会議のときみたいに。ほかに同じようになったのは、おれが覚えている限り、マクスウェルが採めた〈ファウンテン〉での会合の後だ。ショーンが、昔あんたを撃ったやつの情報を見せたときも、あんたは、止まっちまってた」

ハンターは犬たちをラスティのそばで待機させ、女たちの顔を一人一人眺めながら、バジルに歩み寄った。

「彼女たちが、おれから関心を奪ったのかもしれんな。均一化《イコライズ》を試みるおれを逆に取り込み、空振りだと思い込ませたかどうか、今一度、確かめねばならない」

ハンターの手に赤い針が現れた。一番奥にいる女の頭を傾けさせ、首の付け根にそっと打ち込んだ。針はするすると溶けるように女の中へ消えていった。以前とは逆の順番で、三人の〈レディ・グース〉に針を再度打ち、最後にサラノイ・ウェンディこと〈マザー・

グース〉の頭部にその針を植えつけた。

それからハンターはカウンターの椅子を引いて女たちを同時に視界に収められる位置で腰を下ろし、五本目の針を現すと、顎を引いておのれの首の後ろへ打ち込んだ。

その右にホスピタルが、左にケイトが立った。

バジルはさらに奥へ移動し、別のドアのそばに立った。病院の表玄関から入った際に辿り着くドアだ。そのドアノブに電線を絡みつけて固定し、誰も入って来られないようにした。いざというときには、すぐに電線をほどいて脱出路に使う気だった。

ハンターが能力《ギフト》を発揮していることが、室内の者たちへ伝わった。やがてハンターが両方の手の平を上にして、左右の女性たちへ差し出した。ホスピタルが両手でハンターの右手を握り、ケイトが同様に左手を握った。

「ここで何も得られないことを、むしろ怪しむのがおれだ。何かなければいけない場所が空白であること自体がおかしい。そう考えるべきだが、そうしなかった。もう一人のおれの意見がほしい」

ケイトが手を握ったままうなずいた。その表情と姿勢が一変し、ハンターの人格を現した。

「そうだ。お前はシザースに利する判断ばかりしてきた。それが本当にお前自身の判断であったか見定めるべきだ」

「あなたの脈搏が急速に鎮静され、脳の活動が不活発になっていきます」

ホスピタルが言った。

「大丈夫だ。まだおれは意識を保っている……」

だがハンターの声は早くも掠《かす》れ、奇妙に間延びしていった。

ラスティが椅子から身を乗り出し、犬たちと固唾《かたず》を呑んでハンターを見守った。バジルもハンターを凝視し、その身に現れるどんな些細な異変も見逃すまいとしている。

「おれを均一化《イコライズ》する者を……おれ自身を鏡にして……映し出そう……」

ハンターの全てが停止した。

にわかに眠れる女たちの生命維持装置が、アラート音を発した。

バジルが装置へ歩み寄った。

「くそ、心臓が止まりかけてるぞ。ハンターは大丈夫か？」

ホスピタルがハンターの手にもう一方の手を重ねた。

「ハンターは無事です」

ふいに生命維持装置のアラート音がやみ、パルス音が正常なものへ戻っていった。

サラノイ・ウェンディがゆっくりと上体を起こし、人工呼吸器の管を鼻と口から生やしたまま白目を剝いて冷ややかな憤激の形相をあらわにして、ヴィクトル・メーソン市長の声を放った。

「〈ザ・ハンド〉が告げる。スリーピング・ビルよ、能力《ギフト》の封印に抵抗してはならない。スクリュウ・ワンだけではお前を抑えられないようだが、だからといって自由に振る舞えると思わないことだ。お前を拒絶させた負荷が、彼女たちを心停止寸前へ追いやった。それが何を意味するかわかるか？　我々の同胞にいらぬ苦しみを与えた罪は重いが、罰を与えるのは我々ではないということだ。お前は我々のみならず、ノーマ・オクトーバーの決定的な怒りを買った。お前も予期する通り、お前たちがここに来た時点でビル・シールズのもとへ向かった〈天使たち《エンジェルス》〉の大半が引き返した。そこにいるお前の仲間が生きながら食われるさまを見ることになるぞ――」

ふとそこでサラノイ・ウェンディが声を放つのをやめた。

みなが彼女に注目していた。バジルが、ホスピタルが、ケイトが、ラスティが、ナイトメアが、シルフィードが、ジェミニの双頭が、そろってサラノイ・ウェンディに目を向け、信じがたいという面持ちをあらわにしているのだ。中でもラスティなどは釘打ち器を掲げ、今すぐゾンビのように起き上がったサラノイ・ウェンディに釘を打ち込むべきかどうか迷う様子だった。

「聞いた声だ。間違いねえ。市長の……ヴィクトル・メーソンの声だ」

バジルが言った。

ハンターは宙を見つめたまま微動だにしない。だがその周囲でかつてない共感《シンパシー》を抱き合う仲間たちが、現実にはありえないサラノイ・ウェンディの挙動を目《ま》の当たりにし、その口から放たれる声をハンターに代わってはっきりと認識していた。

12

《廊下から来ます！》

バロットがチョーカーから電子音声を放ったときには、剃刀《かみそり》のような牙を生やした五人のピラニア少年たちが天井を猛スピードで這い進み、ビル・シールズ博士とオフィスのメンバーがいるリビングへ殺到していた。

「ハリハリ！　ハリハリ！　ハリハリ！　ハリハリ！」

彼らが放つ奇声に人々がぎょっとなるのをよそに、バロットはスティールがもてあそんでいたリンゴを、ぱっとつかんだ。

スティールがそれを投げようと考えているのはわかっていた。だがその前に異変を把握する必要があり、さもなくば投げ損なって味方に被害を及ぼしたり混乱をもたらしかねないという逡巡も、筋肉のこわばりや視線といったものから読み取ることができた。驚愕や恐怖によって反射的に行動するのではなく、どうすれば犠牲を出さず、可能な限り多くの人の役に立つかということを、つい考えてしまうのだ。

いくら利己的に振る舞おうとも、それはスティールが結局のところ自分さえ助かればいいとは、どうしても思えない利他的で奉仕好きなお人好しであることの裏返しであり、だからこそ〈イースターズ・オフィス〉が窮地に陥ってもコーンのように離れるのではなく、むしろ率先して属し続けるのだった。

バロットは、そのスティールが作り出してくれたものをありがたく頂戴し、いち早く事態を把握した自分がそうすべきだという確信のもと、天井を這い進む五人の〈天使たち《エンジェルス》〉のうち最も先頭にいる中央の一人へ、正確に投げ放っていた。

ピラニア少年が、逆さまの姿勢で、リンゴを一瞬で噛み砕いた。

派手な炸裂音が轟き、イエローグリーンの煙幕が部屋じゅうに降り注いだ。爆発の衝撃は大したものではないものの、口内でもろに食らった少年が驚いて天井から滑り落ち、口と鼻から煙を盛大に噴きながらテーブルに転がり倒れた。

イースターとケネスが慌ててソファから腰を浮かし、落ちたピラニア少年が素早く態勢を立て直した。

「アジアジアジアジ！」

得体の知れない叫びをあげながら一瞬でまた天井へ跳んだときには、イエローグリーンの煙幕が辺り一面に広がり、

「アジアジ！」「オゴオゴ！」「カカカカ！」

と右往左往しているらしい少年たちの、熱帯雨林に生息する鳥類の鳴き声を思わせる声がほうぼうから聞こえた。

バロットの狙いどおり、部屋の出口を押さえられたという不利な状況を一発で覆すことができた。むろん後続が来ないとは限らず、ここにいれば全員身動きが取れなくなるのは必至であるため、バロットは煙で咳き込むことなくチョーカーから電子音声を最大音量で放った。

《みんな急いで部屋から出てください！》

この時点で、スティールもライムもそうしようとしていたし、クレアが拳銃を構えて部屋に飛び込んできていた。しかし肝心のビル・シールズ博士が、呆然と突っ立ったままリビングの大型モニターに釘付けにされたように動こうとしなかった。

いつの間にかモニターが点灯しており、実に気味の悪い、小鬼めいた少年と少女が手をつないでいる姿が映し出されているのだ。額に角を持ち、血のように赤い眼球を見開き、長い舌を垂らして笑みを浮かべる少年と少女らしき二人へ、ビル・シールズ博士が懇々と訴えた。

「私をガトー兄弟が食い殺すのか？　クラクマン、クロケ……どうかやめさせてくれ」

イースターが、ビル・シールズ博士の腕を引っ張り、モニターから引っぺがすようにした。

「あなたを我々の保護下におきます！　ここを出てください、博士！」

するとモニターが、

「アアアアイイイ――！」

という小鬼のけたたましい声を発した。

バロットはその一瞬で、部屋の電子機器が制圧されたことを感覚した。エレベーターも使用不能になったに違いない。脱出のチャンスが刻々と奪われようとしていた。このままでは煙幕でこちらも視界を妨げられてしまうし、何より爆発音に驚いて散開してくれていた五人が、再び出口を封じる位置へ回り込もうとしていた。

だがそのとき、バロットが最も期待した援護が来てくれた。

レイ・ヒューズが飛び込んでくるなり、両手の銃で流れるような速射を放ったのだ。煙越しにピラニア少年たちのおぼろな影を片っ端からとらえ、五人全員に一発も外さず電撃弾を叩き込むという、バロットですらこの一瞬でそこまで支援が可能なのかと驚くほどの精確無比たる射撃だった。

クレアも発砲したが、こちらは天井に向かって一発だけ撃っていた。この状況においては、しごくまっとうな威嚇射撃であり、視界を極端に制限された状態で、味方への誤射を恐れず平然と連射できるレイ・ヒューズが常軌を逸して神がかっているというべきだった。

「エスコート・チーム、急いで出て！　私たちが止めるわ！」

それでものろのろとしか動かないビル・シールズ博士のジャケットを、ライムが乱暴につかんで引き寄せた。

「あなたがのんびり生贄《いけにえ》になれば、全員道連れだ。まともに動かないなら、おれが担ぐ。いいですか？」

「わ……わかった、君たちに従う」

ライムに引っ張られながらやっとビル・シールズ博士が部屋を出た。イースター、ケネス、バロット、スティールの順で続いた。

背後ではレイ・ヒューズとともにクレアが発砲していた。部屋から味方を出したうえに、レイ・ヒューズが意図的に敵を一方向へ追いやったことで、クレアも乱射するのではなく適切な射撃が可能になったのだ。

恐ろしいのはその銃撃音が続いていることだった。レイ・ヒューズもクレアも基本的に電撃弾しか使わないが、それでは即座に動きを止められない相手なのだ。

「早く、早く！」

ガード・チームの警官一名がドアを押さえ、大声で怒鳴っていた。廊下では残り一名が、他のドアを叩いて回っている。市警であることを告げながら、ドアを開かず外に出ないよう呼びかけていたが、バロットの感覚では在宅中の住人はいない様子だった。おそらくビル・シールズ博士のスポンサーであるオクトーバー社が、全室を所有しているのだ。

そのバロットの推測どおり、奥の部屋のドアが開くや〈天使たち《エンジェルス》〉がどっと飛び出した。ヒルのような肌をした少年、体から蔦を生やし全身緑色の少年、犀《さい》の角を持つ少年など、五、六人が、跳んだり這ったりしながら奇声を発し、警官とミラーへ襲いかかった。

ドアを叩いていた警官が驚きのあまり棒立ちになるのをよそに、ミラーはそのホラーじみた光景へ敢然と踏み込み、火のついていない葉巻をくわえ、四肢をぐんと伸ばし、大胆不敵に拳と蹴りを放って宙を飛ぶ子どもを次々に打ち払った。

「この麗《うるわ》しい連中はおれに任せておきな！」

イースターの腕を、バロットがつかんで止めた。

《エレベーターは駄目！》

イースターが全面的にバロットの忠告を受け入れ、スティールに向かって訊いた。

「階段は!?」

「こっちです！」

建物の構造や周囲の環境を把握しておくのはスティールの役目であり習性の一つだ。

みなスティールに従って通路を戻り、ビル・シールズ博士の部屋の前を通り過ぎた。右手に非常階段のドアがあり、スティールがそれを開いて安全を確認した。

ドアの向こうにすぐ階段があるのではなく、数メートルほどの短い通路の先に、もう一つドアがあった。

「あそこから非常階段に出たら、カードキーがないと中には入れなくなります」

高級レジデンスにありがちなセキュリティドアだ。住居側からしか自由に開けず、非常階段側からはカードキーがなければ再入館できない。住人と警備員しか行き来できないようにするためのものだが、セキュリティを敵に制圧されている状態では、エレベーターに入って閉じ込められるのと大差ないといえた。

「待っててくれ、〈ウィスパー〉とトレインにここのセキュリティを押さえさせている」

イースターが眼鏡のレンズを明滅させたが、バロットの感覚ではそうたやすいことではない感じがした。先ほどモニター越しに姿を見せた小鬼たちが、がっちり防御しているのだ。

ビル・シールズ博士の部屋ではなんとまだ銃声が続いていた。もし敵が通路に出て来れば、すぐさま追い詰められてしまうだろう。バロットは意を決して、無意識にピアスをしていない左耳に触れながら奥のドアへ歩み寄ろうとした。自分が参加し、〈ウィスパー〉やトレインを助けねばならない。オフィスのメンバーではない自分が、こうした施設に電子的に干渉すれば問題が生じるだろう。だが今の状況なら、生命保全プログラムを盾にできる目算は十分あった。

だがそこでライムがすっとバロットを追い越したかと思うと、何を考えているのか、無造作にドアノブに手をかけていた。

《どいてください。私が――》

言いかけたバロットの唇に、ライムのもう一方の手の人差し指が、ぴたっと当てられた。

しーっ、とライムが歯の隙間から声をこぼした。子どもを静かにさせるみたいに。

おかげでバロットは唇に指を当てられたまま、目をまん丸にする以外に、何もできなくなってしまった。

ライムはバロットをよそにドアノブを握ったままそれを動かしもせず、目を閉じて何かを感じ取ろうとしていた。足元からひやりとした空気が漂ってきた。ライムが能力《ギフト》を発揮しているのだ。バロットは自分の口を凍らせる気かと思いかけたが、そうではなかった。

ライムの目的は何かを凍りつかせることではなかった。ゆっくりと空気から温度を奪いながら、温度変化の差から、ドアの向こうに存在するものを感じ取っているのだ。

超音波やX線なみにドアの向こうにいる存在をとらえ、かつ相手に悟られぬようライムならではの攻撃を仕掛けていた。

能力《ギフト》の有効活用ぶりはさておき、いったいいつまで指を唇に押しつけている気か。むかむかする気分と、むずむずする感じがしてたまらなかった。そもそもチョーカーから電子音声を発しているのだから、唇を閉じさせることに何の意味もないはずだ。

おかげで微動だにせずライムの横顔を見続けさせられるという不快な目にも遭わされて

いた。何度も思ったことではあるが、きっと世間一般ではかなりのハンサムで通るのかもしれない。とはいえ今のバロットには、この滑らかな黒い肌を持つ頬を力一杯引っぱたいてやれたら、さぞ気分がよかろう、ということしか考えられなかった。

ライムが薄目を開いたが、その青い瞳は一心に目に見えぬ何かをとらえており、誰かの唇に指を当てていることすら忘れている様子だ。

バロットのまなじりがかつてないほど怒りをあらわにしていくさまに、イースターとスティールとケネスがひやひやした様子で顔を見交わし、ビル・シールズ博士に怪訝《けげん》な顔をさせた。

ライムの指がようやくバロットの唇から離れ、その手の平で、ぽんとドアの表面を叩いた。

ギャッ！　という悲鳴がドアの向こうで起こり、何かが階段を転げ落ちる音が響いた。ついで、氷が砕けるような音がした。ライムの手の中で、ドアノブが電子錠ごと粉々になったのだ。

ライムが、ドアノブがあった穴に指を引っかけ、開いた。屋内非常階段の床が霜で覆われて光っていた。霜には小さな靴跡がいくつも残されており、何かが慌てて下階へ駆け下りていく音が届いてきた。ライムの能力《ギフト》で、ドア越しに低体温症にされかけたのだろう。

「壊していいならドアは開くし、待ち伏せも多少は防げる――」

ライムが振り返り、バロットに睨みつけられていることに気づいて眉をひそめた。

「なんだ？　どうした、ルーン？」

《今度、同じことをしたら嚙みますから》

ライムが突拍子もないことを言われたように目を丸くした。

「それは、良い意味でか？」

バロットはそれこそ嚙みついて言った。

《どんな意味があるというのですか？　何の意味もありません》

ついでに、いつの間にかファースト・ネームで気安く呼ばれていることにも文句を言いたかったが、もちろんそんな場合ではないので、顔を背けるだけで今はよしとしながら脇にどいた。

ライムがびっくりした様子で首をすくめて非常階段に出た。イースターがビル・シールズ博士を促しながらそうした。ケネスとバロットが続き、最後にスティールがポケットから干しブドウのパックを取り出すと、それを通路にばらまいてからドアを閉じた。

「下りるのではなく、一つ上の階に行って敵をまきましょう。完全には無人化されていません。各階にゴミの収集所があり、清掃員が出入りする通路があります。敵が人目につくことを避けるなら、襲撃の緩和が期待できる撤退路となるでしょう」

スティールの提案に従ってみな上階に移動し、ライムがフロアに出るためロックされたドアノブを握った。

《ドクター、私が手伝っては駄目？》

イースターが眉間に皺を寄せ、厳しい顔つきになった。

「君が君の生命を守るためにしたことであれば、ペナルティを回避できるだろう。問題は、ここにはまだ保護証人が存在しないってことだ。我々は、ここでの行動の根拠も、ウフコックを助けるための手段も、何も得られていない」

その言葉を受けて、ケネスが改めてビル・シールズ博士と向き合った。

「もしあなたが、このまま引っ張り回されるうちに生き残れると考えているなら大間違いです。オクトーバーはあなたをどこまでも追うでしょう。もし生き残ったとしても、あなたは死ぬまで奴隷のままだ。それにおれは、あなたがこれまでしてきたこと、すべきだったのにしなかったことの両方の償いをさせたいと思っています。あなたがもたらしたものは、あなた自身を何千回殺しても釣りがくるんですから」

音をたててドアノブが粉々になり、ライムがドアを開けてみせながら口を挟んだ。

「死にたいなら、こっちに犠牲が出る前に言ってください。その場合、あなたをその階段から突き飛ばして、我々はこれまでの努力は全て無駄だったと諦めて逃げるしかない」

ビル・シールズ博士は重苦しい溜息をついた。

「もはや自分がいったい何に捕らわれているのかもわからない。読みきれぬほどの契約書の束も、死の恐怖も、気づけば人生の一部になっていた。多額の研究費と報酬を得て何かを開発すればするほど、医療とはかけ離れた利益のための被害者が出る。もうこれ以上、悪夢を広げてはならないと決意するたび、途方もなく忌まわしいものが生み出される。そんな私に何ができるのか……所詮、私自身の有害性を証明するだけだ。君たちの仲間の解放には同意しよう……そのあとは放っておいてほしい。どうせ同じことが繰り返されるだけだ」

《助けたい人はいませんか？》

バロットはついそう尋ねていた。説得のセオリーを意識してというより、見るに見かねてのことだ。きわめて聡明なはずの人物が、とことん人生を見失う姿というのは、スラムの光景と同じくらい絶望的な気分にさせられるからだ。

《ご自身でなくとも、救ってあげたいと思える人がいるのでは？》

はからずも、これが老医師を覆う殻を、多少なりとも破るきっかけとなったらしかった。

ビル・シールズ博士がうなずき、唇を震わせた。

「サラノイを……グースと呼ばれる女性たちを……解放しなければいけない。悪夢の中で生まれてしまったあの子どもたちに……害意ではない何かを与えねばならない。死からよみがえらせた者たちには……敵意を捨てさせねばならない」

《そしてオクトーバー社の人間に、二度と同じことをさせてはならない》

バロットが言い添えると、ビル・シールズ博士はごく自然にうなずいていた。

「そんなことができるならの話だが……」

イースターが眼鏡の弦に触れ、収録機能をオンにした。

「ビル・シールズ博士。我々は、あなたの意思を最大限尊重することをお約束し、あなたが懸念することがらの解消と解決を目標として働きます。我々のもとで保護証人となり、09法案にもとづく生命保全プログラムを受け入れますか？」

ビル・シールズ博士は、イースターを見つめ返し、ささやくようではあったが、はっきりと告げた。

「イエスだ」

13

ホワイトコーブ病院のバックドア側の出入り口に馬鹿でかいバスがやって来たとき、エリクソンはてっきり〈ガーディアンズ〉のバスが現れたのかと思った。ストレッチャーが運転し、モルチャリーを乗せて、ホスピタルの応援に駆けつけたのだと。

だがそんな指示は出されていなかった。ハンターやバジルからそんな連絡はなかった。

エリクソンは、ただちにその砂鉄状の肉体で鎧を作り出した。日々新たなデザインに挑戦するヘルメットを現し、両肘から先を短身のドラム弾倉式マシンガンに変え、全身に蓄えた弾丸を大量に装塡して迎撃態勢を取った。

バスがバックドアと向き合って停まった。運転席には誰もいなかった。隠れている様子もない。全自動運転車のようだった。ますます仲間ではないという確信が深まった。ハンター配下の者が、いつ遠隔操作されるかわからないものに乗るはずがなかった。

バスのドアが開き、ずん、と音をたててそれが現れた。

エリクソンのものよりも太い、途方もなく逞《たくま》しい腕だ。

象牙のように硬化した拳を床につけながらゴリラ少年ことキドニーがバスを降り、怒りを滾《たぎ》らせて炯々《けいけい》と光るサファイアの瞳をエリクソンに向けた。右拳には〝ゆけゆけ《ゴー!ゴー!》〟、左拳には〝やれ《ドゥーイット》〟のステッカーが貼られ、不退転の思いをあらわにしている。

少年の威容に、〈ハウス〉の運転席でアンドレが目をまん丸にした。アンドレにはハンドルの前で脱出に備えるという重要な役目があるので動けなかった。そのことをキドニーは承知しているのか、はたまた興味がないのか、アンドレのほうは一顧だにせず、豹のような唇を捲《まく》り上げて鋭い牙を剝き、まっすぐエリクソンに向かって進んでいった。

「まざータチに、なにをシタ」

エリクソンには想像もつかないので答えられず、代わりに別のことを告げた。

「止まれ。止まらないと撃つ」

だがキドニーは止まらず、エリクソンはすぐさま相手を殺して止めることに決めた。

威嚇射撃などという悠長な真似を好むのはバジルくらいのものだ。バジルの能力《ギフト》が拘束に主眼を置くのは脅しだけで済ませるためだが、ストリートに住まう多くの者や警官たちに、そうした発想はない。

エリクソンは、初めて目にした不気味な〈天使たち《エンジェルス》〉の一人を蜂の巣にしてしまえば、あとどれだけおかしな連中がバスの中に隠れていようとも怯えて出てこなくなるだろうと考え、両手のマシンガンから盛大に銃火を噴出させた。

キドニーは止まらなかった。右腕を掲げ、そのまま進んだ。巨大な腕が警察用シールドなみに銃撃に耐え、前屈みの姿勢とあって頭から股間までを守り、キドニーを中心におびただしい数の跳弾が飛び交ったおかげで〈ハウス〉やエリクソン自身も被弾する有様だった。

エリクソンはダメージを与えられると信じて撃ち続けたが、すぐにそうではないとわかった。キドニーの腕は目に見えない何かを帯びており、そのせいで弾丸がしっかり届かず、接触するかしないかのところで軌道を逸らされてしまうのだ。

エリクソンは右手で撃ちながら左手の武器をリセットした。左肘から先の粒状筋肉がさらさらと音をたてて特大の杭打ち機を作り出した。

相手がバックドアの前まで来るのを待ち、右手で撃つのをやめ、左手の武器を振り上げた。

キドニーが右拳を床につけ、胸を大きく反らして左拳を振りかぶった。

振り下ろされた杭打ち機が、キドニーの左拳と激突した。杭が発射途中で押し戻され、杭打ち機がぐしゃぐしゃに歪み、エリクソンの巨体がくの字になって吹っとんでいってバックドア奥の通路で激しく転倒した。

「おう、なんという怪物だ」

起き上がると、さらなる異変に襲われた。打撃を受けた左腕が帯電して火花を散らし、形状の操作を妨げられているのだ。どうやら相手の体が電気を発したか何かしてそうなったらしいとしかエリクソンには理解できぬまま、右腕を巨大な電動ノコギリへ変貌させた。相手が強固なら少しずつ削ることが効果的であるということを、他ならぬエリクソンが身をもって知っていたからだ。

キドニーがずしずしと迫った。おかっぱの銀髪が逆立っており、通路の灯りがおかしな感じに明滅したかと思うとバックドアの電子ロックまでもがバチバチ火花を噴き始めた。まるで生ける発電所だ。

「シルヴィアと似たような能力《ギフト》か」

エリクソンが電動ノコギリの刃を激しく回転させた。

「オマエたちガ、ぼくタチの、コピーだ」

キドニーが唇を不快そうに歪め、左手の〝やれ《ドゥーイット》〟を掲げた。

「ぶりおーしゅ・しすたーずハ、こいつヲ、どかしテ、タベて、イイ」

キドニーの背後から、さらに異形の三人が雄叫びをあげながら飛び出した。

山羊《やぎ》の脚とトカゲの顔を持ち、身だしなみに余念のない少女たちだ。ブリオーシュ姉妹と呼ばれた三人が、血の黒染みがこびりついた肉切り包丁、ノコギリ、ハンマーを振り回しながらエリクソンに殺到した。

エリクソンは左手を銃に変えて牽制しようとしたが形状が定まらぬままだった。やむなく電動ノコギリで肉切り包丁を打ち払ったが、トカゲ少女の一人が異様な迅速さで背後に回ってハンマーを振り下ろし、エリクソンの巨体を叩き伏せた。

エリクソンの首を、包丁を持っていた一人が抱えた。残り二人がそれぞれエリクソンの脚を抱え持った。

三人とも、細長いくせに鋼じみた筋肉を持つ腕をしており、エリクソンの重たい体を人形のように出口へと運んでいった。エリクソンは電動ノコギリを振り回したが、普通のノコギリで押さえつけられ、刃が噛み合って動かなくなってしまった。全身から多数のナイフを飛び出させたものの、なんと少女たちの皮膚が丈夫すぎて貫くことができなかった。

キドニーのそばを、ブリオーシュ三姉妹がエリクソンを抱えて走っていった。バスから続々と〈天使たち《エンジェルス》〉が下り、エリクソンを抱えた三姉妹を見て、ギャアアアアオオオと興奮の声をあげた。

三姉妹が、仲間たちに見せつけるように、エリクソンをぶん投げた。

エリクソンは宙を舞って壁に叩きつけられ、床に落ちた。すぐさま三姉妹が躍りかかり、手にしたものを狂喜乱舞して振り下ろした。

「ミミミミ！」「ナナナナ！」「ニニニニ！」

奇怪なはしゃぎ声をあげる彼女らに滅多打ちにされ、エリクソンはうずくまって体をピラミッド型の防御の形にした。衝撃で朦朧《もうろう》とする頭と、単純な形にするにも手間のかかる左腕を回復させるまで、バラバラにされないことを祈りながら防御に徹するしかなかった。

その様子を車内から見守るばかりのアンドレは、車載電話でハンターたちにこのヤバイ状況を伝えようとしたが、完全に遮断されていてできなかった。ジェミニがいるのに通信不能ということは、意図的に邪魔することのできる相手がいるということだ。

「おう、ちくしょうめ、とんでもねえ百鬼夜行《トリック・オア・トリート》だ」

アンドレが受話器を叩きつけるように戻したときには、三姉妹以外の〈天使たち《エンジェルス》〉が通路奥のエレベーターにぎゅう詰めになって乗り込んでいた。あまりに狭苦しいので、キドニーが〝ゆけゆけ《ゴー！ゴー！》〟のシールをつけた右拳を高々と掲げた。

「まんでぃあん・ぶらざーずハ、ボクといく。ろしゅ、じぇらーと、みんなトさきにいってイイ。みんなハ、ろしゅトじぇらーとノ、いうことヲ、きくようニ」

キャアキャア歓声をあげながら、〈天使たち〉《エンジェルス》のうち二人が、壁を這いのぼって天井の作業口のハッチに慣れた様子で取りついた。

ロシュと呼ばれたのは、カラフルなシャツと半ズボンを着た少年で、生まれたばかりの体重四十キロの赤ん坊といった姿をしていた。顔も手足も嬰児《えいじ》のようにふくふくとしたピンクだが、黒く鋭い爪を持ち、背はアルマジロのような甲皮で覆われ、巨大で真っ赤な眼球をぎょろつかせ、おそろしく長い舌をリボンのように口から出し入れしている。

ロシュが開かれたハッチから姿を消すと、ジェラートと呼ばれた少年が天井にはりついたまま仲間を手招きした。こちらは襟付きシャツとズボンを着ており、顔と手足は粘液に覆われ、鼻腔があるべきところまで食虫植物を思わせる大きな口が開いている。

たちまち〈天使たち〉《エンジェルス》の少年少女が跳んだり壁を這い上ったり、仲間に引っ張り上げてもらったりしながら、嬉々として外へ出てシャフト坑を駆けのぼっていった。

残ったのはキドニーと、マンディアン兄弟というワニみたいな顎と体を持ち、見るからに強靭な太い四肢で這う四人の少年たちだ。

エレベーターが九階に到着し、ドアが開いた。ずん、とキドニーが歩み出て、マンディアン四兄弟が続いた。

通路の先で、プロテクターを装着したシルヴィアが立ち塞がっていたが、その背後はすでに狂乱状態といってよかった。通路を右へ折れた先、ビル・シールズ博士のものだった部屋から、先行した〈天使たち《エンジェルス》〉が現れてドアを蹴倒し、オーキッドがドアの前で必死に撃ちまくって押しとどめているのだ。

シルヴィアはそちらを振り返らず、オーキッドがそう信じているように、彼が敵を食い止めてくれると信じて、キドニーとマンディアン四兄弟へ言った。

「キドニーと呼ばれていると聞いたわ」

「それハ、さいしょノ、なまえダ。べつノ、なまえモ、もらっタ。ぼくハ、えくれーるダ」

キドニーが急ぎも勿体つけもせず進みながら言うと、彼が引き連れるマンディアン四兄弟が顎を上下させてうなずいた。

「私はシルヴィア・フューリー。キドニー・エクレール、あなたにお願いがあるの」

「なんダ」

「ハンターの邪魔をしないで。彼はシザースと戦っている。あなたたちもそうでしょう？」

「まざーガ、しにそうダ。おまえタチハ、いけないコトヲ、シタ」

「シザースと戦うためよ。止まって」

「おまえハ、みんなデ、たベル」

シルヴィアが身構え、にわかに突進した。猛然と右拳を振りかぶり、プロテクターに蓄えられた電力が放出され、ロボットアーム同様、強烈な一撃を放つとともに、電撃をおよぼす多数のワイヤー・ワームをプロテクターの隙間から触手のように放っている。

キドニーはフライパンなみに大きな左の手の平をかざし、シルヴィアの一撃を真っ向から受けた。まばゆい電撃の閃きが爆《は》ぜた。衝撃でスニーカー履きのキドニーの足が後方へ音をたてて滑り、そして止まった。摩擦熱でスニーカーの靴底が焼け、鼻をつく臭いが漂い、マンディアン四兄弟が興奮してギャンギャン騒いだ。

キドニーは、青白い電撃の火花を全身にまといながらものともせず、髪を逆立て、爛々《らんらん》と目を光らせている。その左手はシルヴィアの右拳をすっぽり包み込み、今にもプロテクターごと砕いてしまいそうだ。

シルヴィアが他方の拳をキドニーの左腕に叩き込んだ。しかし硬く分厚い皮膚に弾かれ、電撃は表面を走り抜けるばかりで、相手の体内にショックをもたらすことができなかった。それどころかキドニーの腕全体が磁気を帯び、それがシルヴィアの体に伝わるとともに、おのれの体重を吸い取られるような異様な感覚をもたらしていた。

シルヴィアの足が床から離れ、ほんの僅かとはいえ宙に浮かんだ。キドニーの腕力ではない。まごうことなき能力《ギフト》のあらわれだ。

キドニーが、宙でもがくシルヴィアごと駆け出した。

シルヴィアは、なすすべもなく通路を猛スピードで運ばれてゆき、突き当たりの壁へ背から叩きつけられた。一発で肺の中の空気を残らず失い、衝撃で意識が薄れたところへ、振りかぶられたキドニーの右拳が、頭から胸元にかけて打ち込まれた。

　バイザーが砕け散り、メットが亀裂を走らせたが、頑丈な繊維がかろうじて崩壊を防ぎ、からくもシルヴィアの頭部を守った。シルヴィアがメットの内側で必死に息を吸う一方、キドニーは右手で彼女を壁に押さえつけたまま、左手を離して宙に掲げた。

　その〝やれ《ドゥーイット》〟の指示を見たマンディアン兄弟の四人が、一斉に牙を剝いて走り、キドニーの背後を通って左へ折れ、ハンターたちがいる部屋へ迫った。

　赤い錆が浮く通路へ駆け込むや、能力《ギフト》の気配を察したマンディアン兄弟たちが踊るように次々に跳びはね、錆に触れずに宙を数メートルも進んでドアに飛びつこうとした。

　だしぬけにドアが勢いよく開かれ、突っ込んできたマンディアン兄弟の二人を叩き返した。続けて突き出された釘打ち器が、宙にいる一人の胸元に押しつけられ、バスバスバスッと釘を打ち込んだ。ギャアッと声をあげるそいつの背に、残る一人がぶつかり、もろともに床に倒れつつ、すぐさま四つん這いの姿勢に戻った。

　ラスティが釘打ち器をかざしながら歩み出た。

「兄貴、ドアを閉めろ！」

　電線がすぐさまドアノブに絡みつき、ラスティの背後で音をたててドアが閉まった。

　マンディアン四兄弟が横一列に並び、白っぽく光る目で憎々しげにラスティを下からねめつけながら、用心深く後退した。今しがた釘を打ち込まれた者も、胸から血をしたたらせはするが、動きが鈍ることもなく、体から押し出された釘が三本、床に転がった。

「とんでもねえクソガキどもだぜ。ハンターが勝負かけてるってときに邪魔すんじゃねえ！」

ラスティは一方の手を腰に回して銃を抜くと、その腕を釘打ち器を持つ手の甲で支え、しっかりと狙いを定め撃ちまくった。

14

「実に驚かせてくれる男だな、スリーピング・ビル」

白目を剝いたサラノイが、人工呼吸器にいささかも影響を受けず、非現実そのものの明瞭さでヴィクトル・メーソン市長の声を放った。

「きわめてイレギュラーなやり方で、君の仲間を、シザースの亜種とでもいうべき状態にしたのだからな」

あくまでハンターに向けられるその声を、今や、心の働きを失った彼に代わって部屋にいる全員が聞き取っていた。

ハンターの手を取るホスピタルとケイトはむろんのこと、バジルとジェミニの双頭が並んでサラノイを見つめ、この場に存在しないはずの相手を注意深く観察しながら、対抗手段の有無を推し量っている。

バジルの電線が閉ざしたドアの前で、敵の侵入に備えるシルフィードとナイトメアも、サラノイから目を離してなおヴィクトル・メーソンの声を認識していた。

そればかりか、部屋から出たラスティをはじめ、建物の中にいるハンター配下の者たちみな、シザースとの接触を感じ、ここが彼らの分水嶺になるという意識を共有するのだった。

別の女が身を起こし、ヴィクトル・メーソンとは異なる男の声を放った。

「この男は有用だった。多少の僭越《せんえつ》には目をつぶり、市長の座を目指すというたわごとも受け流したが、こうなってはどれほど有害かを考慮すべきだ。シザースの拡張が〈ザ・ハンド〉の名においてなされるべき理由は、ひとえに〈引き裂かれた者《ティアード》〉を防ぐためなのだから」

これはネルソン・フリート議員だが、相手が誰であるかバジルたちにはわからなかった。

さらにまた別の女が身を起こし、異なる声を放った。

「胸くその悪い冒瀆者め。仕えるべき相手を愚弄することを考えずにはおれないんだな。ちまたに溢れる組織内の葛藤などという低俗な次元に我々を引きずり落とそうとするなど、神の足元に小便をかけるような万死に値する悪行だ」

これはマルコム・アクセルロッド捜査官だったが、やはりバジルたちには次々に女たちが身を起こし、聞き覚えのない声で喋り始めたという認識しかなかった。にもかかわらず、本来の声の主がどのような人物か、おぼろげなイメージがバジルたちの間で共有されようとしていた。その共有感覚《シェアリング》を察知したヴィクトル・メーソンが、サラノイの顔を微笑ませた。

「見ろ、〈ザ・サム〉たち。これぞ、まごうことなき〈ザ・ハンド〉の才能の証しだ。こうして決定的に間違った行いへおのれを駆り立てることさえなければ、シザースの次世代を担えるだろう。むろん我々の園を荒らした罰は下されねばならない。スリーピング・ビルよ。君の精神は虚無の穴へ落とされ、仲間たちは〈天使たち《エンジェルス》〉の供犠として捧げられる。全てやり直しだ」

最後の女が身を起こした途端、バジルたちの間に強い危機感が起こり、ジェミニの双頭が唸りをあげ、ドアと向き合っていたシルフィードとナイトメアもさっと振り返って吠え声をあげていた。

バジルが反射的に電線を放ち、その女の首と両手を拘束しようとしたが無駄だった。電線は何もない空間をのたくり、戻ってくるだけだった。女が身を起こした姿は幻に過ぎず、彼らの精神の中にしか存在しないのだ。たとえ眠れる女の首を瞬時に電線で切断したとしても、シザースの呼びかけによって生じるイメージに変化はなかっただろう。

「キキキキキャアーアーアーア！！」

スクリュウの咆哮が放たれた。バジルたちが突風を受けたように顔を背け、たじろいだ。

ホスピタルがハンターの手を両手で握りしめて叫んだ。

「ハンター!? 駄目です、眠らないで！」

ヴィクトル・メーソンが、やれやれというように溜息をついた。

「さようなら、スリーピング・ビル。再び目覚めたとき、君はまた新たな君となって過去の仲間のことも忘れているだろう――」

「別れを告げるにはまだ早いようだ、ヴィクトル・メーソン市長」

ハンターが言った。

女たちが、言葉を失ってハンターに見入った。

「ハンター？」

バジルが呼んだ。三頭の猟犬がハンターを仰ぎ見た。ホスピタルが目を輝かせた。

「おれは、まだおれ自身でいるか？」

ハンターが顔を上げて訊いた。ケイト＝ハンターが言った。

「お前だ。お前はお前自身のままだ、ハンター」

ハンターは不敵な笑みを浮かべてその精神の存在をありありと示しながら、ホスピタルとケイトの手を握り返し、そして離した。それから立ち上がり、サラノイたちを見下ろして言った。

「みなに感謝する。おれは今ようやくこの強大な敵を鏡とし、おれ自身を均一化《イコライズ》するという難事を成し遂げようとしている。おれが知ることのなかったおれを目覚めさせ、この敵のありようを知ろうとしている」

サラノイがヴィクトル・メーソンの声を放った。

「〈ザ・サム〉たちよ。答えを出せ」

ネルソンの声が応じた。

「スリーピング・ビル自身がゆらぎを司《つかさど》ろうとしている」

マルコムの声が応じた。

「こいつはスクリュウ・ワンを待っていた。おのれのものとするために」

スクリュウが哀れっぽい声をこぼした。

「ヒヤーアーアーアー……」

「スクリュウ・ワンを〈ティアード〉にさせてはならない。引き戻せ」

ヴィクトル・メーソンが命じる声に、ハンターが割り込んで言った。

「なるほど。お前たちから引き剝がされた者を〈ティアード〉というのか。わざわざ呼称をつけるということは、他にもそうした者たちがいるのだな？」

「お前は後悔するだろう、スリーピング・ビル。大人しく眠っていればよかったものを」

サラノイが歯を剝いて人工呼吸器を嚙みながら、ヴィクトル・メーソンの冷厳とした声を返した。

かと思うと、女たちが一斉に首をねじり、ガラス戸の向こうの庭を振り返っていた。

ハンターたちも同様にそちらを見た。

そこに少女が立っていた。

まだ十代前半といった容貌の、銀髪と燃えるような緑の双眸《そうぼう》を持つ美しい少女が、何の表情も浮かべず、ただガラス越しにじっとこちらを見つめているのだ。

実体のようでありながら、誰もそこにはいないという認識がハンターたちの間で共有される一方、ヴィクトル・メーソンが叫んだ。

「女王よ、〈ザ・ハンド〉に任せるんだ！　〈ザ・サム〉たち、女王を戻せ！」

だがハンターは少女の姿をしっかりと心に刻みながら、ガラス越しに言った。

「君がシザースの女王か。初めてお目にかかる。いや……、以前おれと会ったことがあるな？　そうだ。市長公邸で、おれは君に会った」

「やめろ！　〈ザ・ハンド〉が告げる！　スクリュウ・ワンをその男から引き離せないなら、他のスクリュウたちに女王を戻させろ！」

ヴィクトル・メーソンが怒鳴った。スクリュウのけたたましく哀れっぽい声が響いた。

置いていかないでくれと言っているのがハンターたち全員に伝わった。

「狩りが始まるぞ、ヴィクトル・メーソン市長！　都市じゅうのシザースにおれを狙わせるといい！　お前たちが狩り尽くされる前に！」

ハンターが言い放った。ヴィクトル・メーソンたちの気配が急速に遠ざかっていった。そしてある一瞬を境に、部屋が静かになった。

生命維持装置のやけに間延びするような作動音のほかは何も聞こえなかった。女たちは一人も身を起こしておらず、自分の意思では指一本動かせぬ身でただ横たわっている。

ハンターは庭にいる少女も消えたことを確かめ、何かを探すように視線を走らせた。

「都市じゅうにシザースの存在を感じる。その一人はおれの精神の一部とつながったままのようだ。じきにシザース全体のため、見捨てられてしまうという絶望が伝わってくる。ホスピタル、ここの女性たちに異常はないか？　我々が立ち去ったあと、急死する兆候は？」

ホスピタルは女たちのそばへ行き、一人一人、その手を握っていった。一人につき二秒ほどのスピード診察だ。

「異常ありません、ハンター。今後、何年も生き続けるでしょう」

「まだ死なせてやれねえわけか」

バジルが苦々しく呟き、ハンターとともにドアへ歩んだ。猟犬たちが速やかに従い、ケイトとホスピタルが続いた。

「いつかブラックキングを説得する十分な材料を手に入れれば掛け合える。さあドアを開けてくれ、バジル」

バジルが手をかざし、ドアノブと天井の梁《はり》をつないで固定する電線をほどいた。

部屋の外では激しい闘争が行われ、必ずしも〈天使たち《エンジェルス》〉が一方的に攻め立てているわけではなかった。むしろ〈クインテット〉の生え抜きメンバーならではの粘り強さと狡猾さで、ハンターが必要とする時間を稼ぐことに成功したといっていい。

ラスティは、能力《ギフト》を発揮する空間をドアから数メートルの通路内に限定し、壁も床も赤黒く塗装したかのように錆をはびこらせていた。天井パネルは崩れ落ち、錆が小雨のように降り注いでいる。強酸のシャワーブースに等しかった。ラスティ自身も頭から指先まで錆だらけで、顔も赤黒い仮面をかぶったような有様だ。

四兄弟が果敢に飛び込み、ラスティに食いついては、じゅうじゅう音をたてて体を溶かす錆に耐えられるまで耐えてから退くということを繰り返していた。その行動から、四兄弟の能力《ギフト》が跳躍において発揮されるものであることもわかった。磁石のように互いを引き寄せ合い、あるいは反発し合うことで、自由自在に跳び回るのだ。

だが変幻自在の動きも、今の状況では最大限発揮することができず、少しずつラスティの体を食い千切るという戦法を取らざるを得なかった。そしてラスティはむしろ進んでおのれを毒餌とし、ワニ少年どもを手間取らせていた。

通路の反対側では、逆にドアから飛び出そうとする〈天使たち《エンジェルス》〉を、オーキッドが片膝をついて間断なく撃ち倒していた。射殺できた者はおらず、仲間の手で部屋の中に引きずり戻されては、すぐに復活して向かってくる。弾丸が尽きれば、オーキッドはたちまち食い殺されるだろう。〈天使たち《エンジェルス》〉もそれがわかっているから、飛び出しては撃たれるという単純な動作を繰り返していた。それゆえオーキッドはあえて一発撃つつど自分が死へ近づくさまを彼らに見せつけ、もう間もなくこいつを殺せると思わせ続けた。もし本当に弾丸が尽きたときは、なるべく長く生きて時間を稼ぐだけだ。そのように決意を固めていた。

そしてその二人の間では、シルヴィアがみたび、キドニーの巨大な拳を浴びた。両腕でガードしたものの、背後に壁があっては衝撃を緩和するすべもなく、プロテクターごと両腕の骨が折れ、肋骨が砕け、壁にも亀裂が生じていた。

シルヴィアは壁に背をあずけてかろうじて倒れずにいながら、必死に呼吸を繰り返し、おのれの肉体ではなく、プロテクター内の回路が無事であることを喜んだ。相手の打撃が強烈であればあるほど蓄えられる力が、これ以上ないというほどみなぎっているのだから。

両腕が砕けたことなど問題ではなかった。キドニーが両手を握り合わせて振り上げ、容赦なく叩き潰しにかかったとき、シルヴィアの全身から稲妻が迸《ほとばし》った。まばゆい輝きがキドニーの分厚い胸のど真ん中に流れ込み、凄まじいまでの炸裂音を弾かせた。キドニーの巨体が真後ろへすっ飛び、地響きのような音をたてて倒れ込んだ。

ラスティをせっせと食い千切っていたマンディアン四兄弟が異変を察し、きびすを返してキドニーのもとへ走り寄っていった。

オーキッドの前でも波が引くように〈天使たち《エンジエルス》〉が後退し、どこをどう移動したのか、エレベーター前の天井パネルが床に落ちると、みなそこから這い出てキドニーの周囲に群れ集った。

キドニーがげほげほ咳き込みながら身を起こした。シャツは焼け焦げ、胸に大きな火傷を負っていた。口や鼻腔から血が幾筋も垂れ落ち、首も両腕も電撃のせいでぴくぴく引きつっている。

それでも攻撃意欲を失わず、唇を捲り上げて激しく唸りながら、両手を床につけてシルヴィアを睨みつけた。

そしてそのキドニーの前に、ハンターが歩み出て言った。

「〈クインテット〉の手強さを思い知ったか、キドニー？」

シルヴィアが、砕けたバイザーの奥からハンターを見つめた。彼女の安堵と喜びが、共感《シンパシー》の絆を通してハンターへ伝わった。

「素晴らしい健闘だ、シルヴィア。〈天使たち《エンジエルス》〉の束ね手である彼を、よくぞ食い止めてくれた」

ハンターが言った。シルヴィアは痛みと疲労で声を発することができず、倒れかけたところを、バジルが肩を抱いて支えた。

「よく頑張ったな」

ぼそりとねぎらい、すぐにシルヴィアをホスピタルとケイトに預け、自分は犬たちとともにハンターの横につき、憤怒にぎらぎら光る目をキドニーに向けた。

「やってくれやがったな、ゴリラ野郎」

その横から血まみれのラスティが錆を落としながら現れ、逆側からオーキッドが歩み出て、横一列に並んで〈天使たち《エンジェルス》〉と対峙した。

キドニーは、サファイアの瞳に冷ややかな殺意をたたえてハンターを見つめ、言った。

「まざーニ、なにシタ」

「お前たちのマザーは無事だ。目的はシザースを見つけ出すことであり、おかげで望ましい成果を上げることができた。ただ見つけるだけでなく、捕らえることができたのだ」

キドニーが険しい顔つきになった。〈天使たち《エンジェルス》〉が小さな鳴き声を交わし合った。彼らにとっても無視できぬ言葉なのだ。

「しざーすヲ？　うそダ。おまえハ、まざーノ、そばニ、いただけダ」

「部屋の監視装置にアクセスしていたというわけだな。おれは、お前たちのマザーを通してシザースと対決した」

「うそダ」

「本当であることを証明してやろう。ブラックキングに謁見するときだ。お前がおれをその場につれていけ、キドニー。おれこそが無慈悲なシザース殺し《キラー》であることを教えてやる」

15

スティールの先導で、上階のフロアに出て清掃用の通路に入り、ゴミ収集室にすんなり入ることができた。馬鹿でかいゴミ缶が並ぶ狭い空間の奥に、収集業者が出入りするドアがあった。そこから作業用エレベーターのある空間に出るのにカードキーは不要だった。レジデンスの居住空間に入る側だけ、ロックがかけられているのだ。

エレベーターの使用は避け、業者用の階段を使い、黙々と降りていった。半分ほど無事に降りることができ、どうやら首尾良く敵をまくことができたらしいとみなが思い始めたとき、頭上のどこかでドアが思い切り開かれる音がした。

バロットはすぐに、ドアから飛び出す異様な集団を感覚した。たちまち騒がしい足音と金切り声が、頭上から迫ってきた。

「急いで降りてください！」

スティールが踊り場で踏みとどまり、ポケットからミニトマトのパックを取り出した。イースターとビル・シールズ博士が早足で階段を降り、ケネスとバロットが続き、ライムが頭上を見つつしんがりを担った。何階か降りたところで、がん！　がん！　と何かを激しく叩くような炸裂音が頭上から響いてきて、みなの耳をきんきんさせた。誰も足を止めず、むしろ可能な限り早め、ビル・シールズ博士が何度か足を踏み外しそうになるのをイースターが支えてやりつつ降り、とうとう目的の階に到達していた。レジデンス用エントランスのある、ストッパー・チームのいる階だ。

だが壁の表示に気づかずビル・シールズ博士がさらに降りてしまおうとするのをイースターが腕をつかんで引き止めた。

「待った、博士。ここです。ライム、ドアを」

ライムがドアノブを握り、瞬時に凍結させて砕いた。開かれたドアからみなが通路へ出たとき、頭上から猛スピードで迫り来る者をバロットが感覚した。とんでもない高速移動だった。スティールの爆撃をかわせるほどの能力《ギフト》の持ち主だった。

《一人来ます、ドアを閉めて！》

そう警告した直後、フラミンゴの脚を持ち、鋭いナイフのような鉤爪を持った少年が、ドアのすぐ前に飛び出した。

「行け！」

ライムがドアを叩きつけるように閉め、両手で押さえた。直後にドアに何かが激突する音が響いた。ドアノブを破壊したためロックをかけられないが、代わりにライムがドアを凍結させ、ドア枠にぴったりはりつかせた。

イースターがビル・シールズ博士の腕を引っ張り、ケネスとともに短い通路から出て、エントランスへ続く通路を走った。バロットはあえて後方に位置しながら走った。残るエンハンサーは自分一人だという思いと、武器を欲する思いがわいていた。ウフコックがいてくれたらと痛切に願った。彼を助けるための行いであるにもかかわらず、ついそう願っていた。

エントランスへ出るドアにイースターが辿り着いた。安堵の念を抱いた途端、バロットは背後から猛スピードで迫る者を感覚した。先ほどの少年が、ライムが閉じたドアを突破して走り出たのだ。

バロットは足を止めて振り返った。自分が防ぐしかなかった。武器がほしいと心から願っていた。そしてそのバロットのそばを、追ってくる者よりもはるかに速く、誰かが走り抜けていった。

駆けつけてくれたストーンが、フラミンゴ少年に向かって愛用の鉄パイプを振るったらしいことが感覚されたが、あまりに速すぎて判然としなかった。

「ルーン姉さん、伏せて！」

アビーの声が飛んだ。バロットは床に身を伏せた。体の上をナイフの群が走り抜けていった。戦わねばならないと決意した矢先に、やはり守られるしかないことを思い知らされた気分だった。

キャッ！　という猫があげるような悲鳴とともに、バロットの目の前で、フラミンゴ少年が目を回して倒れ伏した。毛のない雀《すずめ》といった感じの顔貌だった。縦に細い鼻腔をひくひくさせ、やたらと大きな目がひっくり返り、尖った口から、だらんと舌を垂らしている。

見上げると、通路のはしばしでナイフが切っ先を揃えていた。どれだけ速く動けようとも、ナイフに囲まれては意味がないというわけだ。そのアビーのフォローを活かして、ストーンが的確に少年を叩き伏せたのだった。

ストーンが、少年の異形にも眉一つ動かさず、その両手を背に回させて手錠をはめた。バウンティー・ハンターの常備品だ。

ナイフがしゃらしゃらと触れ合って音をたてながら、アビーのコートの懐に戻った。

「ルーン姉さん、怪我ない？」

バロットは、差し出してくれたアビーの手を握って立ち上がった。

《大丈夫》

かすり傷一つ負ってはいなかった。大勢がおのおのの役目に従って脅威を防いだというのに。自分はただ守られただけだったという情けない気分にさせられたとき、ライムが慌てた様子で現れ、ほっとした顔になった。

「やれやれだ。ストーン、アビー、お手柄だな。おれじゃ速すぎて捕まえられなかった。一張羅《いっちょうら》を台無しにされちまった」

ストーンがうなずき返した。

「おれと同じような能力《ギフト》の持ち主だ。イースターたちは外だ。一緒に出て手当をしろ」

「警察に救急キットを借りないとな」

ライムが右腕を押さえて肩をすくめた。スーツの袖が裂けて血がにじんでいた。それを見てバロットはますます情けないような気になり、しかもそのうえ、とどめを刺された。

「ルーンはここで何してるんだ？　まさか、こいつをどうにかしようと思ったのか？」

《答える必要はありません》

あまりの辛辣さに、そんな返事をするので精一杯だった。

そこへ銃を持ったスティールが現れ、ライム同様、ほっとした顔をみせた。

「速すぎて通り抜けられてしまいました。他は撤退したようです。怪我はありませんか？」

そう尋ねるスティールも、サマーコートのあちこちを切られ、血がにじんでいた。

《ありません》

きっぱりとバロットは言い返したが、きょとんとなるスティールを見て、その場にいることが堪え難くなり、きびすを返して足早にエントランスへ出ていってしまった。

「ライムさあ、なんで、ルーン姉さん怒らせたんの？」

アビーがじろっとライムを睨んだ。

「怒らせたのか？」

ライムがびっくりした顔になった。ストーンが溜息をつき、スティールをますますきょとんとさせた。

バロットがエントランスに出ると、ストッパー・チームの警官二名が出迎え、ドライバー・チームが待機する駐車場までついてくれた。

イースター、ビル・シールズ博士、ケネスが、イースターの車のそばで待っていた。

バロットがそちらへ行くと、ストッパー・チームの警官二名がエントランスに戻り、うわっと驚きの声をあげた。

ストーンが、異形の少年を肩に担いで現れたのだ。ライム、アビー、スティールが後に続いて駐車場に出て来た。

ドライバー・チームが啞然となりながらパトカーの後部座席のドアを開け、ストーンが捕らえて失神したままの少年を乗せた。パトカーの後部座席は、中から開くことのできない金網張りの空間だ。そうたやすく逃げられないはずだった。

「ビスキュイを捕まえたのか。彼の能力《ギフト》を考えれば、決して容易ではないはずだが……」

ビル・シールズ博士も、警官たちとは異なる意味で驚いていた。

イースターが、ここぞとばかりに喧伝気味に言った。

「襲撃者たちは撃退しました。オフィスがエレベーターの操作を確保したので、間もなく残りのチームも降りてきます」

ケネスがぶるっと身を震わせ、バロットに言った。

「とんでもない仕事だよ。君は怖がってないみたいだけど」

バロットはつい苦笑してしまった。

《怖くはありません。でも戦えもしませんでした》

ケネスは、なんでそんな必要があるのかと言いたげな顔で首をちぢこまらせた。

イースターの言葉どおり、ガード・チームが降りてきて駐車場に現れた。クレア、レイ・ヒューズ、ミラー、二人の警官が、無事な姿を見せてくれたことにはバロットも大いに安心させられた。

「よしよし、お嬢さん方の無事な姿を見て、腰が抜けるほど安心しちまったぜ」

ミラーがそう言って、バロットとアビーにウィンクしてみせた。

それからすぐに全員でホテルをあとにした。スティールはレイ・ヒューズと一緒にミラーの車に同乗した。ネイルズがルートを監視してくれていた。〈天使たち《エンジェルス》〉は遮二無二なって追ってはこなかった。人目が多いところでは襲撃が緩和されるというスティールの考えは正しいようだった。まっすぐオフィスに戻り、地下の駐車場で、改めて全員の無事と保護証人の確保を喜んだ。

そしてそのあと、一悶着が起こった。

「こんなのを捕まえて、私たちにどうしろというの？」

クレアが、ぐったりとしたままの異形の少年を、パトカーの窓の外から指さしてわめいた。

「よく捕らえることができたものだ。私は一人たりと捕らえられなかった」

レイ・ヒューズが感心する一方、クレアはまったく感心せず、困惑もあらわにかぶりを振った。

「子ども工場で生まれたような戸籍のない子どもを保護する施設はあるわ。最良というわけではないけど、最悪でもない施設がね。でもこれを保護できる施設があると思う？　遺伝子改造されたストーンなみに速く動ける能力《ギフト》の持ち主を扱えるソーシャルワーカーがいると思う？」

イースターも困惑顔でかぶりを振り返してみせた。

「うちでは彼を保護する法的根拠がないよ、クレア刑事。生命保全プログラムに基づかないとセーフハウスに隠すこともできない。オフィスだと彼の仲間が奪還しに来てしまう」

「こっちだってどうしようもないわ。こんな怪物を、こっそり保護できる施設なんて、この都市には一つもないのよ」

　二人の言い争いを聞いて、ビル・シールズ博士が悲しげに溜息をついたとき、ライムがだしぬけに声をあげた。

「一つは、都市の外にあるな」

　全員がライムに注目した。ライムは、なぜみんな考えつかないんだろうと不思議がるような顔で言った。

「天使を〈楽園〉に送り届けるっていうのは、割と筋の通る考えじゃないか？」

16

　ニューフォレスト保健福祉センターこと〈スパイダーウェブ〉の二階へ降りたマクスウェルは、パラサイト・ジョニーや〈ファイアリング・パーティ〉の一団とともに通路を練り歩きながら、けたたましくわめき散らした。

「お前の味がするぞ、レイ・ヒューズ！　私は今、お前をとくと味わっている！　これぞ、うぬぼれ男の味というやつだな！」

　それは彼ならではの比喩ではなく、おぞましいことに、事実を述べていた。

彼が目の前に垂らした左手は、空気をかき混ぜるように小さく円を描き、五指はうねうねと昆虫の触角や口吻《こうふん》じみたうごめきをみせ、一部の硬化した皮膚が擦れ合い、キチキチという音をひっきりなしにたてている。

変異したワイヤー・ワームが作り出す特異な感覚器官により、その左腕全体が、昆虫にみられる足や翅の感覚器官といおうか、人間でいえば巨大な舌に等しい機能を発現しているのだ。ほんのかすかな空気の変化を感じ取るだけでなく、空気中の微量な粒子をとらえて味わうことで、優れた猟犬のように相手を追跡する。と同時に、ハエが餌に触れるや迅速に動くのをやめて食事を開始するような、瞬間的な機械反射を可能とし、それが神速の銃撃の秘訣ともなっているのだ。

「私はお前を味わって撃つ！　撃った後で、私はさらにお前を味わう！　たっぷりと時間をかけて切り刻み、私の中へ迎え入れてやる！　お前に撃ち砕かれた我が右腕のように！　お前の血の一滴、髪一本、骨のひとかけらとて残さず、お前といううぬぼれ屋の細胞を消化し尽くしてやるぞ、レイ・ヒューズ！」

《やれやれ。姿だけでなく、言うことも昆虫じみてきたな、この爺さん》

たまらなく気色が悪いというようにライムが呟いた。

バロットもまったく同感だった。アビーのナイフが作り出す足場を跳び走り、建物の外をぐるりと回りながら、監視カメラがとらえるカマキリ老人の姿を脳裏で認識していた。

ぬらぬらと輝く銀色の擬眼がいっそう眼窩《がんか》からせり出し、その尋常ならざる視力は、飛び交う弾丸の軌跡を一つ一つ、とっくり見て取ることができるようだった。喉元から胸元にかけて浮かび上がるのは人間にはありえない網目模様の脈で、それがずくずく脈動しながら精密な音波分析をしてのけている。一人の人間が持つものとしては過剰というしかない多感な機能であり、その全てが、ただひたすら正確に銃を構えて弾丸を発射させ、標的に命中させるためのものなのだ。

その黒衣がぱっと翻《ひるがえ》り、右肩から生えた数ミクロンのワイヤー・ワームが銃を抜いて引き金を引くつど、ピエロのメイクで装うネイルズの男女が、一人また一人と撃たれて宙をすっ飛ぶという有様だった。

ネイルズがきっちり着こなす、シックなスーツに見立てた防弾服は、〈誓約の銃《ガンズ・オブ・オウス》〉の男たちが身にまとう防弾防刃の黒衣に等しく生命を守るものの、マクスウェルが放つ痛撃の前ではひとたまりもなかった。撃ち倒された衝撃で失神するか息を詰まらせて行動不能となり、仲間の手で遮蔽物の陰へ引きずり込まれていった。

かろうじてネイルズ側に死者が出ていないのは、彼ら全員が互いの盾となって庇《かば》い合うことを徹底しているのと、そもそもマクスウェルにとどめを刺す気がなく、格下相手にわざわざそうするのはジョニーか他の連中の仕事と割り切っているからだ。

さらにいえば、マクスウェルが銃の弾丸を装塡するひとときをこよなく愛しているということもネイルズ側にとっては幸いだった。マクスウェルは弾倉を空にするたび、見えない右手とその口を使って丁寧に新しいものと取り替え、この次なる一連の弾丸にどうか神の祝福が吹き込まれんことを、と唱え終えるまでは、じっと立ち止まったままになるのだ。むろんその間、盾となるのはパラサイト・ジョニーであり、彼が特大のショットガンを撃ちまくって敵を追い払うのだった。

ほどなくして二階フロアをのし歩くのはマクスウェルとパラサイト・ジョニーだけとなり、〈ファイアリング・パーティ〉は、あらかた三階から上へのぼるか、一階に降りて負傷者の撤収を助けている。つまりはマクスウェル一人で、十一人からなるネイルズの自警団およびレイ・ヒューーズと果敢に戦い、むしろ彼らを追い詰めようとしていた。

マクスウェルのレイ・ヒューーズに対する並々ならぬ執着心のなせるわざだとバロットは思ったが、ここでもライムはそれとは異なる見解を示した。

《どうもこの爺さん、態度とは裏腹に冷静らしい。ルーンも見習うべきだな》

《私は冷静ですが？》

つい、かちんときて言い返したが、ライムは構わず指示を口にした。

《ルーンとアビーは、そのあたりで地上に降りて待機だ。ストーン、仕掛けてみよう。カマキリ爺さんの背後に回ってくれ》

《わかった》

ストーンが言った。オフィスからの情報ではストーンは三階の一角で身を隠していたが、その位置がほとんど一瞬で変わった。〈ガンズ〉が四階まで占拠したほうとは異なる階段の踊り場に潜み、号令を待った。

バロットとアビーは空飛ぶナイフの階段で地面まで降りた。倉庫のシャッターがあり、マクスウェルと撃ち合ったあと外に出た場所に、ぐるりと戻ってきていた。

《やれ、ストーン》

ライムの号令一下、ストーンがまた姿を消した。

鉄パイプを構えて階段を駆け下り、通路に出て疾走し、少し前をゆくマクスウェルとパラサイト・ジョニーの背後から襲いかかった。マクスウェルたちからすれば、おのれの影が急に起き上がって殴りつけてきたような奇襲だ。ただでさえレイ・ヒューズという獲物に夢中になっているマクスウェルが、〈ファイアリング・パーティ〉に任せたはずのストーンの目にもとまらぬ高速移動をとらえられるはずがない。

バロットはそう思ったが、結果は驚愕の一言だった。

マクスウェルの左手がぴくっと動くや、完全に反射的かつ機械的な動作でパラサイト・ジョニーの陰に隠れ、黒衣の右側を翻しながら、その擬眼でストーンをとらえたのだ。

おかげでストーンは、とにかくパラサイト・ジョニーの肩を鉄パイプでぶっ叩き、その巨体を傾がせてマクスウェルの射角を遮ることに専念しなければならなくなった。

だがマクスウェルはすとんと両膝を床に落として射角を確保するや、神速の必中弾をお見舞いした。

かっと猛烈な火花が舞い散ったのは、ストーンもまた高速移動の世界において弾丸の軌跡を読み、おのれの顔面へ飛来する弾丸を、鉄パイプで受け止めてのけたからだ。

その火花が消える前に、ストーンは撤退して階段へ戻り、その曲がり角の壁をマクスウェルの弾丸が削り飛ばしていた。

僅か一秒かそこらの攻防に、バロットはそれが終わった後で緊迫させられ、深々と吐息した。アビーが気がかりそうに腕にふれた。

「ストーンがどうかしたの？」

アビーにはオフィス・メンバー特有の通信器官が移植されておらず、もっぱら耳のインカムでしか状況が把握できないのだ。

「なんともない。相手が撃ち返したから安全な場所に戻っただけ」

ウフコックが言い添えた。

「ストーンを撃とうとしたんだ」

アビーが目をみはった。マシンガンの掃射ですらストーン相手では意味がないと信じているのだ。それはバロットも同じだし、ストーン自身もそうだろう。ただ一人、ライムだけが、やっぱりそうだったとでもいうように言った。

《これではっきりした。あの爺さんは囮だ。彼らは間もなく撤退する》

　バロットとアビーがそろって地声で聞き返した。

「撤退ですか？」

「なに？　あいつら逃げちゃうの？」

《ルーンが啖呵を切ったような、みっともない目に遭わないよう、余力があるうちに撤退を決めたんだ。あの爺さんがストーンや君らを引きつけてな。自由射撃《ウェポンフリー》ってのは、そういう意味だったんだろう。こっちの手の内を知ったことは向こうの戦果だし、態勢を整えてやり返すのが一番だ。ハエ男がやられた時点でそういうふうに頭を切り換えたんだな》

　マクスウェルの怨念のこもったような叫びも、〈ファイアリング・パーティ〉とダグラスの猛攻も半ば演技だというのだ。思えば、当初は負傷者など見向きもしなかったが、今ではわざわざ〈ファイアリング・パーティ〉から人手を割《さ》いて救助に当てていた。

　群として一体的に動き、リーダーが自ら標的となってでも部隊の存続を優先する。誰もが、おのれの妄執のために犠牲にしてよいものと、してはならないものとを切り分けているのだ。バジルとはまた異なるが、群を率いるという点で、確かにマクスウェルは優れた人物だった。

《ストーン、ルーンとアビーのいるところまで来てくれ。いったん集合だ。ネイルズとレイ・ヒューズも打ち負かされたって感じで退かせれば、あの爺さんも追っては来ない》

ライムが、そのように各人に指示する気配があり、そしてまたバロットたちに声をかけてきた。

《さて、どうしたもんかな？　当初の目的を考えれば、このまま連中を見逃して、こっちは君たちをクレア刑事がいる防御線まで戻し、撤退するってことになるが――》

「いいや、ミスター・ライム。彼らを追跡すべきだ」

それまでバロットの要請に従うべく黙って変身《ターン》に専念していたウフコックが、通信と地声の両方で、急に声をあげていた。

「ウフコック？」

バロットが眉をひそめ、両手に握った銃を見つめた。

「追っかけてって、とどめ刺すの？」

アビーが意気盛んに訊くのへ、ストーンが影のように二人のそばに現れて言った。

「彼は別のことを言っているんだ」

アビーがきょとんとなる一方で、バロットは早くも愕然としていた。

「待って、ウフコック。あなた一人で？」

「それが最も成功する方法なんだ。ここに捕らわれる前まで、ずっとそうだった」

ウフコックがそう告げる間にも、バロットの武器とスーツに変化が起こっていた。銃身がぐにゃりと形を失って手袋の中へ消え、スーツにジッパーが現れて自由に着脱できるようになった。さらには腰の後ろに二つ、両腋下に一つずつ、ホルスターと銃が現れ、両腿と腹には、ストラップでとめられた装塡済みの弾倉がいくつも現れた。首元にはフードと、頭部を守るバイザーとマスクつきのヘッドギアが現れて背側でぶら下がった。

あまりに急で、事態の変化にとてもついていけないバロットが、思い切りわめいた。

「やめてウフコック！　お願いだから待って！」

だがウフコックは必要な変身《ターン》をあっという間に終えていた。バロットは左の手の平に柔らかいものが現れるのを感じ、慌てて両手を合わせて捧げ持つようにした。

スーツの中から出てきたウフコックが、バロットの手の上に乗って見上げた。

アビーとストーンが、服を着た金色のネズミが二本足で立ち上がる様をしげしげと見つめた。痩せこけて毛がところどころはげてしまったとしても、バロットにとっては何よりも美しい存在だった。

「頼む、バロット。おれを、彼らのもとに送り込んでくれ。彼らが持ち帰るはずの道具に変身《ターン》する」

《そう言うんじゃないかと思ったよ》

ぼそっとライムが言った。

だがバロットには思いもよらないことであり、ただちに反論を試みた。

「なんであなたがそうするの？　そんなことをする理由なんて――」

「バジル・バーンがなんて言ったのか忘れたのか？　ブルーが生きて捕らわれているんだ。おれと同じように。いや、おそらく、はるかにひどい状態で」

「だったら、私が一緒に行く。死んだふりをしたときみたいに、あの人たちと同じ格好をして紛れ込めばいい」

「マクスウェルというエンハンサーに、仲間ではないことを嗅ぎ取られるだろう。いや、味見されるというべきかな」

「ハ、ハー」

バロットが言った。切々と。たちまち両目に涙が溢れていた。

「ノー、ウフコック。ノー」

「バロット――」

「行かないで、ウフコック、お願いだからやめて」

ウフコックの小さな頭や肩に、はらはらと涙が降り注いだ。ウフコックはその温かな雨を浴びて心地よさそうに目を閉じた。それから改めてその変わらず純粋な眼差しをバロットに向けて言った。

「いい匂いだ。君の魂の匂いがする」

「ブルーは……もう生きてはいないかも」

バロットは思わずそう返していた。そんなことを自分が口にするなど信じられなかった。

いつぞやイースターに、ウフコックの救助を諦めてはならず、さもなくば有罪を覚悟すべきだなどと言った自分が。

傍らのアビーやストーンも驚いたようにバロットを見つめた。だがウフコックは優しくかぶりを振って言った。

「バジル・バーンは、生きていると言った。おれは彼の言葉を信じる」

「あなたがしなくてもいい。オフィスのみんながやってくれる。あなたはもう十分頑張ったじゃない」

「おれにしかできないことだ。おれがやらなければいけないんだ、バロット」

「私……、やっと、あなたに辿り着いたの。ずっと頑張って……。声だって取り戻して……。あなたをここから出すために、たくさん、たくさん努力して……」

昔の自分に戻ってしまいそうだとバロットは思った。ウフコックに出会って間もない頃の自分に。心細さと不安と悲しみで胸が張り裂けそうだった。

けれどもウフコックはこう言った。

「おれはおれの魂を取り戻したい。もう一度、おれ自身を信じられるようにならなければ、あのガス室の中にいるのと同じだ。これはチャンスなんだ、バロット。おれは必ず、ノルーが捕らわれた場所をつかんで、君たちに報《しら》せる。そして、保護を受けるべき証人として、君が来るのを待つ」

バロットはウフコックを両手で捧げ持ったまま膝をついた。アビーがおずおずとその両肩に手を置いて慰めてくれたが、すすり泣きが止まらず、どうしたらいいかわからなかった。ただウフコックが自分の手を離れてしまうことが、たまらなく怖かった。

「バロット、聞いてくれるかい？」

ウフコックはあくまで優しく呼んでくれている。バロットはかぶりを振った。どうか彼が考えを変えてくれますようにと心の中で精一杯祈った。だがこの真摯な煮え切らないネズミは、むしろバロットを安心させるように穏やかに言った。

「君が道を示してくれた。おかげでおれは、自分がどこから来たか、どこへ帰るべきかを思い出すことができた。これが、おれの帰り道なんだ。おれはこの道を辿ることで、やっと帰れるんだよ、バロット」

17

ミッドタウンのカンファレンスといえば、一千もの大小様々な空間を指し、人々のささやきと、わめき合いが、倦まずたゆまず繰り返される場所を意味した。空虚な約束事が泡のようにわいては宙に消え、危険な隠し事が沈黙の重しをつけられて闇に葬られる部屋の数々。

ノース・アヴェニュー沿いに並び立つ多数の高層ビルディングのうち、オフィスビルが提供するカンファレンスは、富を求める者たちがひきもきらずだが、ホテルのそれには、富のみならず地位や名誉といった権力にかかわる者たちが招かれることが通例だった。

権力というものが常にそうであるように、マルドゥック市《シティ》においても、それは組織によって生まれ、時代によって様々に形を変えていく。組合、協会、理事会、委員会、商工会、評議会――権力を生み出し、ご時世に合わせて変容する魔法の壺の名が、今、ルーズベルト・ホテルのカンファレンスの予約状況を示すロビーのモニターにずらりと表示されていた。

その一つ――〈イースターズ・オフィス〉主催の『委任事件調査研究会』の様子を、バロットはロビー横のカフェラウンジで、アビーとストーンとともに早い昼食をつまみながら、しっかりと感覚していた。

モニターの電子情報だけでなく、カンファレンスでの実際のやり取りを。

《確かに、このような忌まわしい生き物を殺さずに収容できる施設となると、なかなか考えつかんものだな。よし。人間なのか動物なのかもわからん、法的にも定義不明のエンハンスメント・エイリアンの処遇については、全面的に君らに任せることにしよう》

一方的に告げるのは、マルコム・アクセルロッドと名乗る男だ。

肩書きは、連邦検察局の特任捜査官だった。カジノ協会の決断によって都市に派遣された人物だが、ひたすら自己中心的で権威的な態度に終始し、まるでそうすることが彼の目的であり任務であると勘違いしているような印象をバロットは持った。

マルコムの任務とは、カジノ協会およびネイルズ・ファミリーに対して、前時代的な抗争を仕掛けるクォーツ一族と、その背後にいる〈クインテット〉を牽制し、マルドゥック市のカジノ産業を平穏な状態に戻すことだ。もっといえばその任務を梃子《てこ》にし、連邦のどこかの機関が、市のカジノ産業の利益吸い上げに荷担することだろう。

それくらいのことは、バロットもたやすく見当がついた。カジノ協会の主幹事たちが、自分たちの秩序と利益を天秤にかけるような綱渡りを迫られていることも。

だがこのマルコムという男は、秩序についてはクォーツ一族に負けず劣らずの前時代的な武力鎮圧しか頭になく、利益については非現実的の一言だ。何しろ、カジノの審査機関を設けて自分が着任するなどと言い出す始末で、いまどき市長もどんな市議会議員も、ギャングの元締めが進化しただけのような寄生組織の出現を容認するはずがないのだ。

連邦の政治家や役人にしても、そんな組織を作って猛批判を浴びるよりはカジノ協会に連邦の人員を滑り込ませることを望むだろう。

つまりは、現場指揮にしても、政治的な働きにしても、愚にもつかない人物といえた。あえてそう演じているのか、それとも本当にただの馬鹿なのか、バロットには判断がつかなかった。

かえって興味をひかれてマルコムの言動に注目させられるのだが、そうすることができるのは〈ウィスパー〉とトレインのおかげだ。会議で用いられる一元管理式のタブレットのセキュリティを担う彼らが、バロットにアクセスを認めてくれているのだった。

バロットから頼んだことではなく、〈ウィスパー〉の習性のたまものといえた。電子捜査をともに行ったことから、いつしかバロットの存在を自分が根をはる端末の一つとみなすようになったのだ。イースターもそのことを知ってはいるが、遮断するよう〈ウィスパー〉に命じておらず、バロットが会議の様子を覗き見ることを黙認してくれていた。

《さて、そのエイリアンたちや、諸君がこれから精力的に捕まえることになる違法エンハンサーどもの収容所だが、その具体的な連携といおうか提携については、市警察委員《コミッショナー》に任せる。そう、こいつは朗報だぞ。かの勇猛なるミスター・オックスの後釜がやっと決まったのだ。どんな人物か知らんが、丸焦げにされるのを恐れぬ強者《つわもの》が志願したに違いない。今日ここに来るよう伝えておいたから、上手くやっておけ。今後もこうした根回しは私がやってやるつもりだ。私が君たちの調節装置《レギュレイター》となって、何をなすべきかを教えてやる。いいな？》

調節どころか圧力を目一杯高めて爆発させそうな勢いでマルコムが言った。だが誰も返事をしないので、最後の言葉だけ繰り返した。

《いいな？》

《イエス・マルコム》

出席した全員が声を揃えた。マルコムが満足そうにうなずき、その返事を忘れるなというように人差し指を突きつけながら部屋から出て行くのを、イースター、ライム、クレア刑事、アダム・ネイルズ、レイ・ヒューズ、そしてケネスが、無表情に見送った。

《どうやら、こと〈楽園〉に関して彼は消極的だ。こちらでハンドルを握れる》

イースターが緊張を解きながら言った。ライムが、ほらそうだったろう、というようにうなずいて言った。

《あの捜査官は、政治向きの人間じゃない。軍からも独立した連邦の機関とかかわりを持つことで、それこそ根回しのために駆け回らされるのが嫌なんだろう》

《何が根回しかしら》クレアが呆れ顔で言った。《丸投げするって言ったのよ、あの男》

《まあまあ、クレア姉さんよ。それでいいのさ。イースター兄さんが心配してたのは連邦になんもかものっとられることなんだから》

《あのエンハンスメント児童の収容先が決まりそうってところだけ喜んでおくわ。私は、あの男が何か企んでいる気がして仕方ないの》

全員がその意見には同感だという顔をしたが、何を企んでいるかは誰にもわからないようだ。

《彼はどこで何をしているんだ？》レイ・ヒューズがアダムに訊いた。《ここに市警察委員を呼び出しておいて、彼自身はどこへ？》
《見当もつかないよ、マスター。あんたでさえつかめてないことを、おれが知っていると思わないでくれ》
《市の検察局に、自分の仕事を丸投げしに行くんでしょう》今回初めて会議に参加したケネスが言った。《彼のチームというのも、結局のところ市の人員です。検察局に勤めている大学の旧友がそう言ってました》
《そう見せかけているだけかも》クレアが注意を促した。《油断は禁物よ。前の連邦検事には、とんでもない目に遭わされたんだから》
《連邦検察局のほうも、そう思ってるさ》とイースター。《かつて検事を派遣し、ギャングと一緒に惨殺されたんだからね。この都市は、連邦検察局にとって忌まわしい場所だ。あのマルコムは囮で、何かが裏で進行していてもおかしくないな》
結局、唯々諾々《いいだくだく》とマルコムに従うふりをしながら、みな一丸となってその干渉を警戒し、未然に防ごうとしているのだ。そうしたやり取りを、持ち前の能力《ギフト》によって、離れたところから認識するバロットであったが、
「——だからさ、ライムってば、やきもちやいてんだよ」
横にいるアビーがサンドイッチをもぐもぐやりながら突然おかしなことを言い始めたせ

いで、そちらに意識を引き寄せられてしまった。

ストーンは肩をすくめただけで返事をせず、黙々とシチューを口に運んでいる。この物静かな賞金稼ぎのバイク乗りは、食事の席を淡々とエネルギー補給に努める場とみなしており、賑やかに話題を提供するのは決まってアビーのほうだ。

「何の話？」

バロットは頭の隅で会議の様子を認識しつつ、うっかりカンファレンスのタブレットに声を流さぬよう気をつけながら尋ねた。

アビーが口の中のものをきちんと飲み込んでから言った。

「ライムがさ、なんでルーン姉さんを怒らせるんだろうってこと」

ビル・シールズ博士を保護して以来、それがアビーにとって重要な話題になっていることはバロットも知っていた。アビーにとって、ライムとストーンは今でもチームの仲間であり、その一人がバロットと険悪になることを恐れているのだ。

別に仲が悪いわけではないとバロットも言ってあるのだが、アビーは信じずに仮説を唱えては様々な角度から検証するのだった。たいていはライムに責任があるというのがアビーの説の根幹をなしているのだが、やきもちというのは初めてだ。

「それで？」

バロットが促した。

「ほら、ストーンってば、あたしと一緒にいて、ベルのおうちでご飯とかするじゃん」

アビーが、さも間違いないという真面目な顔つきで言った。

「私たちのおうちでね」

その点を軽く指摘しつつ続けさせた。

「あ、うん、あたしたちのおうちとか、レイのお店で。だからライムってば一人にされたと思って、やきもち焼いてんだよ」

「あなたとストーンのことで私に？」

「ていうか、ストーンのことで」

「なんでストーンなの？」

「あいつ、ゲイだから」

バロットは何を言われたのか理解できず、ぽかんとアビーを見つめてしまった。それから慌てて向かいの席に座るストーンへ目を向けた。

「あいつがそこまで他人に関心を持つとは思えない」

ストーンがそれだけ言った。

「でもゲイでしょ」

アビーがしつこくその点を強調したが、ストーンは否定も肯定もせず片方の肩をちょっとすくめてみせただけだった。バロットは、アビーの言葉が正しいのかそうではないのか、今すぐはっきりさせてほしいという気持ちが込み上げるのを覚えたが、そこで余計な人物が近づいてくるのを感じ、口をつぐんでいた。

マルコム・アクセルロッド捜査官だ。カンファレンスから出て、足早にロビーを横切ってホテルの駐車場へ向かっていたのに、カフェにバロットたちがいることに気づき、ぴたりと足を止めてこちらを見つめ、かと思うとせかせかした足取りでカフェに入ってきたのだった。

ストーンも気づき、視線を店の入り口に向けた。アビーがつられてそうした。バロットも、何かとても大事な話題を遮られたような気分で振り返った。

マルコムは案内しようとするウェイターを手で退け、こちらにまっすぐ近寄ると、断りもせずにストーンの隣の席に腰を下ろした。

「失礼。〈イースターズ・オフィス〉の若く強き兵士たちとお見受けした。私はマルコム・アクセルロッド、連邦検察局の捜査官だ。今しがた、君のボスと話をしてきた」

ただ自己紹介をしに来たわけではなさそうなマルコムを、バロットとアビーが無表情に見つめた。ストーンが、シチューをすくっていたスプーンを置いて尋ねた。

「おれたちの顔を？」

「法務局のファイルで見た。どうやら紆余曲折《うよきょくせつ》あってエンハンサーになったようだな。特にそちらのお嬢さんは、その紆余曲折というやつの末に、都市の大物を何人も仕留めることになった。そうじゃないか？」

バロットは反射的に、皮肉を込めて、イエス、マルコムと答えそうになった。

「私ではなく、〈イースターズ・オフィス〉の有用性が証明されたということです」

マルコムは同意を示すために、わざわざテーブルを手の平で思い切り引っぱたいてみせた。注文を聞きに来たウェイターが、それに驚いてまた退いてしまった。

「その有用性というやつが今回も発揮されることを私は強く願う。あのハンターとかいう、いかれたギャング・エンハンサーを野放しにしてはならないし、君たちはそれぞれのやり方で何度もあの狂った男と渡り合っている。実績のある有望な人材だ。君たちが有用性というやつでもって苛烈に正義を行うときは、必ず私がついていると約束しよう。なんなら私専属のチームとして働いてもらってもいい」

これにはイエスと答えるわけにはいかなかった。そうする意味も利点も皆無だし、どう考えても部下として働きたくなる相手ではない。自分の裁量を誇示せんがため、組織をむやみと混乱させるタイプだ。

問題は意図してやっているのかどうかだった。〈イースターズ・オフィス〉が再構築しようとしている勢力をあらかじめ分裂させようとするような提案に、何か意図が秘められているのか。それとも、救いようがないほど愚かなだけか。

できれば、このマルコムがどちらであるか確信をつかんでおきたいとバロットは思ったが、そこでさらに別の男がつかつかとカフェに歩み入り、バロットたちのテーブルに近寄って、こう声をかけていた。

「ハロー、ミスター・アクセルロッド。カンファレンスと聞きましたが、こちらでミーティングを?」

マルコムが、話を遮られた憤懣《ふんまん》を隠そうともせず、不機嫌そうに相手へ顔を向けた。

「私は出番を終わらせてきたところだ。そちらは何者だ?」

「これは失礼。私はローダン・フォックスヘイル。市警察委員であり、あなたに呼ばれた者です」

男がやんわりと告げた。褐色の肌を持つ柔和な顔を、白髪のカーリーヘアで飾られた、スマートそのものといった感じの長身の男だ。ぱりっとした制服に身を包んでおり、いかにも忍耐強く、ちょっとやそっとのことでは激することがないという様子だ。

「おっと、その服装で察するべきところだったな」

マルコムが言った。本当に察せていなかったのか、相手にへりくだらせるためにわざとそういうふりをしたのか判然としなかった。

「見たところ、突進が得意といった感じではないな。なるべく若々しく生気に溢れている者を求めると委員会には言っておいたのだが。今回の任務を理解して志願したか? 委員長から、他にやりたがる者がいないからと押しつけられて、嫌々来たのではなかろうな」

傍らで聞いているバロットたちまでも不快を覚える言いぶりだが、男のほうはびくともしなかった。怒りで目を細めたり、顎に力が入ったりすることもなく、まるでマルコムが温かな歓迎の言葉を述べたかのように、にっこりと返した。

「ええ、ミスター・アクセルロッド。エイブラハム・オックスが殉職してすぐ、私が引き継ぐことを申し出ました。彼はアカデミー時代からの大事な後輩だったのですよ。ただ、今まで引き継ぐべき任務がはっきりせず、市からも具体的な指示がないままでした。こうして、エイブラハムの使命を受け継ぐことができたことは、このうえない喜びです」

「思ったより積極的な言葉が聞けて何よりだ。まあ頑張ってくれ。詳しいことは〈イースターズ・オフィス〉から聞くといい」

マルコムが、お前は期待薄だと暗に告げながら席を立ち、バロットたちへ言った。

「君たち、いい返事を期待しているぞ。それと、この人物をカンファレンスまで案内してやってくれ」

そしてバロットたちが何か言う前にきびすを返し、さっさとカフェから出て行ってしまった。今度こそロビーを横切り、まっすぐ駐車場のほうへ向かうマルコムを見送りながら、ローダン・フォックスヘイルと名乗る男が落ち着いた声で呟いた。

「演技が達者なのか、見たままの人物か、判断に迷うところだな」

バロットはまったく同感だった。ストーンもうなずいていた。アビーだけが不思議そうに眉をひそめて言った。

「むかつくし頭悪そうじゃん。あたし、あんなのの手下になるなんて、絶対やだね」

「おれもだ、アビー」

ストーンが立ち上がり、礼儀正しく目礼して男と向き合った。黒革ジャケットのバイカーが、市警察委員の制服に身を包んだ初老の男にそうするというのは、実にちぐはぐで人目を引く光景だった。だが少なくともストーンも男も、気にした様子はなかった。

「おれはメーフュー・ストーンホーク、〈イースターズ・オフィス〉に雇われた者です。カンファレンスの場所まで案内します、ミスター・フォックスヘイル」

「これはご親切に。ありがとう、ミスター・ストーンホーク」

「ストーンと呼んでください」

「では私のことはフォックスと。ありがたい言葉だが、私一人で十分だ。ロビーのモニターを見れば事足りるようなことで、わざわざ食事を中断させるのは忍びない。それより、君たち全員、トビアスのチームメイトかね？」

三人がきょとんとなった。誰のことかすんなり理解できなかったせいだ。しかしすぐにそれがライムのことであるとわかり、三人が目を合わせ、どう答えたものかとまごついた。というのも、ローダン・フォックスヘイルことフォックスの言い方が、あまりに自然で、バロットたちもとっくに彼とライムの関係を知っているはずだという調子だったからだ。

その様子を察したらしいフォックスが、首を傾げながら言い直した。

「ふむ。トビアスから、私のことを聞いていない、ということらしい」

「はい。親しいのですか？」

思わずバロットが尋ねると、フォックスは困ったように微笑み返した。

「トビアスを差し置いて私が答えてしまっては、彼の機嫌を損ねるだろう。申し訳ないが、のちほどトビアスに尋ねていただけないかな」

「はい……わかりました」

「ではこれで失礼する。ミスター・ストーン、どうか席についていてくれ」

ストーンが再び着席するのを待ってから、フォックスがカフェを出て行った。

バロットは俄然、意識をカンファレンスのほうへ向けた。

「ルーン姉さん、どうせ会議の話とか聞いてるんでしょ？　あたしたちにも教えて」

ストーンも、シチューの存在を忘れたかのようにバロットを見つめ、アビーの言う通りにしてくれないかと無言で頼んでいる。

「わかった……。ちょっと待って」

バロットは今まさに、会議で交わされる声を認識しながら言った。

《――最終的にカジノ協会をのっとりたいとして、その過程で市街戦をやりたがる捜査官をわざわざ派遣するだろうか？》

イースターが言った。引き続きマルコムの真意を探るために話し合っていた。
《狙いが協会じゃなく、イーストリバーへの企業投資ってんなら納得だぜ》とアダム。
《おれらを、クォーツとハンターどもにぶつける理由になるだろう？》
《同意見です》ケネスが言った。《一帯の再開発では、市の企業がのきなみデベロッパーとして名乗りを上げて、実際に投資も行われたんです。でも居留地法や環境保護法を盾に、クォーツたちが反対運動を組織したせいで放置されたままになってますから》
《その件で、市長派は日和見《ひよりみ》を決め込み、開発が進まないと聞いている》レイ・ヒューズが言った。《イーストリバーの再開発で得をする政治家が、あの連邦捜査官とつながっているということになるのか？》
《真っ先に思いつくのは、観光協会とベルスター・モーモント議員だ》イースターが声に沈痛な響きをたたえて言った。《モーモント議員は、〈クインテット〉に家族を殺されて、いまだに病気療養中だ。彼が復讐のために連邦とつながるっていうのは、シナリオとしてはあり得るけど……》
《もしそうなら、あの男、とっくに私たちにそう話してるわ》クレアが反論した。《モーモントの家族の仇《かたき》を討てとかなんとか言って。話さない理由がないでしょ？》
《じゃ、ネルソン・フリート議員は？》アダムが言った。《商船業者の一家で、イーストリバーにいっとうでかい船と港を持ってるだろ。再開発地区でも船上カジノの許可を出せ

って、しょっちゅう申請してるが、そいつを潰してるのもクォーツだぜ》
だがケネスがかぶりを振って言った。
《ネルソン・フリート議員を次期市長候補として後援しているのは、この都市のロータリークラブですよ。みなさんが〈円卓〉と呼んでる連中です。自分たちが市長に押し上げようとしている政治家が、連邦とつながるなんて、〈円卓〉が許しませんよ》
《政治家ならではの奇怪なダンスを踊ってるのかもしれないな》とライム。《あの捜査官がこの都市の政治家と通じてるって可能性は、考えておいたほうがいい。もちろん、びくつくって意味じゃなく、対抗できるようにしておくってことだが》
《僕たちがウフコックの奪還に成功すれば、モーモントもシルバーもネヴィル検事補も、きっと戻ってくる》イースターが確信を込めて言った。《〈クインテット〉に対して、やり返せるうえに、ビル・シールズという保護証人まで得たことがわかればね。オクトーバー社を中心とする〈円卓〉を叩きのめせるほどの事件が成立するなら、それがモーモントやシルバーやネヴィルの一番の報復になるんだ――》
イースターの言葉を、チャイムの音が遮った。
《どうやら市警察委員が来たようだ》レイ・ヒューズが言った。
《私が出るわ》クレアが立ち上がってドアを開け、ぎょっと後ずさった。《委員長――!?》
フォックスが、悠然と部屋に入り、その場にいる人々を見渡した。

《ローダン・フォックスヘイルだ。このたび、殉職したオックス委員の後継として、任務をたまわった。よろしく》
《フォックスヘイル市警察委員長みずから？》イースターの声も上ずっていた。
《こいつはおったまげたぜ！》アダムが歓喜の声をあげた。
《なんてこった》ライムがぼそっと呟いた。
バロットも目を丸くし、じっと黙ってこちらを見ているアビーとストーンに言った。
「ミスター・フォックスは、市警察委員長だって」
アビーがぽかんとなり、ストーンが腕を組んでうなずいた。
「肩章も勲章もなかった。わざと外して来たのか」
その点について、カンファレンスではレイ・ヒューズが言及していた。
《あなたが来るとはな、フォックス。どうやら制服の飾りが少しばかり足らないようだが》
フォックスは、驚く面々をよそにレイ・ヒューズと固く握手を交わした。
《レイ・ヒューズ。肩章や勲章に仕事をさせる場合と、私が仕事をする場合とでは、身だしなみも異なると話したことはなかったか？》
《心からお詫びする、フォックス。というのも、今の今まで警察のそんな言葉を信じていなかったからだ》
《そうすべきときが、来てしまったということだ。来てほしくなかったが。私にとって大

切な後進であったオックスが倒れた。彼こそむしろ私の後継であってしかるべきだった》
《同感だ。さあフォックス、私のような老骨とだけでなく、みなと握手をしてくれ。彼らこそ危難においても理性と正義を失わない、我々の後継となるべき人々だ》
《ぜひ、そうさせてもらう。よろしく、クレア・エンブリー刑事。かの〈カトル・カール〉との戦いを生き抜いた刑事と、一緒に働けることを光栄に思う》
《は、はい──こちらこそ、ありがとうございます》
バロットは、その様子があまりに意外だったので、思わず報告していた。
「クレア刑事が、大喜びで男性と握手してる」
アビーとストーンが、何かの冗談だろうと疑うような顔をした。それだけ同性愛者というよりも異性嫌悪者で知られているのだ。
その間にも、部屋にいる者たちがフォックスと握手を交わしていった。みな喜んで席を立ってそうしたのだが、ただ一人、乗り気ではなさそうに素っ気なく握手を済ませた者がいた。
ライムだった。さっさと手を離そうとしたが、フォックスが、ぐっと握り止めて言った。
《私とお前の関係を、誰にも話していないのか？》
たちまち全員が二人に注目した。バロットも一気に意識を引き寄せられた。
《なんで話すんだ？》

ライムが珍しいことに目を剝いて聞き返した。常に飄々《ひょうひょう》として冷淡ですらある男が、初めて憤慨する顔を見せたといってよかった。
バロットはついわけもわからないまま、ライムが頭にきてフォックスの手を凍りつかせてしまうのではないかと心配させられた。
《フォックス？　彼と何か？》
レイ・ヒューズが訊いた。それで彼も知らないことなのだとわかった。
《お前まで気づかなかったか。ソフトライムを名乗っているのに》
《おっと、フォックス。私はただ、たまたま同じ姓だろうと……それはつまり、そういうことなのか？　それをこの場で口にするのか？》
フォックスが、ようやくライムの手を離して言った。
《今さら何の問題があるかね？　妻の葬儀を執り行ったのは、もうずっと昔のことだし、結局、私たちは子に恵まれなかった》
バロットの腕を、アビーが引っ張った。
「ねえ、ルーン姉さんたら。それで？　ライムのことはなんかわかった？」
「待って、今ちょうど話してるところ――」
《だがそれは、私のほうだけだった。彼女は……クリスタル・ソフトライムは、そのことを私に黙ったまま、妻よりも前に世を去っていた。ここにいるのは、私の息子だ。そうだ

な、トビアス？》

バロットは、驚きのあまりアビーとストーンに、今のを聞いたか？　というような目線を送ってしまった。だがアビーとストーンがそろって眉間に皺を寄せるのを見て、慌てて言った。

「あのフォックスっていう人――ライムのこと、息子だって、って」

アビーが目をみはり、ライムというつかみどころのない相手を、これでやっとつかめるかもしれないという顔でうなずいた。

対照的に、ストーンはゆっくりと顎を上下させながら、なぜライムは黙っていたのだろうと考えるように目を伏せた。

一方でバロットは、ライムの反応に注目しっぱなしだった。カンファレンスにいるライムは、素っ気なく、冷ややかですらあった。

《否定はしませんが、今ここで言うことじゃないって気もしますよ、フォックスヘイル委員長。これで自己紹介も終わったんだし、会議を再開させて、今後について大急ぎで話さなきゃならないことを済ませませんか。もうじき、お客さんを乗せた乗物がここの屋上に来る予定で、それにおれたちも乗らなきゃいけないんですから》

フォックスは目を細めた。マルコムに言いたい放題言われても微動だにしなかった柔和な笑みが消え、実に寂しげな表情を浮かべていた。部屋にいる誰もが、その様子を見て取り、むしろそれによって二人が親子であるという言葉が事実だと察せられたようだった。

フォックスが笑みを取り戻し、イースターに尋ねた。

《私はどこに座ればいいか、ご教示いただけるかな？》

イースターが我に返って席を示し、クレアがまたもや珍しいことに、あたふたした様子でフォックスのための飲み物を用意した。

すぐに会議が再開された。議題は、市警と〈イースターズ・オフィス〉による、〈楽園〉の業務委託についてだった。市の要請という形で進められる予定のその業務に関しては、市ではなく連邦から予算が出ることが確認された。〈楽園〉は連邦の機関の一つであり、市の行政機関ではないからだ。

本来こうした業務委託には政治がつきものだが、何十人もの違法エンハンサーが都市をうろつき回るという前代未聞の事態の解決という点で、あえて政治力を発揮したがる人間は市にも連邦にもおらず、率先して対処してくれる奇特な者がいるなら全面的に任せるということで合意がなされるとのことだった。

《エンハンスメントの専門知識や、〈楽園〉という機関との交渉については、イースター所長を頼るしかないが、関係機関の合意の取りまとめについては、私が責任を負わせていただこう》

市警察委員長その人から告げられたことで、一件はつつがなく進展することとなった。

フォックスは立ち上がって最後にまた全員と握手した。できればここでライムとの父子の抱擁を披露したい様子だったが、それは控えつつ、ライムの肩を軽く抱き寄せるにとどめ、そして立ち去った。

その様子をバロットはかいつまんでアビーとストーンに話したが、二人とも会議の内容に興味はなく、もっぱらライムにどう口を割らせようかという話をしていた。バロットを通して盗み聞きをしたと知れば、ライムは腹を立てるかもしれないというのだ。それについてはバロットも同様に懸念しており、そのせいで他に肝心な話題があったことを忘れていた。ライムについてアビーがなんと言ったかを。

やがてフォックスが一人でロビーに現れた。カフェに居座るバロットたちと気さくに手を振り合いながら玄関を出ていくと、どこかで待機していた車輌が進み出て、ぴたりとフォックスの前で停まった。助手席から立派な制服姿の男が降り、フォックスのために後部座席のドアを開けた。さも組織のトップにふさわしい手厚い送迎といった感じで、車輌はフォックスを乗せて走り去った。

バロットたちも席を立って会計を済ませると、カフェを出たところで、ライムがぶらぶらと現れた。

「待たせたな。イースターたちは先に屋上へ向かってる。おれたちも出発だ」

「やった！　あれに乗れるんでしょ！　早く行こう！」

アビーが浮き浮きとエレベーター・ホールへ駆けていき、バロットとストーンとライムが続いた。四人でエレベーターに乗ると、ストーンがライムに訊いた。

「会議は？」

「予定通りだ。お前が捕まえた子どもを〈楽園〉に連れて行く」

「マルコムという、おかしな男が話しかけてきて、そのあと市警察委員が来た」

「お前たちに？　あの連邦の捜査官、なんて？」

「自分のチームに入れと」

「ああ、引き抜きか。連邦検察局の常套手段らしい。気をつけろ」

楽しげに足踏みしていたアビーが、振り返って唇を尖らせた。

「あんなやつと働くわけないじゃん」

「イースターと前に働いていた連中もみな同じことを言ってたが、一人が脅されて引き抜きに応じなきゃならなくなったらしい。で、その後の事件でメンバー同士、殺し合いになったそうだ」

「なにそれ、ひっどい」

アビーが顔をしかめ、ストーンが痛ましげにかぶりを振ってみせた。

バロットもウフコックから話を聞いたことがあったので、無意識にストーンと同様の反応をしていた。連邦検察局がいろいろと画策したせいで、結果的に、ウフコックの大事な友人であった存在が、ガス室送りにされたのだと。

ウフコックが同様の目に遭っているということと、あの傍若無人な連邦捜査官の存在とが、まるでセットのように思われ、たまらなく不快になるバロットへ、だしぬけにライムが言った。

「ルーンは何も訊かないんだな」

「――え？」

「今日の会議、本当なら出席したかったんじゃないか？」

「そうですけど……大事な話し合いですし、もし邪魔になったらいけませんから」

バロットが遠慮がちに返した途端、アビーとストーンが顔を見合わせ、ライムをちらりと見た。完全に、ライムにばれているのだ。

「カフェにいながら、どうやってカンファレンスの会話を聞けるんだ？」

ライムが訊いた。もはや盗み聞きしていたのかとすら言わなかった。

「それは……トレインと〈ウィスパー〉が聞かせてくれて……」

つい、自分の意図ではないというような言い訳じみた返事になっていた。

「能力《ギフト》を制限されてるってのに、大したもんだ」

ライムが感心した顔で、自分の左耳を引っ張ってみせた。バロットに施されたセイフティである左耳のピアスのことを言っているのだ。それがライムの反応の全てだった。盗み聞きされて怒るというような様子はまったくなかった。

だがバロットは、そのピアスがメイド・バイ・ウフコックの品であることを意識させられていた。濫用を防ぐための品。バロットが能力《ギフト》を温存することを許す条件。なのにお前の能力《ギフト》はとっくにその軛《くびき》から逃れようとしているではないかと咎《とが》められた気分だった。と同時に、目の前のライムと違って、自分が能力《ギフト》を失いたくないと思っていることを急に自覚させられていた。

「……パーソナルな話を聞いてしまって、すみませんでした」

バロットが言った。これにはアビーとストーンだけではなく、ライムまでもが驚いたようになった。バロットは、一斉に自分から身を引くような三人に眉をひそめた。

「なんですか？」

ライムが、困惑気味に咳払いをして言った。

「君が謝る理由はないだろう？　あの男が、自分からべらべら喋ったんだから。それに、君が会議の内容を把握して、アビーやストーンにも伝わるようにしてるのは、イースターだ」

「……そうかもしれませんけど、謝って悪いことはありますか？」

「いや、まあ……そうだな、謝罪は受け入れたってことで、この話題は終わりにしよう」

ライムが言うと、沈黙が降りた。目的の階に到達するまで、あと数秒ほどあったが、誰も喋らなかった。

エレベーターを降りると、ホテルの警備員がぼんやり待っていた。ライムが〈イースターズ・オフィス〉の者だと告げると、セキュリティを解除しながら屋上まで連れて行ってくれた。屋上に客が直行できるホテルは皆無といっていい。人生を諦めた人間が、身を投げる前の、天国《マルドゥック》への階段の最後のステップとして利用されないようにするためだ。

屋上に出ると、イースター、クレア、レイ・ヒューズ、ケネスがいた。

イースター以外は見送りであり、見物人だった。バロットたちは彼らとめいめい挨拶し、会議が首尾よく進んだことを喜び合った。それからイースターが眼鏡のレンズにデータを表示させながら言った。

「オーケイ、生命保全プログラムに基づき、連邦法のもとで許可された、飛びきりのセーフハウスが到着する」

やがて、それが現れ、近づいてきた。空中に浮かぶ、巨大な銀色のタマゴが。

「浮遊移動式住居《フライング・ハウス》、ハンプティ＝ダンプティだ。今事件は連邦法適用案件としても、最高ランクとして承認されたってわけ」

イースターが誇らしげに告げると、それを初めて見たクレア、レイ・ヒューズ、ケネスが感嘆の呟きを漏らした。バロットたちは、オフィスの屋上に到来したそれに、ビル・シールズ博士と〈天使たち《エンジェルス》〉の一人であるビスキュイを乗せた際に見ていたし、その二人を護るため、ミラーとスティールが搭乗中だった。

「どこかの星が降ってくるみたいだな。ルーンはあれに乗ったことがあるんだろ」

ライムが頭上を見ながら言った。

「はい。あの……怒ってないんですか？」

「怒る？」

ライムがまた驚いたようにバロットへ目を向けた。

「あなたのお父様が……カフェで私たちに言ったんです。あなたの口から告げないうちに私たちが知れば、あなたが機嫌を損ねると……」

ライムは一笑に付した。

「それは、あのフォックスヘイル委員長殿が勿体ぶって言ったたってだけのことだ。おれは気にしちゃいない」

「なら、なぜ……今まで誰にも言わなかったんですか？」

「市警察委員長殿が、一時期、カジノの歌姫《ディーヴァ》と秘密の逢瀬を重ねたせいで、おれが生まれたってことをか？　さあな。アクシデントでおれが生まれたせいで、母親に苦労させたからかもな」

ハンプティ＝ダンプティが降下し、屋上から数センチほど離れたところで、ぴたりと静止した。巨大な卵形をしたそれが、一部に亀裂を走らせ、いくつもの六角形に分かれて入り口を開いた。

かと思うと、火のついていない葉巻をくわえたミラーがその内部から姿を現し、颯爽と手招きをしてみせた。

「ようこそ、空飛ぶ麗しき要塞へ。こいつの住み心地はなかなかのもんだぞ。おれと交代で乗り込もうってやつはいるか？」

「ひゃっほう！」

アビーが歓声をあげて駆け出した。その懐からナイフが何本も現れて階段を作り、ハンプティ＝ダンプティの外殻が分離して作った階段をよそに、アビーは宙で身軽にステップを刻んで入っていった。

その様子を微笑ましく眺めながらライムが言った。

「父親は死んだと聞かされてた。おれが十七のとき、母親が癌で死んだ。おれはカジノで見習い仕事をしながら、父親がどんな人間か知りたくて、母親の遺品から調べられるだけ調べた。端末や携帯電話とか、昔の画像とかから。で、知ってる人間がいないか聞いて回った。するとある日、父親が生きていて、おれの前に現れたわけだ。なんでも、自分について聞き回る人間がいることに気づいて、部下に命令して調べさせたんだとさ」

「……警察とつながりがあるらしいと聞いてました」

「まあ、自分が生きてる場所に厄介なのが現れたときは、信用できそうな警察にタレ込むってなことをやってたのは事実だ。それが、たまたま生物学上の父親で、おれのタレ込みで出世したってことも、ちょっとはあるかもしれないな。おれは単に、危ない連中を追っ払いたかっただけだ」

ミラーがハンプティから勢いよく跳び降りて屋上で跳ねてみせた。スティールがおっかなびっくり外殻の分離片を階段にして降りてきた。

イースターが入れ違いにハンプティの中へ入っていき、ストーンが後に続きつつ、バロットとライムをちらりと振り返った。

ライムがそちらへ歩み出し、バロットが傍らにつきながら言った。

「お父様は親しげでしたけど……」

「子どもに恵まれずに正妻と死に別れたあと、愛人が自分との息子を産んでたと知ったわけだからな。まあ、気持ちは理解できるが、それ以上の何かを感じろっていうのは難しい」

「なぜですか？」

「ずっと、味方は一人もいない《ノーバディ・ノーウェア》、ってな気分で生きてきたからかもな」

ライムが言った。

バロットは相手の横顔をまじまじと見つめ、思わず足を止めていた。

ライムが、ひょいひょいとハンプティの外壁が作る階段をのぼっていくのを見ながら、まったく別の人間のことを思い出していた。

兄のことを。

なぜ、ライムという男に、神経質なほど感情を動かされるのか急にわかった気がして、呆然となった。だらしない姿勢、立ち居振る舞い、出で立ち。飄々《ひょうひょう》とした態度、何ごとにも無関心であろうとするような素振り、感情の平淡さ。

味方は一人もいない《ノーバディ・ノーウェア》。

何もかもが、兄を——ショーン・フェニックスのことを、思い出させるからだった。

18

「大丈夫か、シルヴィア？」

バジルが〈ハウス〉のいつもの席から——最も運転席とドアに近い位置から声をかけた。

「ええ……問題ない。だいぶ楽になったわ」

シルヴィアは最後方のシートでうつむき加減に座り、がらがらの声を返した。プロテクターは外しており、自分の血で染まったワイシャツを羽織った姿で、今もその肩にホスピタルの手が置かれ、治癒を施されている最中だった。それでも顔を上げてバジルを見つめ、いつでも戦えるという視線を送った。

バジルがうなずき返すと、中央のサイドシートに座るラスティがにやっとし、

「おれも問題ないぜ」

問われもせず親指を立てて言った。全身の嚙み傷やひっかき傷は、ホスピタルの治癒によって瘡蓋《かさぶた》になっている。

「おれも大丈夫だ」

エリクソンも真面目くさって言ったが、こちらは服がぼろぼろなだけで外傷は皆無だった。

「大した化け物たちだったな」

オーキッドが、弾丸の詰まった箱を膝に置き、せっせと銃に弾を込め直しながら言った。全身に装備した弾倉のほとんどが空っぽというのは彼にとって最も落ち着かない状態なのだ。

「お前たちのおかげで、相手の手の内を知ることができた。シザースと〈エンジェルス〉、両方の。言うまでもなく、これらはとてつもなく大きな成果だ」

ハンターがいつものシートからみなに言った。仲間を誇りに思う共感《シンパシー》が車内に満ち、バジルたちや足元にはべる犬たち、そしてまた〈クインテット〉の中核メンバーではないケイト・ホロウも、その喜ばしい一体感をしっかりと味わっていた。

さらにそれだけではなく、ハンターが今まさに、人格の共有《シェア》という未知の力を我がものとしつつあり、その力を利用して敵の一人を追跡し、傘下のグループに取り囲んで捕まえさせていることも、言葉にせぬまま伝わるのだった。

今はまだ〈ハウス〉の後部座席にいる者たちのみがその共感《シンパシー》を超える共有《シェア》の輪につらなることができたが、いずれハンターが能力《ギフト》を成長させ、グループ全員がそうなるだろうという予感があった。

この調子では、今〈ハウス〉に乗っているみんなが、そのうち黙ったまま滅多に喋らなくなりそうだという、どうやらラスティやエリクソンが思っているらしい素朴な感想まで共有《シェア》された。しかもこれまでは、ハンターがよほど集中し、それこそ精神力を振り絞らねばできなかったことを、ほとんど無意識のうちにしてのけていた。

このような一体感を持つ者同士が、どうしたら決裂し、互いに支え合わない状態になるというのか想像がつかない――という思念が心地よくみなの心を響かせるや、打撃による苦痛から脱しきっていないシルヴィアですら、その痛みを忘れ、しばし陶然となった。

まるで〈ハウス〉の内部に、幻覚をもたらす煙が焚《た》かれ、古代の神聖な儀式の場となったようだ、というケイトの思念がみなの間を漂った。その神聖な儀式とは、ただ単にドラッグに溺れるのとはまったく違い、精神の限界を定める殻を破り、ビジョンの到来という超越的な体験を通して、真の認識に達し、本当の人生の目的を見出すものなのだ。おう、それこそまさに今自分たちが経験していることじゃないか、というラスティやエリクソンの共感《シンパシー》が深く深く心に響き合ったとき、コール音がした。その時点で、ラスティの携帯電話が鳴ったことも、誰が何の用件でかけてきたかも、みながわかっていた。ハンターが他のメンバーの動向を能力《ギフト》で把握しているため、ここにはいない者たちの動きもなんとなくわかるのだ。

ラスティが携帯電話を取り出して耳に当てた。

「よし、捕まえたな。ウェスト・アヴェニューの入り口か。ははっ、なんとなくわかるんだよ。お前たちのほうは、このわかるってやつがわからないのか？　いや、なんでもねえよ。オーケイ。すぐに〈ハウス〉で向かう」

通話をオフにし、小テーブルの上のリモコンを取って行き先の情報を入力した。

ピンポーン、とチャイム音がした。アンドレからの、行き先を了解したという合図だ。

車内モニターが表示する周辺地図と仲間の車輌の位置情報をハンターが眺めた。何を探しているのか、みながわかった。

《〈エンジェルス〉のバスは、距離を取って、私たちのあとを追ってきているようだ》

ジェミニがこうべを上げ、左の顔がハンターに告げた。ジャミングされているせいで正確な位置はわからないものの、他ならぬそのジャミングが信号のカメラなどにも及んでいるため、結果的にだいたいの居場所や進路がわかるのだ。もちろん、それが巧みな偽装の可能性もあるのだが。知能面でもあのモンスター児童たちは侮れない、といった考えもまた、みなの間で共有《シェア》されていた。

「彼らは、手柄を横取りしようと考えるだろうか？　ホスピタル？」

「わかりません。もし彼らがまた襲ってきたら、私が話をしてみます。少しは時間を稼げるでしょう」

　ホスピタルがシルヴィアの治癒を続けながら言うと、ハンターがうなずいた。

「君を奪われるリスクは冒せない。だが〈エンジェルス〉とは、対立ではなく共闘する道を探る必要がある。おれがブラックキングとの謁見を首尾よく果たしたうえで、君に大いに頼ることになるだろう」

「わかりました」

　シルヴィアが、ホスピタルにうなずきかけて感謝を示し、もう十分だと告げた。ホスピタルが手を離した。シルヴィアが血染めのワイシャツを着直してボタンをとめる様子を、バジルが案じるように見つめていた。その視線というより思念を感じたシルヴィアが、微笑んでバジルにもうなずきかけた。

　バジルは小さくうなずき返して視線を逸らしたが、シルヴィアを気遣うバジルの意外なほど温かな感情に、ハンターをはじめ、みなが微笑ましげになった。当のバジルはしかめつらをしていたが、シルヴィアがありがたくその気遣いを受け入れているのを感じると、強面《こわもて》を保つことをついに諦めて頬を緩めるのだった。

ウェスト・アヴェニューに入ってすぐの、ビルとビルの間のやや広い道に入っていった。ウェスト・ヴィレッジではどこでもそうだが、左右のビルのどちらも老朽化と空きテナントが目立った。といっても、市の再開発が予定されており、そのことに希望を持つ市民の努力によって、秩序と清潔さが保たれ、ジャンキーと売人が巣を作るゴミだらけのスラムになることは防がれていた。

道の先は別のビルの壁による行き止まりで、細い路地が四方に伸びている。壁の前に車が何台か半円を描くようにして停められており、路地への出入りを封じていた。

車列の内側には、九人の男女がおり、後ろ手に手錠をかけられた男を、取り囲んで立っている。そこへ、〈ハウス〉がバックで入って来て停まった。

バジルがナイトメアとともに降りて人々を手招きした。エリクソンが続いて降りると、こちらは〈ハウス〉の前方を守る位置についた。立ち塞がる者が現れたとき、すぐさま突破して大通りに出るためだ。

人々を率いているのは、バリー・ギャレットだった。追跡と捜索を得意とするチーム〈スネークハント〉のリーダーであり、大口の融資をして回る銀行員が着るような三つ揃いのスーツを身につけている。

その周囲に、同様の出で立ちで銃を持った者たちが六名いた。みなバリーから有望な

〈スネークハント〉の調査員として見込まれてスカウトされた元ギャングたちで、バリー以外のエンハンサーもいる。

さらに二名、いるはずのない男たちの姿があった。ウィラードとピット。メリル・ジレットとともに銃弾の雨に引き裂かれて死んだはずの二人が、平然とそこに立っているのだ。手錠をかけられた男が引っ立てられ、〈ハウス〉の開かれた後部ドアの前に連れてこられた。

バリーは一方の手に消臭スプレーの缶を持ち、男に向けて噴霧した。男が放水でも受けたように身をよじった。

「大急ぎで捕まえました。本当に、この男で間違いありませんか？」

ハンターがシートに座ったまま、ぶるぶる震える男を見つめた。ぼろぼろのサマーセーターにズボン、穴の空いた靴という、いかにもホームレスじみた姿で、キキキ……とチンパンジーのような鳴き声をこぼしている。

「間違いない。いい仕事ぶりだ、バリー」

まぎれもなく、ホワイトコーブ病院で眠るグースの一人にのりうつった、スクリュウ・ワンと呼ばれる男だという確信がハンターにあった。むろん、グースにのりうつるというのはハンターに襲いかかった幻覚に過ぎないのだが、その本体といおうか、シザース流の脅迫を担った人物であることは間違いなかった。人格共有というシザースの力を逆手に取り、この人物が認識している自分自身の外貌、出で立ち、居場所、行動パターンといったものをつかむことができたのだ。

　そういうハンターの思考が、〈ハウス〉にいる仲間たちのみならず、バリーたちにも茫《ぼう》漠《ばく》とだが伝わっていた。バリーがちょっと目を白黒させ、今のは何だ？　というように他の者たちと目を見交わし、すぐにそれはハンターがもたらす共感《シンパシー》の一種であるという納得が彼らの間で広がっていった。

　バジルが、袖から電線を放ってスクリュウの首に巻きつけながら、バリーに手を差し出した。

「おれたちが連れて行く。そいつをくれ」

　バリーが消臭スプレーの缶を手渡しながら肩をすくめた。

「その綺麗な車に乗せるんですか？」

「トランクにな」

　バジルが男を引きずるようにして車輛の後部に連れて行った。リアトランクを開くと、中から電線の束が蛇の群のようにスクリュウに絡みついた。スクリュウが悲鳴をあげる間もなく一瞬で引きずり込まれ、トランクの蓋がひとりでに閉まった。

「抵抗はあったか？　あるいは何者かがあの男を守ろうとしたか？」

　ハンターが訊いた。バリーは、冗談でしょう、というようにかぶりを振った。

「あのビルから跳び降りて死のうとしていましたよ。まあ、びびって最後の一歩を踏み出すことができずにいてくれて助かりました」

ハンターがうなずいた。スクリュウ・ワンが自殺しようとしてできなかったのは、他ならぬハンターに心をつかまれ、行為を封じられていたからだった。だがその思考について だけはバリーたちにあえて伝えず、〈クインテット〉の古参メンバーとだけ共有《シェア》した。ハンターがシザースの一員であったという事実は、今はまだ、伝える相手を選ぶべきことであるからだ。思考の共有《シェア》においては、そうした取捨選択ができるということを、ハンター自身がさっそく学び始めていた。

「他に仕事はありますか？　なければ〈シャドウズ〉とゴールド兄弟の追跡に戻ります」

「いいや、その仕事は忘れていい。彼らには、おれが話をする。他の者を追ってくれ」

「どなたを？」

「姿を消したマクスウェルと、〈イースターズ・オフィス〉に連れ去られたビル・シールズ博士だ」

バリーが嬉しげに眉を上げた。ハンターの指示と、バリー自身がこうすべきではないかという考えが、ようやく一致したからだ。

「承知しました。ただマクスウェルは、私たちを撃ち殺そうとするかもしれませんね。メリル・ジレットのように」

ハンターの代わりに、バジルが車内に片足を乗せながら言った。

「エンハンサーをつける。そうだな、〈ビリークラブ〉のやつらに護衛させるか。バルーンの後釜として〈クラブ・マーフィー〉を任せてるが、あそこの用心棒と現ナマの番に飽きてる頃だろう。いいか、ハンター?」

「実に適切な配置だな、バジル。少しは安心するか、バリー?」

バリーがますます嬉しげになって仲間を見回した。彼らも、異存などあろうはずもないという笑みを浮かべた。

「恐れ知らずで秩序を尊ぶ〈警棒《ビリークラブ》〉のエンハンサーたちに守られるのでしたら実に心強い。すぐに仕事に取りかかります。では失礼」

バリーがきびきびと部下たちをつれ、めいめい車へ戻って行った。

入れ違いに歩み寄ったのは、ウィラードとピットだ。二人ともせかせかと、一刻も早く苦情を申し立てたいという様子で言った。

「私たちはいつまで〈ディスパッチャー〉のふりを?」

「まさか一生この姿でいるんですか?」

そう言い募る間も、二人の顔がみるみる変貌していった。ウィラードのほうは顔の皮膚がしわくちゃになるや、ゴムマスクのように剝がれ落ち、細面の男性のものになった。ピットのほうは顔の皮膚が電子モニターのように明滅し、褐色の肌を持つ女性が現れた。

バジルが何か言う前に、ケイトが顔を出し、二人をたしなめた。

「少しの辛抱だと言ったはずです、トーディ、スコーピー。あなた方〈クライドスコープ〉にとって大切な役割だとお話ししたでしょう」

「そうは言っても、〈パレス〉で役人や政治家どもをたらし込むのとはわけが違うんですよ。裁判で別人になって偽の証言をするってのとも。このままじゃ、いつ怪しまれて署の連中にリンチに遭うかわかりませんよ」

「怪しまれなくたって、きっとそのうちそうなるわ。やつらときたら、ステップフォード署長とメリル刑事部長の抜けた穴を自分が埋めようっていう考えなんですから。ウィラードとピットがまだ生きてるなんて、目障《めざわ》りで仕方ないんだわ」

「ハザウェイの群に襲われるよりもいいと言うのですか？」

ケイトが脅すと、トーディとスコーピーが恐怖を覚えたように頭上を飛び交うカラスの群を見上げた。

バジルがやれやれというように吐息した。

「賄賂の渡し役《キャンディマン》を変えるわけにはいかねえ。おれたちと取引しようっていう大物のサツが見つかるまで、お前たちにも護衛をつける」

ケイトが意外そうにバジルを見やり、トーディとスコーピーが期待で目をみはった。

バジルは眉間に皺を寄せ、頭の中で数百人からなる複雑な組織図を眺め渡し、誰をどこに動かせば、どんな利益と不利益が生じるかを計算したうえで、すぐさま結論を出した。

「ゴールド兄弟の件もあるから、〈シャドウズ〉に任せる。いずれ十七番署のことは連中に仕切らせると言ってな。ハンター？」

「見事な考えだ。おれがジェイク・オウルと話すうえでも、彼らが今後〈スパイダーウェブ〉を管理するうえでも有用だ。それに、〈シャドウズ〉からすれば、クック一家に代わって、メリルの領土を奪取した気分になるに違いない」

「ああ。〈プラトゥーン〉のブロンが狙ってた役目だが、あいつには別のものを用意する。メリルの家とかな。セントラル地区のじゃなくノースヒルの豪邸のほうを。ブロンなら、あの家の床下にメリルが溜め込んだお宝にも目がくらんだりせず管理できる。だろう？」

「その通りだバジル。早々に話をつけ、〈ディスパッチャー〉の背後に〈シャドウズ〉ありという噂を流そう。〈クライドスコープ〉のドッペルゲンガーたちも納得かな？」

「ありがとうございます、ハンター、バジル」

ケイトが率先して感謝し、トーディとスコーピーも慇懃《いんぎん》に礼を述べた。

「さあ、二人とも顔を整えて、仕事に戻りなさい」

ケイトが言うと、たちまち二人ともウィラードとピットそっくりに変貌し、車に戻って行った。

バジルがエリクソンを戻らせて〈ハウス〉のドアを閉め、運転席との仕切りを拳で叩いて出発を告げた。〈ハウス〉が走り出し、後方の車列が続いた。大通りに出ると、それぞれの仕事をするために散っていった。
ノースサイドとミッドタウンの狭間のノース・アヴェニューに入ったところで、またコール音がした。今度はハンターが携帯電話を取り出し、スピーカーモードにした。
《フラワーだ。話は聞いた。あらかじめ言っておくが、私は同席しないし、彼女がお前をどうしようと関知しないぞ》
「同席を頼む気はない。おれが獲物を献上し、ブラックキングに謁見する」
《それは何よりだ。怪物たちと一緒とはな。気が知れない。生きてたら連絡をくれ》
「そうさせてもらう」
通話をオフにして電話をしまうと、ジェミニが低く唸り、両方の顔がモニターを見上げた。一ブロックほど後ろに、〈エンジェルス〉のバスが出現していた。
《彼らが姿を現した》
車内に緊張が漂ったが、襲撃の兆候はなかった。そのまま通りを進み、〈ミラージュ・ホテル〉のエントランスに入った。〈エンジェルス〉のバスは別の出入り口があるらしく、エントランスの前を通り過ぎていった。
カジノ側の屋内ロータリーで〈ハウス〉が停まった。バジルとナイトメアが降り、エリクソンが続いて、来客で混雑するロータリーを注意深く見渡した。それからハンターと姿を消したシルフィードが降り、ラスティとオーキッドがしんがりについた。

バジルがリアトランクを開くと、電線でがんじがらめになったスクリュウが恐怖で脂汗を流していた。バジルとエリクソンが、スクリュウと一緒に積まれていたキャスターとたたまれた段ボールを取り出した。段ボールを広げて箱にし、キャスターに載せると、一本の電線がするすると動いて固定した。エリクソンがこともなげにスクリュウをつかんで箱に放り込んだ。バジルが消臭スプレーの中身をありったけ箱に噴霧し、缶をリアトランクに放り捨てた。エリクソンが蓋をしてキャスターを引いた。箱の中のスクリュウは電線で完全に身動きを封じられているとみえ、がさがさ音をたてることもなかった。

周囲の誰も彼らの行為に気づかなかったし、ロータリーの監視カメラはジェミニによって一時的に何も映さない状態にされている。

バジルが〈ハウス〉の後部車載カメラに向かって親指を立てた。オーケーのサイン。シルヴィア、ジェミニ、ホスピタル、ケイトを残してドアが閉まり、アンドレがロータリーの先の駐車場へ〈ハウス〉を運んだ。

カジノのロビーを横切る途中、ラスティがこそっとバジルにささやいた。

「兄貴、シルヴィアのそばにいてやってもいいんじゃない？　護衛はおれら――」

バジルがもの凄い形相で睨んだ。

「おれが何だって？」

「いや……なんでもねえ。待てよ。そんなおっかねえ顔すんなって」

「ふざけてる場合か、この野郎」

「別にふざけちゃ……わかった、悪かった。黙ってるから」

ラスティが歩調を落とし、エリクソンの横で身をすくめた。

「なんだよ、おっかねえの」

「そうか？」軽々と荷物を運ぶエリクソンが首を傾げた。「照れてるんじゃないか？」

「よせ、殺される」

ぼそぼそ話す二人をよそに、バジル、ハンター、エリクソンと荷物、そしてナイトメアと不可視のシルフィードがエレベーターに乗った。待機役の二人を残して上階へ向かい、途中でVIP用のエレベーターに乗り換え、ロータリー・チェスクラブ専用のフロアに出た。

いつもはコーンがどこかで待ち構えているのだが、今回は違った。

真っ黒い特殊部隊のような装備に身を固めた男が、アサルトライフルを胸の前で構えてラウンジの入り口の脇に立っていた。

「〈キング〉の護衛か？」

ハンターが尋ねたが、男は無言のままラウンジのほうへ顎をしゃくり、自分から先にそちらへ入っていった。

「沈黙の兵士というわけだな」

ハンターたちが後に続いて入ると、ラウンジの四方に一人ずつ、同じ装備の男たちが、きっちり同じ姿勢で立っていた。

入り口にいた一人が、奥のドアの前に立ち、入れというようにまたハンターに向かって顎をしゃくった。

同時に、四方の男たちが音もなく近寄ってきて、ハンター以外の二人と一頭の前に立ち塞がるようにした。

「エリクソン、おれが運ぼう」

ハンターがエリクソンから荷物を引き継ぎ、奥のドアへ向かい、一方の手で開いた。荷物を引き入れる際、姿を消したシルフィードが滑り込んだ。そうしてハンターが中に入ると、背後で男がドアが閉めた。

荷物をキャスターに固定していた電線がするりとほどけ、ハンターの周囲で円を描いた。バジルの遠隔操作による護衛だ。箱の中のスクリュウの拘束も緩めたらしく、もぞもぞ動いて箱が揺れた。貴重な人質が中にいると、これから来る者が一見してわかるように。

ハンターは立ったまま、目の前の椅子の背もたれに手をかけて待った。

きいっと音がして、隠しドアが開いた。ずしりと馬鹿でかい拳が現れ、キドニーが出てきた。シルヴィアの電撃で焼け焦げた服ではなく、光沢のあるスーツに着替えている。まるで自分もカジノのＶＩＰ用ラウンジを利用できるというように。

「約束どおり、シザースを連れてきた。〈キング〉への謁見を請う」

ハンターが言うと、キドニーが豹《ひょう》のような鼻をくんくん鳴らし、ふーっと息を噴き出しながら顔をしかめた。

「くさイ」

「シザース特有の匂いなどという手がかりは忘れてくれ。やつらはその弱点をとっくに克服し、偽装として活用しているのだから」

キドニーが、うさんくさそうにハンターを睨《ね》め上げ、隠しドアを振り返った。

「あぶないニオイはしなイ、きんぐ・のーま」

低いモーターの音が響き、電動車椅子に乗った女が現れた。四つもの点滴のチューブが腕や腋の下につながっており、車椅子後部に搭載された生命維持装置ともども、どうやら彼女を蝕《むしば》むなんらかの病状を食い止めていることが察せられた。

とはいえ女自身には病み衰えたところはまったく見えない。二十代後半か三十代そこそこだろう。体のラインもあらわな、色彩と模様がゆっくりと変化する、高価なカメレオン・ドレスを着ていた。その青を基調とした極彩色の模様は、さながら雄の孔雀の尾羽をむしり取って体に貼りつけたようだ。

同じ素材のヴェールをかぶって顔の上半分を隠し、その下からのぞく顎も、頸筋も鎖骨のあたりの肌も、異様につやめき、その光沢から人工皮膚であるらしいことがみてとれた。同じく人工物的な光を帯びる真っ赤な唇に笑みをたたえ、言った。

「私はノーマ・ファニーコート・オクトーバー。ミドルネームは、シザースに殺された父の名よ。登録上の父だけれども、私を大切に育ててくれたわ。もう一人の父、グッドフェロウとともにね」

相手が、わざとグッドフェロウの名を出して反応を窺おうとしていることは明らかだったが、ハンターはまるで興味を覚えないという様子で応じた。

「お目にかかれたことに心から感謝する、キング・ノーマ。おれからの貢ぎ物を受け取っていただけるだろうか？」

「ありがたくちょうだいする前に、それが何なのか説明して」

「スクリュウ・ワンと呼ばれる男だ。普段はホームレスのような暮らしをしているが、シザースにとってある重要な役割を担っている」

「どんな役割？」

「シザースの構成員の、いわばキル・スイッチだ。この男が心に干渉すると、構成員は自らをシザースであると自覚できなくなる。それどころか構成員の心のスイッチを切り、植物状態にしてしまうこともできる」

「どうしてあなたは、そうしたことを知ることができたの？」

ヴェールの奥から、X線じみた視線が向けられているのをハンターは感じた。ただ凝視して相手の反応を見逃さないようにしようというのではなく、もっと深く、心の中を直接知ろうとでもいうような視線だ。相手の目を見ていないにもかかわらず、なぜそのような感覚を受けるのかと考えながらハンターは言った。

「おれはやつらに支配されていたからだ。あなたによって能力《ギフト》を受ける前に。あなたがエンハンスメント実験を行うことを見越して」

ハンターを見つめるキドニーの目が、ぎらりと光った。

「それで？」

だがノーマのほうは口元の笑みを崩さぬまま先を促している。

「おれは仲間との均一化《イコライズ》によって、ついに認識が困難な敵と対峙することを可能とした。やつらの支配から脱し、おれを眠らせようとしたこいつを逆に均一化《イコライズ》し、こうして捕らえることができた。シザースは今、おれを切り離そうと必死だ。しかしおれは、これからやつらの支配を逆手に取り、一人残らず捕らえ、支配し返してみせるだろう」

「あなたはシザースだった。あいつらが私に対して仕掛けた罠だった。でもあなたはシザースであることをやめ、あいつらを倒すことのできる私の本当の武器になった。そのことを意味する言葉を、あなたは知っている？　それが聞きたいわ」

「言葉？」

「ええ」

「なぜそれがあると知っている？」

途端にノーマの口元の笑みが濃くなった。長らく期待していたものが今こそ手に入りそうだというような、歓喜するというより欲情しているといった笑みだ。

「あなたから答えなさい、ハンター。あいつらは、あなたをなんと呼んだの？」

「〈ティアード〉だ」

ノーマがくすくす笑いをこぼした。プレゼントを差し出された子どものように。あるいは獲物を足の下にしいた肉食獣のように。

ハンターは相手の様子をつぶさに観察し、推し量れる限りの思考の渦の中から、たちまち驚くべき答えを引っ張り上げ、こう口にした。

「なるほど、そういうことだったのか。なんといってもシザースの最大の特徴は、存在を確認することがきわめて困難だということだ。過去の研究データなど何の役にも立たない。なのにあなたは、匂いという、シザースも当初見過ごしていた弱点をつかんだ。すぐにそれは封じられたとはいえ、三人もの女性シザースを捕らえておのれのものとした。つまりあなたもまた、おれのようにシザースにされてのち、そのことを自覚し、やつらの支配を断ち切り、やつらであってやつらでない、〈引き裂かれた者《ティアード》〉となったのだ」

ノーマの唇が吊り上がって笑みを濃くした。

「こちらに来て。私のヴェールを上げて。長い長い父たちの喪《も》が明けたと私に言って」

ハンターは、そうした。さりげなく腰の後ろで手を振り、バジルが操る電線と、姿を消したシルフィードに、動くなと指示しながら。

ぎろりと睨むキドニーの前を通り、ノーマの前で片膝をついてみせると、ハンターは両手を伸ばして極彩色のヴェールを上げてやった。

ノーマの顔があらわとなり、鮮やかな青の双眸がハンターを見つめ返した。孔雀の羽を連想させる目。彼女が身にまとっているものの基調となる色だ。

「私には指一本触れてはダメよ」

ノーマが言った。

ハンターは膝をついたままうなずいた。なんであれ相手の流儀に従うというように。

「緑の目を持つ娘とは会った？　私に毒を浴びせた女が産んだ娘よ」

「幻を見た。実在するのだな？」

「ええ。私の父の一人が死体安置所で死んだとき、その娘がそばにいたというビジョンを見るの。今も都市のどこかにいるはずよ」

「シザースの女王とやつらは呼んでいた。おれが必ず見つけ出す。ところで、あなたはどのようにしてシザースに抵抗したのだ？」

「まだ教えるわけにはいかないわ。それより、あなたがあの貢ぎ物を手に入れている間、私の大事な従業員が姿を消したことについて、あなたの考えを話して」

「それは〈イースターズ・オフィス〉がビル・シールズ博士を奪い去ったということか？我々が取り戻すと約束しよう」

　ふうっとキドニーが鼻息をこぼした。いかにも不満そうで、自分たちの仕事を横取りするなと言いたげだ。

「奪われたとは思っていないの。迷子になった犬みたいなものよ。彼を正気に戻して、犬小屋に帰らせなさい。〈エンジェルス〉の一人も奪われたけど、そちらはいいわ。自力で帰って来られない子に用はないから」

「承知した」

「あなたが捕らえたシザースは、ホワイトコーブ病院で、グースたちのいるフロアに置きましょう。死なせないよう、ゆっくりと調べるわ。エクレール、その箱の中にいるシザースを、お前たちのバスで連れて行きなさい」

　キドニーがのそりと動いて箱ごとスクリュウを肩に担いだ。そこへハンターが言った。

「おれとキドニーとの間で、一つ約束がある、キングよ。特別にはからっていただけないだろうか？」

　キドニーが足を止めてハンターとノーマを振り返った。

「なにかしら？」

「マリー・ザ・ホスピタルと〈エンジェルス〉の憩いの場を設けたい。彼らは長いことホワイトコーブ病院で一緒だったと聞いている」

ノーマは微笑みながら、ハンターを見つめ、その声に耳を傾け、そしてそれとは別の何かを感じている様子だった。口元の僅かな動きから、何かを味わっているようにも見えた。ハンターの能力《ギフト》とも、シザースの不可思議な共有の力とも異なる何かを。

「いいわ。彼女を〈エンジェルス〉のバスに乗せなさい。そのシザースをホワイトコーブ病院に連れて行って寝かせる仕事を手伝わせるの。わかったわね、エクレール？」

「わかっタ、そうスル」

キドニーがせかせかとうなずき、ちらりと訝しげにハンターを見つつ、待ちきれないというようにスクリュウの入った箱を担ぎ直し、どすどすと足音をたてて隠しドアの向こうへ消えた。

ノーマが、キドニーを見送って言った。

「心配なら、あなたの仲間もホワイトコーブ病院に行けばいい。あなたもそこで落ち合えるように」

「おれは別の場所に行けと？」

「そう。あなたに与えたニューフォレスト保健福祉センターよ。そこで〈エンジェルス〉を一頭、処分するの」

「それはビル・シールズ博士を守れなかった見せしめか？」

「そういう効果もあるかもしれないけど、単にエンハンスメントが上手くいかなかっただけ。出来が悪いのよ。死なせたあとでビル・シールズに解剖させて、何が悪かったか調べるつもりだったけど、それは少し待つわ」

「その哀れな脱落者が息を引き取るところを見学するわけか」

「育種家《ブリーダー》の責任というやつね。ついでに、あなたが捕まえた別のエンハンスメント生物の様子も見ましょう。〈イースターズ・オフィス〉の喋るネズミを。言っておくけど、あなたはまだこれから大事なことを、私に証明してみせなければいけない。シザースは決して、たやすく〈ティアード〉を放置しないのだから。あの緑の目の娘がやって来る。もちろん、あなたのタフさを疑ってはいないし、心から期待しているわ。でももし、あいつらに抵抗できないなんてことになったら、あなたがどんなふうに処分されるか、見ておいてちょうだい」

「そうならずに済むと証明されたときは？」

「あなたは全てを手に入れる。ほしいもの全てを。ただし最初にほしがらなければいけないものがあるわ。この私、この都市を創ったオクトーバーの末裔《まつえい》よ。私をほしがりなさい、ミスター・ハンター。オクトーバーに新たな血筋をもたらすために」

19

重力素子《グラヴィティ・デバイス》の力によって天高く雲の上に浮かび、どれほどの強風を浴びても揺れもしない巨大なタマゴの中は、豪華な三階建てのコテージといったふうだった。

かつてバロットが滞在したものとは間取りが異なるものの、居心地は変わらなかった。地上のありとあらゆる危険から免れた穏やかさだけがあった。二階と三階は六つの部屋に分かれ、搭乗した全員に個室をあてがうことができ、一階のキッチン、ダイニング、リビングはどこも広々としており、全員が悠々と集うことができる。

「ずっとここにいたい！」

というのがアビーの無邪気な感想で、部屋から部屋へ巡り歩き、自分だけのお気に入りの場所を探すことに余念がなかった。

「事件が終結するまで使用することができる。掃除と補給は自分たちでやらないといけないけど」

イースターが重要な問題について言及するように注釈したが、アビーのほうは、ストーンにバロットにベル・ウィングと、綺麗好きの片づけ魔に囲まれて暮らしていたため家事は慣れっこだった。生活のほとんどをハウスキーパーやエイプリルのアシストに任せているイースターとは大違いというわけだ。

事件の核心を担う保護証人ことビル・シールズ博士のお気に入りはリビングの隅っこで、ほとんど終日、モニター越しに外の空を眺めて過ごしているらしい。その顔からは恐怖による緊張が消え、代わりに深い悲しみがあらわれるようになっていた。

しばしばビスキュイのいる部屋に行って様子を見たり、自ら食事を与えたりするが、どちらも心が晴れる様子はないようだった。

〈楽園〉と都市の業務提携の第一弾となるビスキュイは、ほぼ抵抗せず、部屋の隅にうずくまって悲しげにすすり泣くばかりだという。

「仲間から引き離されて、殺処分にされると思っているのだ」

ビル・シールズ博士は、〈エンジェルス〉の何人もが、そうされてしまったと告げた。

ウフコックが閉じ込められているガス室がニューフォレスト保健福祉センターに設置されたのも、キメラベビーをひそかに殺処分するためなのだ。生まれつき虚弱であるとか、肉体的に致命的な欠陥があるとか、はたまた凶暴すぎるということで、仲間から引き離されて二度と帰って来られない場所に送り込まれる。ビスキュイは、まるで家畜がおのれの運命を悟って意気消沈するように、何もかも諦めてしまっていた。

おかげでビスキュイの恐ろしい爪に、防護ジェルを塗って安全化することもたやすければ、懸念であった能力《ギフト》を行使して逃げ出されることもなかった。むしろ鬱状態と栄養失調を心配しなければならず、最初は気味悪がっていたアビーとストーンが、捕まえた自分たちの責任とばかりに何とかビスキュイに食事をとらせようとするのだった。

バロットもビスキュイの世話を手伝い、あるいはイースターとビル・シールズ博士の会話を横で聞くなどしたが、他にすべきこととてなく、気づけばダイニングで、ライムと一緒に食事の用意をしているということが多かった。

ライムは、搭乗前の話題など忘れたかのように家族の話はまったくせず、飄々としたマイペースな態度に終始し、バロットとの会話もごく平板でありきたりな話題が続くうち、ちょっとした冗談が混じるという、なんとも普通としか言いようのない様子だった。

状況としては非常きわまりないのだが、なんであれライムが興味津々で話すといったことはまるでなかった。大企業が巨利を求めたせいで生じた、おびただしい薬害や不適切な医療行為、違法な科学技術の使用に、三十年以上も関わっていた超重要証人のことも、市民IDのないエンハンスメント・キメラベビーを連れていることも、自分たちが雲よりも高い場所で寛いでいることも、ライムときたら〝まあ、そんなこともあるさ〟ですべて済ませてしまいかねないのだ。

冷静沈着といえば聞こえはいいが、どこか虚無的なところがバロットには引っかかるし、それが何年も会っていない兄を想起させられるとなれば、古傷がしくしくするような心の痛痒を覚えさせられるのだった。思えば不思議なもので、ハンターが最初に現れたとき、兄のショーンについて言及されても、こんなふうにはならなかったのだ。心のどこかで、さもありなんとすら思っていた。それは、家族を助けようとして悪事に手を染め、父を撃って刑務所に入り、そして家族が粉々になったあとの兄の選択なのだと。

自分やアビーは、悪の道を選ばなかった。単純にそう考えていた。この先、兄に何があっても自業自得なのだと。

だがライムに兄の面影を見た途端――よくよく観察すると、似ているところと、似ていないところとが同じくらいあったが――ことは、そう単純ではなさそうだと思わされるようになっていた。

とりわけ、ウフコックを救出する算段が日増しに現実的になるにつれ、心はそのことに集中するどころか、むしろ乱れがちである自分をバロットは自覚していた。

兄が自業自得なら、ウフコックは？

ライムが、虚無的な態度の一歩手前といった状態を保とうとするのも、どうにもならない不条理を受け入れねばならなかった経験がそうさせているのでは？　となれば、それは自分が、兄を無関係な存在とみなすのと同じではないだろうか。

悪を傍観し続けることを選択したウフコックが、結果的に甚大な苦しみを受けたことは容易に想像できた。それを過ちと断定できる根拠はないが、もしそうなら、この世の全ての人間が同様の過ちを犯さざるをえないまま生きていることになりはしないか。

この社会において、人はどの程度まで、他人に関心を持つべきか、という点については、カレッジの倫理学のクラスで学んではいるものの、決して答えを得られるものではなかった。クラスでは議論を学ぶのであって、むしろ、究極の原理などというものが存在するわけではないらしいと示唆されるのだ。原理がなければ人は生きてはいけないというのに。

原理が定まらないまま物事を放置すべきではない気がした。なぜならそれは、ウフコックを救助したあとの選択にかかわることだからだ。そこまで考えたとき、ライムがアイランド型のキッチンの向こう側で言った。

「君は割としょっちゅう自分の頭の中の小径に入り込んでいってしまうんだな」

バロットは肉を叩いて柔らかくする作業を止め、顔を上げた。

「すみません……何か聞き逃しましたか?」

「そういうわけじゃない。そのままでいてくれれば、こっちは助かるってことだ」

「助かる?」

「君が見えない何かと話している間に、おれの好きなものだけ放り込めるからな」

バロットはライムが刻んでいる野菜を眺め、無意識のうちに感覚していた彼の行動を脳裏で再現しながら尋ねた。

「セロリはどこに行ったんですか?」

「おいおい、あんなものを食べ物とみなすのか?」

バロットは返事をせず、自分の背よりも高い大きな冷蔵庫の扉の一つを開き、ビニール袋にきっちり包まれて奥の方にしまい込まれていたセロリの束を取り出した。

「ルーン、おれたち二人とも大人なんだぞ。味覚的な好みという個性を認めないのか？」

呆れ顔のライムに、もっと呆れた顔をしてやりながら、セロリを切って野菜を入れたボウルに放り込んだ。

「あなたのお皿には入れません。そんなには。それでいいですか？」

「取引は？　君が苦手なパセリはおれの皿に置くといい」

「別に……、苦手では」

「大人のふりは、やめたほうがいいな」

「二人とも大人だったはずでは？」

「我慢は体に悪いってことを学ぶのが大人だ」

「まるで子どもの言い合いです」

溜息混じりに言ってやったが、ライムは真面目くさった顔で首を傾げるという、つかみどころのない仕草を返すのみだ。

バロットも仕返しに同じ仕草をし、肉を叩く作業を再開しながら、ふともしウフコックがここにいたら、どんなふうに会話に入ってくるだろうと思った。そのせいで悲しみが込み上げてくるのを警戒したが、驚くべきことに、それとは異なることが起こった。胸の内側に温かさが満ちるようだった。紛れもない希望の念が膨らみ、もはやウフコックには手が届いたも同然で、あとは確実な準備と行動だけがあるのだという、総毛立つような昂揚がいきなりわいていた。

そのせいで、肉を叩く手に力が入るのを自覚した途端、こういうときほど目端が利くライムがしれっとした調子で指摘した。

「冷静にな。どんな手の込んだ料理も、皿をひっくり返せば無駄になる」

ライムなりのアドバイス。バロットはそれを渋々と受け入れた。

本心では、〈楽園〉との取引も、法務的な準備も、ケネスによる取引の用意すら後回しにして、今すぐウフコックを救助しにいきたい気持ちで一杯だった。ビル・シールズ博士という強力な保護証人がいて、ウフコックの合法的拘禁の解除に賛同したのだからなおさらだ。しかしそうすることで、これまでの努力を台無しにしかねないこともわかっていた。

食事の用意がひと段落し、バロットはライムと一緒に食器を並べながら、急に言いたいことがわいて出てくるのを覚えた。

――あなたが生まれたことは、アクシデントなんかではない。

だが本人の心に響くと思えなかったので、口にはしなかったが、それは同時にほかの誰かへの思いに重なるところが大きいともわかっていた。自分や兄のような人間への。あるいは、ウフコックへの。わざわざ有用性を証明しなければ廃棄されてしまうという状態と、味方は一人もいない《ノーバディ・ノーウェア》という状況は、とてもよく似ていたのだと改めて感じた。

みなをダイニングに集め、食事をとる間も、バロットは漠然と考えをもてあそんだ。夜は全員で寛ぎ、めいめい眠りについた。それから翌朝遅く、〈楽園〉に到着した。

ハンプティ＝ダンプティの性能を考えればもっと早く着くはずだったが、航空事故を防止することを目的とした規定がそうすることを禁じていた。いざというとき旋回不能な速度で飛ぶことは禁止されているのだ。

「ワオ！　馬鹿でっかい工場みたい！」

リビングのモニターにようやくその全景が映し出されるなり、アビーが驚きの声をあげた。バロットもそれを見た。丘を丸ごと占拠し、広大な収容施設を持つ研究所――多数のエンハンサーを製造した工場を。

敷地は分厚い壁で何重にも囲まれ、どの建物も金属とコンクリートの頑丈な隔壁に覆われている。確かに刑務所なみのセキュリティがすでに整っており、たとえ今は大半が機能していないとしても、連邦の予算という名の魔法がその全てをよみがえらせるだろう。

モニターでは、大きな建物がみるみる近づいてきた。その屋上に接触するだいぶ前に、ハンプティ＝ダンプティが宙に静止するのがわかった。ただ飛行機やヘリと違い、ほとんど振動しないせいで本当に到着したのかわからず、みながイースターを見た。

「着いたぞ。降りよう」

イースターが告げつつ、出入り口の隔壁を解除した。隔壁が六角形のパーツに分かれて階段となるのを見て、やっと、地上一万メートル以上の空ではないのだということを実感した人々が、銀色のタマゴから出ていった。

ビスキュイも、フラミンゴそっくりの脚を器用に動かして降りた。これから行く場所が怖くてたまらないという感じでしがみつくビスキュイの背を、ビル・シールズ博士が宥《なだ》めるように撫でていた。

屋上出入り口のインターフォンでイースターがやり取りし、電子ロックが解錠されて全員が屋内に入った。エレベーターで下階に降りるや、そこは一面、熱帯雨林だった。

ビスキュイが甲高い声をあげたが、恐怖ではなく感嘆の声であることがなんとなくバロットにもわかった。かと思うと、ビスキュイがビル・シールズ博士の腰から手を離し、おずおずと木々に近づき、目を見開いて辺りを眺めた。

「この先にプールがある。そこで、その子と仲良くなれるかもしれない相手が待ってる」

そう口にするイースターに、ビスキュイがきょろりと大きな目玉を向けた。姿形が尋常ではないものの、言葉は通じているのだ。

全員で巨大なプールがある場所に出ると、トゥイードルディムが縁に身を乗せて待っており、スピーカーから声を放った。

《ようこそ、〈楽園〉へ。初めて見るのが何人かいるな》

「キャーオ！」

「ワーオ！」

ビスキュイとアビーが似たような声をあげ、トゥイードルディムに駆け寄った。

《ハイ、一風変わった坊やに、お嬢さん。おれの背中に乗るかい？　ひいひい言わせてやるぜ》

「何この子、すっごい下品」アビーが呆れたが、相手の滑らかな背の魅力には抗《あらが》えないようだった。「でも楽しそう！」

「ダメよ、アビー」

バロットが追いついてたしなめた。アビーは地団駄を踏まんばかりだ。

「いいじゃん、ねえ、ルーン姉さん、ちょっとだけだよ」

「お仕事で来たの。そのうち機会があるから」

「本当？　約束だよ」

トゥイードルディムが、きゅっと澄んだ声を発し、スピーカーから笑い声を放った。

《やあ、バロット。その子、あんたのリトルシスターって感じだな》

「そう。その通り」

バロットが言って、アビーと二人してにっこり笑ってみせた。

《喋れるようになったのか。人生ってやつをまた一つ手に入れたわけだ。おめでとう》

ビスキュイが不思議そうにバロットたちを見つめ、どうやら安全らしいと判断したか、おずおずと防護剤で丸く固められた爪で、トゥイードルディムの背に触れた。

《で、お前さんは？　いったい何から生まれたんだ？》

トゥイードルディムが尋ねると、驚いたことにビスキュイが、キューキューと喉を鳴らして返答した。

《へえ、音波と電波で話すのか。お前さん、泳げるかい？》

ビスキュイがうなずき、しばしイルカとキメラベビーの間でしか認識できないやり取りがあった。かと思うと、ビスキュイの姿が、ふっと消えた。

「プールだ」

ストーンが言った。ビスキュイの動きを目で追えたのは彼だけだった。

どぼーん、と水柱が上がった。

《すっげえジャンプ！》

トゥイードルディムが朗らかに笑い、プールに身を戻すと、さっと泳いで負けじと跳ねた。おかげで、水辺に集まった人々みな、盛大に飛沫を浴びせかけられることになった。

ビスキュイがトゥイードルディムの背にしがみつき、キャアキャアと楽しげなわめき声をあげた。防護剤を食い千切って鉤爪をあらわし、それでトゥイードルディムをずたずたにしてしまうといったことは、どうやら起こらなさそうだった。

「いいなあー」

アビーが深い溜息をつくように言った。

「まるで彼のために用意されたような場所だ」

ビル・シールズ博士が、アビーとはまた異なる溜息をついた。みな同感だった。他ならぬビスキュイがそう感じているかのように、元気に笑っていた。

《ハロー、みなさん》

スピーカーがまた別の声を発し、木々の間から、トゥイードルディがフェイスマンの籠を捧げ持つようにして現れた。

「うわ、すっご。本当に頭だけだよ」

アビーも、彼女に袖を引っ張られるストーンも、やはりライムがここに来たときと同じように反射的に頭を低くして覗き込むようにしていた。籠の下に何か細工があって、残りの体が隠れているのではないかと思ってしまうのだ。

トゥイードルディのリモート操作で、地面から折りたたまれたテーブルと椅子が現れた。トゥイードルディがテーブルにフェイスマンの籠を置き、電子音声で言った。

《どうぞ。みんな座って》

イースターが率先して、みなが着席した。

「私がここの最高管理者だ。もっぱらプロフェッサー・フェイスマンと呼ばれている」

フェイスマンが自己紹介すると、籠の中で左回りに回転し、ビル・シールズ博士と向き合った。

「サラノイ・ウェンディの右腕だったそうだね？」

生けるルーレット盤みたいなフェイスマンを、ビル・シールズ博士は興味深げに見つめて言った。

「はい、プロフェッサー。彼女からは、多くの示唆《しさ》を与えられました」

「そして重荷も」

ビル・シールズ博士は、ややためらうようにしつつ、うなずき返した。

「違法に造り出された者たちについては、問題なく受け入れることができるだろう。同様のことをずっとしてきたのだからね。連邦広しといえど、その点でノウハウを持つのは我々だけといっていい。そうだろう、イースター博士？」

「はい、プロフェッサー。ご協力に感謝します」

「こちらこそ、と言うべきところだろうが、感謝を述べ合うには早い。着手したばかりだし、どのような課題が生じるか未知数だ」

ライムがすっと身を乗り出した。

「能力殺し《ギフト・キラー》の開発も始まったんですか？」

「正確に言えば、再開した。我々がそのような研究をせずにいたと思うのかね？〈イースターズ・オフィス〉から提供されたサンプルをもとに、段階的な能力《ギフト》の相殺処理が可能となるよう実験を重ねているところだ」

「段階的、ですか？」

イースターが注意深い目つきになって訊いた。

「そう。まずは麻痺的な封印だ。一時的に能力《ギフト》が発揮できないようにし、ここへ運ばせる。それから我々が必要十分とみなすだけのデータを取ったうえで、永続的な封印を施すか、命に関わらないのであれば除去を行うことになる」

十分なデータ。その基準は、あくまで〈楽園〉が決定するのだというニュアンスがしっかり込められていた。データが揃わない限り、相手は永遠に〈楽園〉にいることになる。

確かにそれがどのような課題を――人間の権利にかかわる問題を生じさせるかわからなかった。

「能力《ギフト》を麻痺させられるだけでも、市警察は大助かりです。もちろん我々にも」

イースターが言った。本来それだけで十分なのだと言いたげだが、〈楽園〉という名の歯車はとっくに回転を始めており、何が十分かを決めるのはフェイスマンたちの側だった。

「長いプロジェクトになる。当面、私の命はもつ予定だが、それも断定はできない」

「というと……？」

イースターが意表を衝かれた顔になった。バロットたちも同様だが、トゥイードルディは知っているらしく平然とした様子だ。

「脳腫瘍だ。私の残存部位も限りがあるのでな。今ある全てが献体となって保存される日が近々やってこないとは限らない」

「その場合……次の管理者は？」

「他の博士たちが担ってくれる。できれば、目の前の優秀な研究者に協力してほしいところだ」

「私が？」

ビル・シールズ博士が面食らったように返した。

フェイスマンは微笑みを浮かべながら、まんざらでもないだろう、というように首を傾げてみせた。ビル・シールズ博士は周囲を見回し、プールではしゃぐビスキュイに目をとめた。それから、小さくうなずきながらも、こう告げた。

「私には証人としてすべきことがあります……。もし一切が解決するような日がくれば、ありがたくお申し出を受けますが……」

「荒れ野の闘争こそ、社会の社会たるゆえんだな。解決を求め、そして捕らわれる。我々は解明を求め、自らを閉ざす。そもそも、ここを変えたり、何かを持ち出してはならなかったのだ。我々こそ、開かれた箱の底に残された、最後の良心《パンドラ》だと信じている」

「……はい、プロフェッサー」

だがビル・シールズ博士のほうは確信がもてない様子だった。

フェイスマンは微笑んだまま、イースターに目を向けた。

「久方ぶりに連邦の予算が大幅に増額された。我々が開発した技術と、それがもたらした災いを回収し、再びここに封じ込めるために。そのための調査、研究、収容、派遣は、一つのプロジェクトとして運用される。すなわち、〈アサイラム・エデン〉だ。それはまた、ここの収容施設の呼び名となる」

「調査、研究、収容はわかりますが……派遣とは？　ここの人員を市に送ると？」

イースターが怪訝そうに尋ねた。〈楽園〉と業務提携する上で、今の今まで想定されていなかった項目なのだ。

「戦時中の経験上、どういった状況で我々の技術が活用されているのかを知らねば、どのような設備を整えればいいかも不明となりがちだ。また、ここへ運ばれてくる途中、不適切な技術漏洩があれば、結局のところ災いの回収とはならない」

「おっしゃることはわかりますし、その役目は私たちが引き受けるつもりでした。いったい誰を派遣するというのですか？」

《僕だよ》

トゥイードルディが告げた。皆の視線が、屈託なく微笑む青年に集中した。

「あなたが……何をするの？」

バロットが尋ねると、トゥイードルディは誇らしげにこう言った。

《護送人《エスコート》だよ。プロフェッサーたちが僕に仕事をくれたんだ。技術を悪用する人たちを、〈アサイラム・エデン〉へ送るの》

「一時的にここを離れ、社会を見たいという、彼の希望でもある」

フェイスマンが言った。バロットは他の面々同様、言葉を失ってトゥイードルディを見つめるしかなかった。ライムがトゥイードルディからバロットへ視線を移した。どうしてトゥイードルディがそのような希望を持ったか、理由は明らかだからだ。

《僕だけじゃないよ。トゥイードルディムも一緒さ》

「なんだって？」イースターが仰天した。「彼をここから連れ出すのか？」

《そんな必要ないでしょ。あなたのオフィスの基幹ユニットとつながればいいだけなんだから》

「オフィスの〈ウィスパー〉と接続する……？」

イースターが言葉の途中でフェイスマンを見た。

トゥイードルディが勝手なことを言い出しているだけかどうかわからなかったからだ。

しかしフェイスマンは平然とうなずき返し、イースターが口をあんぐりとさせた。ここまで〈楽園〉が積極的に外部と接触しようとは、完全に想定外だったのだ。

「連邦法違反とはならない。連邦の機関として適切な活動とみなされる。トゥイードルディが担うセキュリティについても同様だ」

イースターが、ますます呆然となった。

「セキュリティ……。まさか……あれを連れて行く……？」

「全てではない。トゥイードルディが適切な活動をするうえで必要な数だけだ」

バロットを除く全員が、話についていけず目を見交わした。バロットは、どう受け止めればいいかわからないまま頭上へ目を向けた。そこに、フェイスマンのいうセキュリティがすでに集まってきていた。とんでもない数が。それが果たして適切であるかどうかという判断も、フェイスマンが下すのであり、もうすでに自分たちにはコントロールできなくなっているのだということがはっきり示されていた。

頭上を仰ぐバロットに気づいた他の面々が、同様に視線を上げ、ぎょっとなった。

サメの群がいた。宙に浮かぶたぐいの途方もない大きさと数のサメが、ゆったりと彼らの頭上で円を描くようにして泳いでいるのだ。

「えっ、なに？　本物？　本当にいんの？　映像じゃないの？」

アビーがバロットの腕にしがみついてわめいた。ライムもストーンも半ば腰を浮かせ、いつ襲われるかと身構えている。

ビル・シールズ博士は、フェイスマンとトゥイードルディとサメの間でせわしなく視線を行き来させながら、何かを悟ったという顔をしていた。自分がこれまで関わった恐ろしい務めが、どうしてもたらされたのか。

狂った技術が生まれた場所。まさにここが、そもそもフェイスマンのいう災いの根源であったのだということを、誰もが改めて思い知らされるようだった。

《あの子たちが、エスコートを助けてくれる。僕や君たちの安全も守ってくれるよ》

トゥイードルディがにこやかに告げたが、むしろ〈楽園〉から放たれる死の群といった光景に、みな絶句したままだ。

「かくあるべからず、というのが私の主張だった。そのことは覚えておいてくれよ、イースター博士、ビル・シールズ博士」

フェイスマンが言った。こうならないよう、自分は何度も警告してきたのだと。

そのフェイスマンをよそに、トゥイードルディが潑剌《はつらつ》として言った。

《よろしく、バロット。君とお話ししたおかげで、僕たちも自分の役目を手に入れようっていう気持ちになったんだ。君と働けるのは嬉しい。さあ、僕たちの兄弟を、沢山ここに連れて来よう》

20

ハンターをホワイトコーブ病院まで送っていったのは、ノーマが〈戦闘部隊〉と呼ぶ完全武装の男たちの一人だった。ハンターが後部座席から話しかけても目線すら返さず、徹頭徹尾、口を閉じたまま車を走らせ続けた。

ニューフォレスト保健福祉センターへの行き来で、ノーマが電動車椅子ごとリムジンに乗るときも、沈黙する兵士たちがサポートし、エスコートを担った。彼らのようなノーマの専属護衛チームが何人いるかはわからなかった。

ノーマがノースヒルの自邸へ戻る際、彼女の健康を守る医療チームが待機していることが彼女との会話でわかった。今のところハンターが把握する彼女の生活はそれだけだった。多くのことが現時点では不明というほかなく、ノーマの言葉のどこからどこまでが信用に値するかは、見当もつかない。

彼女のエンハンスメント計画をのっとったに等しいハンターを最終的にどうするつもりなのか。彼女がいかにしてシザースに抵抗しえたか。いずれも推測すら難しい謎だった。

ホワイトコーブ病院の駐車場で下ろされると、男はやはり挨拶一つせず車をUターンさせて去っていった。入れ違いで速やかに〈ハウス〉が現れ、ハンターの前で後部ドアが開かれた。スクリュウを連れて〈ミラージュ・ホテル〉に向かった面々が全員乗っており、三頭の犬たちが身を起こして出迎えた。

ハンターが犬たちをはべらせて席に着いた。バジルがドアを閉めて仕切りを叩くと、

〈ハウス〉が走り出した。

「何か報告すべきことはあるか？」

ハンターが訊いた。

「ホスピタルが、あの化け物どもに子守歌を聴かせてやったってさ」

ラスティが、とんでもないニュースだというように言った。

「スクリュウという男性は、ホワイトコーブ病院の、ビル・シールズ博士がいた部屋に収容されました」

ホスピタルが、これが報告すべきことだと注釈するように言った。

「ではおれも、あの病院を訪れてシザースの研究に参加できるようブラックキングに頼もう」

ハンターがみなを見回し、続けてこう言った。

「ブラックキングことノーマ・ファニーコート・オクトーバーこそ、おれたちが当初しいられていたゲームの最後の旗だ。彼女が全てを計画し、実行させた。目的はシザースを打倒することだが、どうやら彼女もおれのようにシザースにされた経験があるらしい」

車内の誰もが驚きに打たれたが、ハンターとの共感《シンパシー》の輪において疑念は生じず、なるほどと納得する様子だった。

「影も形もつかめねえシザースを、はっきり敵だとわかって子供工場《ベイビー・ファクトリー》にしやがったんだしな。なんでシザースにされて、そして、どうやってあんたみたいに抵抗した？」

バジルの問いに、ハンターがかぶりを振ってみせた。

「ブラックキングの重大な特質を知るには、まだ捧げ物が足らないらしい。おれのことも、シザースと本当に拮抗しているか疑っているようだ。もしそうでないと判断したなら、おれをあのエンハンスメント・ネズミと一緒にガス室送りにしたうえで解剖するらしい」

不快の念が車内に満ちたが、これまたハンターの自信に裏打ちされ冷静さが共感《シンパシー》として伝わるおかげで、怒り任せの悪口雑言《あっこうぞうごん》が飛び交うといったことはなかった。

「我々の評議会に連絡は行き渡ったか、バジル？」

「ああ。シザース狩りと、ちょっとした配置換えについて、明日〈ファウンテン〉で話す。あとこいつは、まだおれたちの間だけの話だが、〈白い要塞《ホワイト・キープ》〉から連絡があった。ビル・シールズ博士があのネズミを解放することに同意する書類が法務局に出されたらしい」

「保護証人になることを選んだようだな。〈エンジェルス〉の一人と一緒に、〈イースターズ・オフィス〉が保護しているのか？」

「こっちはバリーからの連絡だが、かなり面倒なことになってる。博士のほうは空飛ぶ要塞の中だ。連邦の要人を守るたぐいの。で、〈エンジェルス〉のほうは〈楽園〉という例の元軍事施設で囲われてる。市警はおれら未登録のエンハンサーをそこにぶち込む気だ」

「手を出せば連邦法違反になるというのは確かに厄介だ。我々自身の合法化《リーガライズ》がいよいよ急務となり、さもなくば連邦の機関で実験動物となる運命だ。そのうえ、〈イースターズ・オフィス〉によるネズミの奪還にも備えねばならない。〈ガンズ〉は？」

「バリーがマクスウェルの居場所をつかんでる。評議会の呼び出しがあるってんで、マクスウェルも今のところ大人しくしてるが、今度は〈パレス〉の管理人のランドールをいつでも撃ち殺せるよう準備してやがるらしい」

「テロリストみたいだな」エリクソンが呆れ顔になった。「おれがベンヴェリオのときのように、〈パレス〉に行ってもいいが」

「レイ・ヒューズに仲裁を頼むというのは？」オーキッドが言った。「あのロードキーパーは、リバーサイドで見事にマクスウェルを追っ払ったんだ。おれも、ああいうやり方ができるようになれればと思う」

ハンターが二人の意見に耳を傾け、そして言った。

「どちらも有用な一案として念頭に置いておこう。評議会でおれが話してなお、マクスウェルが行いを改めない場合、共感《シンパシー》を拒んでいることになる。今ここで、ホロウ・ザ・キャッスルの中にいるおれの意見を聞いておきたい」

「はい、ハンター」

ケイトがうなずき、やや前屈みになると、すぐさま表情を一変させて言った。

「お前もわかっていることだが、マクスウェルが求めているのは、自分にふさわしいと信じる役割と、他人からの敬意だ。そのためには破壊的な行為を平気でやるが、求めるもの自体はそれほど大それてはいない」

「今回の配置換えで、マクスウェルは、メリルのものだった縄張りが自分に与えられなかったことを不満に思うだろう」

「つまり、マクスウェルが味方にしようとしていた〈シャドウズ〉との間に壁ができる。マクスウェルもジェイクも動きを封じられる。バジルの采配を誉めるべきだな」

全員がバジルを見た。バジルが苦々しい顔でそっぽを向いた。

「大したこっちゃねえよ」

ふふっと笑いをこぼしたのはシルヴィアだった。彼女が楽しげに笑うのは珍しいことなので、今度は全員の視線が彼女に集中した。

シルヴィアもきつく眉間に皺を寄せ、そっぽを向いた。

「私を見る必要はないでしょう?」

ハンターとケイト＝ハンターが同時にうなずき、話を再開した。

「評議会で、おれこそがシザースであったと話すべきだろうか?」

「お前がすでに話す気でいることはわかっている。共感《シンパシー》の輪が試されるが、お前には自信がある。何より、ここにいるみながシザースと対峙して成果を挙げたという事実は、今後シザース狩りのルールを作るのは誰かということを評議会の面々に知らしめるだろう」

ハンターは満足し、ケイト＝ハンターに対話の礼を口にしようとしたが、その前に別の声に遮られた。

「彼の——もう一人のお前の言う通りだぞ、ミスター・ハンター。ゲームのルールを自分たちで定められるようになること。それがつまるところ都市のゼロサムゲームの目指すところと言っていい。まあ君の思考なんだから、わざわざ言い直すこともないがね」

ハンターは、バジルの隣に座るその男に向かってうなずき返した。

「おれたちがこの狩りを主導し、〈円卓〉を利用して合法化《リーガライズ》を成し遂げる。〈イースターズ・オフィス〉が仕組むゲームも、自分たちのものにする」

「合法化《リーガライズ》というやつは、なかなかの苦労が伴うとだけ言っておこう。あざとい連中がうようよいる政治の世界に踏み入ることになるからな。それとて先例を作った者がいるという事実に、もっと感謝してほしいものだ」

「当然ながら、深く感謝している。０９法案の成立は確かに格好のモデルになる。社会福祉法を根拠としたエンハンスメントだ。フラワーも、今のところそれ以外の答えをみつけられていない」

男がにっこりと笑みを返した。その隣で、バジルが怪訝そうにハンターの顔を覗き込むようにした。

「ハンター？　それはおれに話してるんだよな？」

ハンターはバジルの顔を見つめ、それから改めて、その男に目を向けた。

まだらに髪を染め、三つ揃いのスーツにきっちり身を包み、四十代のパンク青年といった雰囲気をしっかり保ったままの男だ。

「おれは今、シザースを見ている」

ハンターが言った。

男が面白がるように手を叩いた。

「ほう、もう気づいたのか。感覚を共有する者たちを周囲に配するというのは、素晴らしく良い手だな。ついでにそこの生ける救急治療室といった感じの女性に、肉体的な変化も観察させるというわけだ。君は隙間なく自分の推測を疑問の壁に書きつける。実に研究者向けの男だ。これから向かう場所で、生命の神秘か宇宙の秘密でも解き明かすといい」

「法務局のファイルで見た顔だ。クリストファー・ロビンプラント・オクトーバー。みな聞こえているか。おれの前にクリストファー・ロビンプラント・オクトーバーがいる」

バジルが身を乗り出して返事をした。

「ああ、聞こえている。09法案の生みの親だ。とっくに殺されたんじゃなかったのか？」

男が、そうこなくちゃ、というようにハンターに指を突き出してみせた。

「君は諦めない男だ。最後まで仲間にヒントを送ろうというのだろうが、君はシザースを相手にするということがどういうことか、本当にわかっているのか？　ノーマ・オクトーバーは講和なき争いを志向している。それがどういう意味を持つか？　何千人も、もしかすると何万人も殺さねばならなくなるということだぞ。しかも中には、このように純粋なる人格的存在として再構築された、実在しない相手もいるのだ。シザースとの抗争が、どれほど無謀なことかわかるかね？　最終的に君たちの誰もが疲れ切って倒れることになるだろう」

「こいつはシザースとの戦いは無謀だとおれを説得している。数が多すぎるうえに、存在しない人格もふくまれるといってな。おれをどうするつもりか、これから尋ねる」

「君を迎えに来たんだ、ミスター・ハンター」

「おれを迎えに来たと言っている」

「そう。女王の生まれ故郷に。我々の楽園に。そこでナタリア・ボイルドが待っている」

「ホワイトコーブ病院で見た、ナタリア・ボイルドという少女が待つ、彼らの楽園という言い方をしている。おそらく実在しない場所だ。おれを眠らせるだけでなく、夢の中に閉じ込めようとでもいうのだろう。ブラックキングは、シザースが逆襲すると言っていた。どうやらさっそくその逆襲が始まったらしい」

「実に察しがいいな、ミスター・ハンター。スリーピング・ビルと呼ぶと不快かね？」

「これから、シザースの逆襲を退ける。やつらの力をさらに解明し、必ずお前たちのもとに戻る。バジル、〈クインテット〉を頼むぞ。ラスティ、シルヴィア、エリクソン、オーキッド、バジルを守れ。ナイトメア、シルフィード、ジェミニ、バジルに従え。ホスピタル、ケイト、おれの状態を常に把握し、覚醒のためには何が必要か調べろ」

「以上かな？　全員に言うべきことは言ったか？　一つ断言しておこう。残念なことに君はノーマとは違う。彼女の身を冒すウィルスに君も感染しない限り、シザースには抗えない」

「ブラックキングのウィルスだ――」

「悪いが、それは伝えさせられない。君と私の間だけの、ちょっとした秘密というやつだ。それより、ほら、周りを見たまえ」

ハンターはそうした。いつの間にか車内から仲間の姿が消えていた。

窓の外の景色も一変した。都市のどのストリートとも異なる場所――白樺の森の間を通る一本の細い道路だった。

ふいに〈ハウス〉が停まった。後部ドアが自動的に開き、男が先に外に出てハンターを手招いた。ハンターも男に続いて、森の中の道路に出た。とっくに日が暮れていたはずなのに、頭上からは明るい日差しが降り注いでいた。

運転席のドアが開き、大きな男が出てきた。

ハンターが振り返り、その相手を注意深く観察した。虚空のように静かな佇まいだが、誰よりも獰猛な存在であるという印象を抱いた。

「彼もファイルで見た。委任事件担当官だった、ディムズデイル＝ボイルドだな」

「案内人として私だけでは不足するかもしれなかったのでね。本来、私たちのような〈ザ・エッジ〉が外にでるのは好ましくないんだ。現世の生けるシザースたちにも影響を及ぼすから。ああ、ボイルド。もう戻っていいぞ。目覚めさせてしまってすまなかったね」

まだら髪の男が、バイバイするように手を振った。大男はうなずきもせず、きびすを返し、木々の間に歩み入って姿を消した。

「ここは死者の国というわけか？」

「女王の国さ。君がここでどのような役割を与えられるか、見てみるとしよう」

まだら髪の男が道路を歩き始めた。ハンターもその後を追った。すぐに道路は行き止まりになり、整備された石造りの歩道がいくつも伸びていた。その一つを進むと、すぐに左右の景色が熱帯雨林のようになり、ほどなくして水辺に到達した。

ハンターは湖を連想したが、実際は広大なプールだった。周囲の芝生にテーブルとパラソルが一式置かれ、そのそばで、白いワンピースを着た若い女が、手にしたビデオカメラで、笑いながら駆け回る小さな女の子の姿をとらえようと悪戦苦闘していた。

「ベイビー、こっちを向いてったら。あなたったら、ちっともじっとしないのね。あちこち走り回るところなんて、父親そっくり」

母子だろうと察しをつけながら、ハンターは、まだら髪の男とともに彼女らへ近づいた。

女の子が気づいて立ち止まり、二人に笑顔を向けた。まだら髪の男とハンターも立ち止まって彼女と向き合った。

非現実的なほど影のない真っ白なワンピースを着た、燃えるような緑の目を持つ少女が、銀色の長い髪を風になびかせながら明るい笑顔を浮かべてハンターに言った。

「ようこそ、楽園へ。あなたも一緒に、ここで楽しく暮らしましょう」

21

〈ハウス〉はウェストサイドにあるタワービルの駐車場に停められた。〈ガーデン〉と名付けられたペントハウスがあるビルだ。

後部ドアが開くとバジルが出てきて車体をぐるりと回り、運転席の窓をノックした。

ミラー式の窓がするすると降りてアンドレが顔を出した。

「あんだい？　わざわざ降りてきて――」

バジルが車のキーを突き出した。

「戻っていい。ここに置いてある車を使え。明日の評議会まで〈プラトゥーン〉と一緒にいろ」

アンドレはキーには目を向けず、上目遣いにバジルの様子を窺っている。

「おれをクビにするってんなら、ハンターに一言挨拶させてくんねえか？」

「クビってんじゃねえ。あちこち配置換えする。ハンターが〈ハウス〉を使い続けるかわからんってことだ。ハンターが乗るアシが決まれば、またお前に運転を頼む。それまでブロンのとこに戻ってろ」

「こいつをリムジンサービスに返却しなくてもいいのか？」

「明日の評議会のあとで兵隊の誰かに返させる。サービス会社に、あんまりお前やおれたちの顔を覚えられるのもよくねえからな」

「急に用心深くなるんだな」

「シザース狩りが本格的に始まるってことだ。この先もっと用心深くする。さっさとキーを持って行け」

アンドレはキーを受け取らず、車を降りて言った。

「タクシーで帰るよ。リムジンサービスのときもそうしてたからな。使ってる車を覚えられないようにさ。まあこの面相だから、覚えてるやつもいるかもだけど、髭《ひげ》を剃れば別人に見えるだろ、きっと」

「ああ、見分けもつかねえよ。これ以上くっちゃべりたいんなら、おれじゃなくハンターの前で、指示に従いたくねえと言え」

アンドレは逞しい肩を大げさにすくめて滅相もないという仕草をし、おどけた調子でお辞儀をすると駐車場の出口まで歩いて行った。

その姿が見えなくなっても、バジルはそちらを見続けた。

《アンドレがタクシーに乗った》

開きっぱなしの後部ドアの向こうから、ジェミニの電子音声がした。

「よし、エレベーターを呼ぶ。ドアが開いたら急いでやれ」

バジルがカードキーで直通エレベーターを呼んだ。

エレベーターのドアが開くなりエリクソンが両腕にハンターを抱えて〈ハウス〉から飛び出した。みな迅速にエレベーターに乗った。

バジルが〈ハウス〉の運転席のキーをつかんで車体のドアをロックしてから、最後にエレベーターに乗り込んだ。

「駐車場とエレベーターの監視カメラは止めてるな？」

《大丈夫だ》

ジェミニの左の顔が請け合った。猟犬たちはみな、エリクソンに抱えられたハンターに鼻面を向け、不安げに鼻腔をひくひくさせている。焦燥と不安の匂いが沈黙するエレベーター内に充満するようだった。

最上階に着くと、エリクソンがハンターを部屋の一つに運んだ。ハイドラが死んだあと空いていた部屋だ。そのベッドに意識のないハンターが横たえられ、すぐさまホスピタルが手首にふれた。

「異常はありません。ただ、とても深い眠りについています」

バジルが、ホスピタルとケイトに顔を向けた。

「二人ともハンターが起きるまでここにいてもらう。いいな？　必要なものは何でも用意する」

軟禁すると告げているに等しかったが、ホスピタルもケイトも異論はなかった。

「では、看護の時間を分担するのはどうでしょう。ミズ・ホロウ？」

「はい。私でよければ。医療知識はあまりありませんが、入院する側の経験はあります」

「私もそうです」ホスピタルが微笑んだ。「お互いの経験を活かしましょう」

ケイトが微笑み返した。二人の様子を見てから、バジルは他の仲間と犬たちを連れてリビングに行き、ソファに腰を下ろした。シルヴィアがその右隣に、ラスティが左隣についた。オーキッドもエリクソンもバジルを見つめながら向かい側に座った。

今やバジルが、ハンターの代行だった。他ならぬハンターが眠る直前にそう告げたのだし、そうでなくともバジル以外に適任がいるとは誰も思わなかっただろう。

バジルはおのれの拳を噛むように口元に当て、しばし考えを巡らせていたが、やがて重圧をはねのけるようにして顔を上げた。

「評議会を開くと言っちまったからな。ジェイクとマクスウェルを抑えなきゃいけねえ。明日はハンター抜きで話を進める。ナイトメア、シルフィード、ジェミニは交代でここの番をしろ。おれたちはいつも通り、住み処に戻って、明日集まるぞ」

「全員ここにいてもいいんじゃないか？」

エリクソンが首を傾げた。バジルがじろりと睨んだ。

「〈プラトゥーン〉はとっくにおれらを見張ってる。アンドレがさっきのことを話せば、ブロンは何かあったと感づく。もうじきここは〈プラトゥーン〉の偵察隊に囲まれる」

「おれが追い払っちまおうか？」

ラスティが不快感を隠さず訊いた。

「いや、おれたちがどんな反応を示すか見るのが目的だろう。バジルの言う通り何もしないことが重要だ」

オーキッドが言った。シルヴィアがうなずきつつ別の考えを述べた。

「シザースの正体を探るためにハンターが身を挺《てい》しているのは事実よ。そのことを隠す必要はないでしょう？　それ以上のことを教えれば、敵に手の内を読まれることになると言って黙っていればいい。そうじゃない？」

バジルが同意した。

「法律家がよくやる手だ。それで押し通すしかねえ。シザース狩りはハンターがターゲットを見つけるまで待つってのは本当のことだしな。あのホームレスの男を〈ミラージュ・ホテル〉まで連れてったことは、もうグループに広まってるだろう。ハンターが〈円卓〉の親玉に会ったってことも明日話してやる。とにかく配置換えでジェイクとマクスウェルが手を結ぶことを邪魔してやれば、他のグループは安心する」

「てことは、マクスウェルが、お前を目の敵《かたき》にするってことになるんじゃないか？」

エリクソンが遠慮会釈なく口にした。

「つまりは、おれたち全員がそうなるな」

オーキッドが肩をすくめて言った。二人ともそうなったところで構わないという顔だ。

「あの野郎がおれらに手出しするってんなら、それこそ上等じゃねえの？」

ラスティが待ちかねているとばかりに鋭い笑みを浮かべた。

だがバジルが重々しく言った。

「おれが阿呆どもの的《まと》になるってだけの話だろうが。グループの分裂は認めねえ。ハンターはおれに、〈クインテット〉を頼むと言った。身を守れとは言われてねえ。ハンターが築いたグループの全てを守る。それでおれがどうにかなるってなことを気にするんじゃねえよ」

シルヴィアが、思わずといった感じでバジルの膝に手を置き、懇々と説くように言った。

「ハンターはあなたにスケープゴートになれと言ったわけじゃない。ハンターがそんなことをあなたに命じると思うの？　あなたがいなくなったら、それこそハンターが築いてきたものが粉々になる。あなたは、あなたが思うよりもはるかに重要な存在だと認めるべきよ」

　バジルは言い返そうとしたが、この男にしては珍しく、口を開いたり閉じたりするだけで何一つ言葉にできなかった。

　ラスティがにやっとして言った。

「ハンターの代理って立場を、軽く見過ぎなんじゃねえのか、兄貴」

「おれが体張って何が悪い」

　バジルが歯を剥いたが、すぐさまオーキッドがシルヴィアとラスティに加勢した。

「いいや、二人の言う通りだ。今はお前がリーダーだぞ、バジル。お前がハンターを守るように、おれたちがお前を守る」

　エリクソンも当然のようにオーキッドに同意してみせた。

「それがおれたちの役目だな。お前がマクスウェルなんかに撃たれたら、おれたちがハンターの信頼を失うだろう」

　バジルがみなを見回し、それから膝に置かれたシルヴィアの手に、おのれの手を重ね、感謝を込めて彼女にうなずきかけた。その手を握ったままでいるべきか、それとも離すべきか、迷う素振りをみせたが、もう一度だけ力を込めてシルヴィアの手を握り、膝から離した。

シルヴィアが宙に置かれた手を引っ込め、自分の膝に置いてバジルの言葉を待った。

「みすみす誰の的にもなってやる気はねえよ」

誰も口を挟まない。バジルはみなを見渡し、しっかりと肚を据えたといった調子で告げた。

「おれたち全員で〈クインテット〉を守る。明日の評議会はおれが仕切るが、問題はそのあとだ。グループを分裂させず、シザース狩りの用意をさせる。〈イースターズ・オフィス〉がネズミを奪い返しに来るだろうし、こっちはビル・シールズ博士を取り戻す必要がある。こういったことが今やらなきゃいけねえことで、いっとう先に防がなきゃならねえのは〈イースターズ・オフィス〉だ。つまり、守りを固めるってことだ。ハンターを守り、あのネズミを守り、グループを守る。ここにいる全員でやり遂げたところを、ハンターに見てもらうさ」

22

昼頃、アンフェル・ボート・リゾートの一角にあるボートハウス〈ファウンテン〉に、続々とグループの者たちが集まってきた。

評議会に参集する人々を迎える用意は、〈穴掘り人《ディガーマン》〉ヘンリーが万端整えている。祝宴のように飾られたテーブルの定められた席に、選ばれた者たちが腰を下ろしていった。

大テーブルにはバジル、ジェイク、ブロン、マクスウェル、そしてケイトに代わり〈戦《ウォー》魔女《ウィッチ》〉からは黒豹を連れた女が出席していた。

名はリディア・マーヴェリック。深紅の弾丸といった感じのスポーツカーを乗り回し、ブロンドの髪をオールバックになでつけ、レザースーツに毛皮をあしらった装いは、ただ派手で挑発的というより、攻撃的ですらあった。

マクスウェルたちが銃を抜いた前回の評議会では、大テーブルの列席者は九名だったが、今回は五名にまで減っている。いつもハンターのそばにはべる三頭の猟犬のうち、ナイトメアがバジルの足元にいるだけで、シルフィードとジェミニはいなかった。

席順もバジルの判断で変えられ、前回はケイトとマクスウェルが並ぶ席順だったが、今回はメリルが座るべき場所にマクスウェルがおり、その左右にバジルとジェイクがいた。

ジェイクから右回りにリディアとブロンがおり、誰も誰かと正面から向き合うということのない配置だった。

小テーブルには各グループの幹部であるエンハンサーが集い、〈ガーディアン〉の〈霊《モル》安室《チャリー》〉ことデイモン・パッチ、〈ストレッチャー〉ことクラレンス・コールドボアが、

〈ディスパッチャー〉のウィラードとピットに化けた二人と同席している。

マクスウェル率いる〈誓約の銃《ガンズ・オブ・オウス》〉のエンハンサーたちは例によって欠席し、前回同様、ボートに乗るメンバー全員分の新鮮なミックスフルーツ・ジュースと豪華なサンドイッチをせしめたが、さしあたって揉めごとが起こる気配はなかった。

〈魔女〉たちも、リディアと黒豹だけで、小テーブルには誰もいない。

ヘンリーの巧みなもてなしにより、しばし食事と歓談が行われたが、しかしやはりその間、大テーブルでは誰が何を言い出すかわからない緊張が漂っていた。

ハンターが評議会を欠席するのは初めてのことで、ホスピタル、ケイト、ショーンもいない。そのことについていつバジルが説明するか、大テーブルの四人が待っていた。

また、マクスウェル一党がメリル・ジレットを惨殺したことは、マクスウェルが公言せずともグループ間で知れ渡っており、今いる〈ディスパッチャー〉の二人が代役に過ぎないことは、この場では周知のことだ。

そのマクスウェルが、よりにもよってメリルの席に座っていること、またメリルが牛耳《ぎゅうじ》っていた十七番署のあれこれが、ジェイクと〈シャドウズ〉の管理下に置かれたことは、彼ら二人が組織全体において格上げされたかのような印象をもたらした。

そのくせ、ではマクスウェルとジェイクが手を組んで〈クインテット〉随一の勢力になるかといえば、ブロンもリディアも、そのようにみなしている様子はなかった。むしろ両者の間でメリルの遺産争いが起こるかどうかを推し量っており、メリルの豪邸の保全を任されたブロンは、その争いに巻き込まれることを多分に警戒していた。

　やがてバジルが鷹揚とした調子で、大テーブルの四人へ言った。

「そろそろ、本題に入ろうか。シザース狩りで、一つ重要なことがわかった。連中の匂いってのはブラフだ。つまり、いったん作ったリストのほうは忘れろってことだ」

　そのリストを作成したのは〈魔女〉たちであり、本来、マクスウェルが嵩にかかって糾弾し、それにジェイクが乗り、ブロンも責任の所在を明らかにするというのが、あるべき反応だった。しかしバジルの采配が、彼らを見事に三すくみの状態にしていた。迂闊《うかつ》に前面に出れば、誰かに背後を突かれて馬鹿を見るという懸念が、積極的に発言してやろうという気勢を奪っているのだ。

　リディアも、いつ問題を蒸し返されるかわからないため、わざわざ自分たちに責任はないだとか弁明じみたことを口にしない。

　結果、バジルは誰からも抵抗も受けず、すらすらと述べることができていた。

「もう一つ。ハンターが、シザースを見分ける方法を見つけた。今度こそマジな話だ。どうやってとか、誰がシザースかってなことを、今ここで言うわけにはいかねえ。敵に読まれちゃ元も子もないし、ハンターが危険な目に遭う」

「だからハンターはここにはいないって言いたいわけか？」

ジェイクが、驚きの念を抑えきれない面持ちで問うた。

「ああ。シザースを一人、〈円卓〉のボスに引き渡したばかりだ。ホワイトコーブ病院で〈エンジェルス〉とおれらがやり合ったり、ウェストヴィレッジでホームレスを引っさらったりしたってことは、もうお前らにも伝わってるんじゃないか？」

「聞いている」ぼそりとブロンが言った。「アンドレが話してくれた。あんた方が、急にハンターを隠し始めたとも」

「チェスでいや、〈キング〉の守りを固めたってところだ。それだけ油断のならねえ相手だからな」

マクスウェルが、我が意を得たりというようにうなずいた。

「つまるところ、やはり私たちのそばにシザースがいるということだ。怪しい者から排除するほかなかったが、正しいリストがようやく用意されるというのであれば、我々が過《あやま》たず狩ってみせよう」

勝手な断言だった。メリルを撃ったことは仕方がないことであり、必然的な行いであったと言外に告げていた。

「つまるところ、〈ガンズ〉は誰でもいいから撃ちたいんだろう。そっちの射殺リストのほうを先に出していただきたいな」

リディアがハスキーな声に皮肉を込めて言ったが、席の位置からして正面切ってというより、文字通り斜《しゃ》に構えた状態だ。

そのため対決姿勢というより、陰口を叩かれた程度という感じで、マクスウェルのほうも左肩をすくめてみせるにとどまっている。

主要グループ同士の抗争へと発展しかねなかった昨今の状況を考えれば、このうえなく見事に全員を落ち着かせたといっていい。

だがその代償も、すぐに明らかとなった。全員の視線が集まる者——疑念を問うべき相手が、バジル一人に集中したのだ。

「メリルの件は、今ここでは話しゃしねえ。ハンターが結論を出したら、おれから伝える。今のハンターはシザース狩りに命がけだ。リストができ次第、狩りを始めるとして、その前にやらなきゃいけねえことがある」

「〈イースターズ・オフィス〉だな」

ブロンが率先して口にしたが、決してバジルに味方しようとしてではなかった。その証拠に、いつも悲しげな眼差しが、今は怪しむ目つきでバジルに向けられていた。

「その前に、アンドレが急に仕事を外された理由が知りたい」

「言ったばかりだろうが。ハンターを守るためだ」

「ハンターを守ることと、〈イースターズ・オフィス〉の件は、どう関係がある？　シザースの件とつながるのか？」

「いいや。今のところは別件だ。〈イースターズ・オフィス〉の背後にシザースがいるかどうかは、ハンターにしかわからん」

マクスウェルが身を乗り出し、ブロンとともにバジルの横顔を睨め回すようにした。

「バジルよ、つまりお前さんは、シザース狩りの前に、またもや〈円卓〉の言いつけを守らなくちゃならなくなったと、そう言いたいのか？」

「シザース狩りも、ハンターが請け負った仕事だ。ビル・シールズ博士が〈イースターズ・オフィス〉にさらわれたのは聞いてるな？　博士はおれらのエンハンスメントのことを全部知ってる。おれらにとっても放っておけねえ問題だろうが」

「私たちの能力《ギフト》がすっかり知られてしまうと？　言わせてもらうが、〈ドクター・ホィール〉は言うなれば種を植えただけだ。種が芽吹いたあと、どのように花を咲かせたかについて知っているとは限らんのじゃないかね？」

「能力《ギフト》の工夫についちゃそうだろうよ。だがあの博士は能力《ギフト》そのものを消しちまうかもしれねえ。市警察委員が、能力殺し《ギフト・キラー》の開発を連邦の機関に依頼したって話も伝えたはずだ。それについちゃ、〈ディスパッチャー〉がしっかり裏を取ってる」

「あの二人の顔をした人間が平然と動き回っているのを見ると不思議な気分になるな」

「てめえはとりわけそうだろうよ、マクスウェル」

「で、そうすぐにできるものなのかね？　そういう作用のある薬品か何かが？」

「わからん。どんなものか、市警もわかっちゃいねえよ」

「シザース狩りの前に、〈ドクター・ホィール〉狩りをしろというなら、ハンターの口から言ってもらわんとな。信用すべきリストが、後から間違っていたと言われては困る」

「その前に〈イースターズ・オフィス〉が、メンバーを取り戻しに〈スパイダーウェブ〉に来る。それこそ、おれたちにぴったり張りついていたネズミだ。そいつが保護証人にされることがあっちゃならねえ」

「あそこは、おれたちが管理してる。〈ディスパッチャー〉はその手伝いだ。おれたちが守りゃいいだろう」

ジェイクが、異論があるやつはいるかというように言った。

「そう単純な話じゃねえ。法律がかかわってくるからな。〈イースターズ・オフィス〉は、フラワーを通して〈円卓〉に話をつけようとする。そっちがどうなるにせよ、おれたち〈クインテット〉が、〈シャドウズ〉と一緒にあそこを守る。必要なら全グループを集める」

ジェイクが、ブロンやマクスウェル同様、鋭い目つきになってバジルを見つめた。

「おれらを信用しねえってことじゃねえよな？　〈イースターズ・オフィス〉の連中をとっ捕まえたとき、何かあんたに都合の悪いことを喋っちまうかもしれねえから、あんたらが出張ってくるってわけじゃねえよな？」

「おれの都合がなんだって？　おれは〈イースターズ・オフィス〉を舐めるなって言って

るんだ」

「ハンターも来るのか？」

「いいや。ハンターは別の場所にいる。おれがハンターに代わってお前らに指示を出す。今ここでこうしているみたいにな」

「別の場所って？　〈円卓〉で法律の話をするのか？」

「かもしれねえし、そうじゃないかもしれねえ。ハンター次第だ。ジェイク、お前こそなんでハンターの居場所を知りたがる？」

「なんでハンターに代わって急にあんたが出てきたのか知りたいだけさ」

「何度言わせる気だ？　ハンターを守るためだ。それとも、おれに文句があるのか？　おれがこの席で喋ってるのがむかつくのか？」

「いいや。なんの文句もないね」

　言いつつジェイクは鋭い目線をバジルに注ぎ続けている。

　リディアまでもが、横からバジルを覗き込んで尋ねた。

「ケイトやハザウェイは、どうして〈ブロンクス・バトラーズ〉に戻って来ない？」

「そろいもそろってお前らはなんでそんなに同じ答えを何度も聞きてえんだ？　ハンターのシザース狩りに必要だからだ。仕事が終われば戻るとホロウから連絡させたろうが」

「我々のリーダーは、ケイトの身を心配してる。何かお前にとって都合の悪いことを知ってしまったせいで監禁されたのではないかと」

「馬鹿ぬかせ。この会合が終わったらまた連絡させるから、しっかり話せ」

「そうさせてくれ。私たちが聞いていた、ケイトの当初の仕事は無事に済んだんだな？　フラワー法律事務所に行って、ハンターとどこかの娘の会話を見守るとかいう仕事は」

「ああ。そっちは終わった。〈イースターズ・オフィス〉がバックにいる娘だ。ハンターは以前から、例のネズミの正体を探るため、娘のことを調べさせてた」

「その娘、フラワーがクォーツを使って脅したやつだろう？　いったいなんで〈円卓〉が目をつけるんだ？」

　問いかけをやめないリディアに、バジルが不快感もあらわな顔で眉間に皺を刻んでみせた。

「あの娘は、ネズミを取り戻そうとしてフラワーの事務所に潜り込んだんだ。大学のコネを使ってな。で、フラワーが娘を脅させて、馬鹿な真似をやめさせようとした」

「だが諦めなかった。それどころか〈イースターズ・オフィス〉に、ネズミを閉じ込めている場所が漏れた。そして〈ドクター・ホィール〉を失うことになった。つまり、ハンターが娘に何かを教えたということにならないか？」

「法律的な話をつけるとき、連中がこっちの手続きから推測したんだ。どのみちいつまでも隠せることじゃねえ」

「ケイトの仕事はなんだ？　まさか法律的なアドバイザーか？」

「そんなわけねえだろう。能力《ギフト》で連中が嘘をついてるか探ることだ。他にあるか？」

「ハンターは、その娘と何を話したんだ？」

「ネズミのことだ」バジルがうるさそうに言った。「おれの話に変なところはあるか？

ハンターはシザースのリストを作るっていう、とんでもなく重要な仕事をしてる。ホスピタルとホロウの助けを借りてな。おれたちはシザース狩りと、〈イースターズ・オフィス〉の手出しに備える。従いたくねえってんなら、今ここで、はっきりそう言え」

「そのつもりはないな。少なくとも、ここでは。ハンターはナンバーツーのあんたを代理人に据えたようだし、ということは私たち全員、今はあんたの手の上だ。いつ能力《ギフト》で吊されるかと思うと怖くて泣きたくなるね」

リディアは言葉とは裏腹に、顎を手の甲に載せ、傍らの黒豹そっくりの目つきでいる。何か一つでも嘘をついているとわかれば、パートナーとともにバジルに襲いかかり、ケイト・ホロウを解放させるぞと目が言っていた。

バジルも決して劣らず獰猛な形相になった。いつの間にか小テーブルの面々もヘンリーも、大テーブルの不穏な気配を察して無言になっている。

「他に訊きたいことはあるか？　文句は？　お前らは、おれに命令されることが気に入らないんだろう。だがおれの知ったことか？　そこの豹女が言ったように、おれがナンバーツーだ。ハンターの代理人だ。おれの命令はハンターの命令だ。今日のところは許してやる。おれは慈悲深いからな。だがもし次の会合で、がたがたぬかすやつがいたら、その場で吊るしてやる。ただの脅しだと思ってるお気楽な間抜けがいるなら、そいつは次の評議会まで生きちゃいないだろうよ」

バジルが小テーブルにも聞こえるよう告げた。虎の威を借る者が、自分の立場も実力もすっかり過信しているというように。〈クインテット〉のメンバー以外の全員が、バジルの態度に呆気にとられるか、ついに本性を剝き出しにしたとみて冷ややかな顔になっている。

マクスウェルが、人々の様子をしげしげと眺め、それからバジルに向かって言った。

「私はお前さんを買っているよ、バジル。ああ、そうとも。まさにナンバーツーにふさわしい男じゃないか？　私はそんなお前さんを陰から見守るよ。ハンターが姿を見せない今、お前さんがリーダーだ。ミッドタウンの〈スパイダーウェブ〉で、お前さんが〈シャドウズ〉と一緒に〈イースターズ・オフィス〉の相手をするというなら、私らが影に潜んで、いつでもお前さんを助けられるようにする。お前さんに何かあったときは、どんな仕事であれ、私らが完遂してやる。私らは、お前さんにとことん忠誠を尽くすと約束するよ、バジル」

バジルは鼻で笑った。マクスウェルの挑発などなんでもないというように。マクスウェルの表情が消えた。沼の底を思わせる昏い目から、憎悪と殺意がタールのようにどろどろと流れ出てきそうだった。

「けちな忠誠をありがとうよ、マクスウェル。それじゃあみんな、ヘンリーがせっかく用意してくれた料理をたらふく食って、さっさと持ち場に帰りな」

剣呑《けんのん》な雰囲気の中で大テーブルの面々が食事を再開したが、すぐにマクスウェルが立ち上がり、どろりとした一瞥をバジルにくれてから、桟橋のほうへ去っていった。

ブロンがナプキンで口を拭って席を立ち、バジルへ淡々とうなずきかけ、仲間とともに去った。

ジェイクがふーっと溜息をつき、バジルにちょっとうなずきかけただけでナプキンを放って立った。仲間も同じようにした。彼らの保護下にいる〈ディスパッチャー〉の二人も、〈シャドウズ〉の面々に手招かれ、慌てて料理の残りを口に詰め込んで席を立った。

「ケイトからの連絡を待っている」

リディアがそう言い残して、パートナーの獣とともに立ち去った。

食事がすっかり終わると、モルチャリーとストレッチャーが立ち上がった。

「ホスピタルの連絡を待っています。彼女抜きでは、検診に限界がありますからね」

モルチャリーが言った。

「ハンターにそう言っとく。じゃあな」

バジルが面倒そうに手を振り、それよりこのワインを飲ませろという様子でグラスをあおった。モルチャリーが目立たないよう小さくかぶりを振りながら、不快そうに眉をひそめるストレッチャーとともに出ていった。

こうして〈クインテット〉メンバーとヘンリーだけになった。

「ありがとうよ、ヘンリー。おかげで今回の話し合いも上々だ」

バジルが言うと、ヘンリーはいささかも異論を挟まず頭《こうべ》を垂れた。

「一日も早く、ハンターのお姿を見られるよう、祈っています」

皮肉や反感はまったく窺えず、心からそう思っている様子だった。バジルがまったく同じように思っており、組織をまとめるため、あえて憎まれ役を買って出ているということを、すっかり承知しているという態度だ。

バジルはこの場で初めて苦い笑みを浮かべ、ヘンリーの肩を軽く叩き、仲間とともに駐車場へ向かった。そこにまだ返却されていない〈ハウス〉があり、エリクソンが運転席に入り、他の面々が後部座席に乗り込んだ。

ドアが閉まり、バジルが両膝に肘《ひじ》を立て、手を握り合わせて額に押しつけた。疲れ切って祈るような姿だが、決してそうではないと、みなわかっていた。脳裏で評議会の様子を再現し、どこかでしくじったか、誰かが不穏な気配を示していないか、事細かに調べているのだ。

〈ハウス〉が走り出して沿岸線を西回りで北へ向かううち、バジルが顔を上げた。

「今日のところは、どうにかグループを抑えられたか」

「あなたのおかげよ、バジル」シルヴィアが言った。「みなが、あなたに従うわ」

「代わりに、全員から兄貴がつけ狙われるぜ」ラスティが言った。

「このままギャング流に戻る場合、誰かを始末することになるかもしれん」オーキッドが腰の銃に指を這わせながら言った。「マクスウェルの人間狩りのリストに、バジルが載ったのは確かだ」

「手を出させないよう知恵を絞るさ」バジルが言った。「マクスウェルの野郎は、おれがしくじるのを待つ肚《はら》だ。ジェイクは巻き添えを食わねえよう、おれにもマクスウェルにも加勢はしねえ。ブロンはハンターにつくと決めてるし、おれに信用されてるとわかってる。あいつを組織から切ろうとしねえ限り、おれに従う。〈魔女〉どもも結果的に仲間が人質になってるから下手に動かねえはずだ。ホスピタルの検診が面倒だな……ぎりぎりまで待ってバスに戻すしかねえ」

「ハンターがその前に目を覚ますかもしれねえだろ」

ラスティが言ったが、誰も同意できなかった。バジルが低く唸り声をこぼし、どうなるかわからないということを暗に告げてから、別のことを口にした。

「〈ガーデン〉に戻ったらホスピタルとホロウに言って、仲間に連絡を入れさせる。〈ガーディアンズ〉はともかく、〈魔女〉どもに押し入られると面倒だ」

「ハンターを他に移すことも考えましょう」

シルヴィアが言ったとき、〈ハウス〉のスピーカーがノイズを発した。

《バジル――》

ジェミニの声がしたが、ぶつっと途切れた。

ほんの一瞬、凍りつくような沈黙が車内に満ちた。

バジルが運転席の仕切りを開き、エリクソンへ怒鳴った。

「急いで〈ガーデン〉に戻れ！」

ナイトメアが身を起こして警戒の唸りをこぼした。シルヴィア、ラスティ、オーキッドが携帯電話を取り出した。それぞれホスピタルの携帯電話に、〈白い要塞《ホワイト・キープ》〉に、〈ガーデン〉の固定電話にかけたが、つながったのはラスティだけだった。

「ヘイ、ショーン。今すぐスケアクロウに、〈ガーデン〉の様子を調べさせろ」

ラスティが力を込めて携帯電話を耳に押し当て、他方の手で拳を握りしめた。

「ああ、わかった。監視を続けてくれ」

通話を切り、ぎらぎらした目をみはってラスティが言った。

「ジャミングされてやがるってよ。〈ガーデン〉がのっとられてるぜ」

バジルがまた猛烈な勢いで運転席との壁をぶっ叩いた。エリクソンは何も言わず、〈ハウス〉を加速させたが、その大ぶりな車体をアンドレほど巧みに走らせることはできなかった。

それでも事故を起こすことなくウェストサイドの幹線を突き進み、タワービルの駐車場に滑り込んで大きな音をたてて停まった。

全員が飛び出し、バジルがカードキーでエレベーターを呼んだ。機能が停止している場合に備えてエリクソンが両手をジャッキに変貌させたが、エレベーターはいつも通り降りてきてドアを開けた。

「罠か？　ラスティ」

バジルが顎をしゃくった。ラスティが腰の釘打ち器と銃を左右の手で握り、エレベーターに入って壁に釘と錆を打ち込んだ。赤い錆が広がってコントロールパネルを覆った。

「問題ねえ。動かせる」

ラスティが銃を持つ手を振ってみせた。バジルが乗り込みながら指示を放った。

「ナイトメアとエリクソン、来い。シルヴィアとオーキッドはここを守れ」

みな従ったが、そこでシルヴィアがバジルの手をつかみ、ぎゅっと力を込め、すぐに離した。バジルが、大丈夫だというようにうなずいた。シルヴィアとオーキッドの緊迫した顔を、ドアが隠した。

上昇するエレベーターの中で、エリクソンが全身を鎧に、両腕をマシンガンに変え、ドアの前に立った。背後でバジル、ラスティ、ナイトメアが身構え、そしてドアが開いた。

エリクソンが大股で歩み出て両腕の武器を掲げた。後方の二人と一頭が迅速に左右から飛び出し、部屋の有様を目の当たりにした。

広々とした部屋が、怪物どもでいっぱいだった。

ケイト、シルフィード、ジェミニが、〈エンジェルス〉の群に取り囲まれている。天井に張りついたピラニア少年たちが、飛び込んできたバジルたちを見てギャアギャア騒いだ。

「何の真似だ！」

バジルが猛然と怒鳴った。顔を真っ白にしたケイトが、震える手でキッチンを指さした。

「ホスピタルが……」

ラスティがすでにそちらへ銃を構えており、憤激の声を迸らせた。

「なにしてんだ手前《てめ》ぇら！　ホスピタルを離しやがれ！」

バジルたちもキッチンへ顔を向け、そこで行われていることに愕然となった。

トカゲそっくりの三姉妹が、ホスピタルをキッチン・テーブルに押さえつけていた。ホスピタルの両肩を三姉妹の一人が押さえ、袖をまくった左手首をもう一人が握って腕を伸ばさせ、そして一人が肉切り包丁を持ち上げている。

すぐそばにキドニーがいて、両目から涙を流しながら、言った。

「じゃまヲ、するナ。まりー・まーまガ、いいト、いっタ」

バジルが、ゆっくりと、キドニーの手が届かないぎりぎりの距離まで近づいた。

「説明しろ」

「〈キング〉です……」ホスピタルが押さえつけられたまま苦しげに言った。「ハンターが眠ったことを、〈円卓〉の〈キング〉は、知っています……」

バジルが目を剝いた。

「〈ハウス〉を監視してやがったのか?」

「きんぐハ、しざーすのことガ、わかル」

キドニーが、ホスピタルを見つめたまま、はらはらと涙をこぼして言った。

「はんたーガ、しざーすニ、まけたナラ、ぼくたちニ、たべさせル。それガ、いやナラ、まりー・まーまガ、みっかおきニ、てあしヲ、きんぐニ、ぷれぜんとスル」

「プレゼント? 何をとち狂ったこと言ってやがんだ……」

バジルがきつく眉をひそめ、この事態を収拾するすべを求めて周囲を見回し、開きっぱなしのドアの向こうに眠れるハンターの足が見えた途端、絶望が込み上げるのを覚えた。

それをなんとか胸の奥に押し込めながら、大声で怒鳴った。

「ハンターは目覚める! シザースの秘密を探るために、ああしてるだけだ! 〈キング〉にそう伝えやがれ!」

「きんぐハ、しざーすのことガ、わかル」キドニーが繰り返した。「はんたーヲ、たべテ、ほしくないなラ、まりー・まーまノ……」

「おれの腕を持ってけ、くそ化け物！」

ラスティが釘打ち器と銃を放り出し、右袖をまくった。

「ホスピタルじゃなくたっていいだろ！　おれが腕をプレゼントしてやるってんだよ！」

「まりー・まーまハ、ぼくたちニ、うたっテくれタから……」

キドニーが目をぎゅっと閉じ、大粒の涙をいくつも落とした。

「ぼくたちガ、あいたがっタから、きんぐハ、まりー・まーまヲ……」

「いいのよ……キドニー。あなたたちが悪いわけじゃない」

ホスピタルが言った。額に汗を浮かべ、首をねじって仲間に微笑みかけた。

「ありがとう、ラスティ。私は大丈夫です。傷は癒せますから。バジル、お願いです。ここで〈エンジェルス〉と争わないでください」

「ふざけんじゃねえよ！」

ラスティが屈んで釘打ち器を拾った。それを振りかざす前に、バジルの袖から伸びた電線がラスティの手首に絡みついて引き止めた。

「兄貴！」

「大人しくしてろ、ラスティ！　エリクソンもナイトメアも動くな！」

バジルが叫び、ぎりぎりと歯を軋らせて、キドニーの大きな横顔を睨み据えた。

「おい、ゴリラ。おれを見やがれ」

キドニーが瞼《まぶた》を開き、涙で濡れた目をバジルに向けた。

「お前らの〈キング〉は大したたまだ。お前とホスピタルを親しくさせた途端、こんな手を打つとはな。いいか。〈キング〉に伝えろ。ハンターは必ず目覚める。そして、ホスピタルの腕に見合うものを要求することになるとな」

キドニーが小さくうなずき、ホスピタルを見た。

「やってください」

ホスピタルが言った。

キドニーが、おのれの拳を見た。右の手の甲に〝やれ《ドゥーイット》!〟、左の手の甲には〝よせ《ドント》!〟のシールが貼られている。キドニーは右拳を上げ、三姉妹に言った。

「ぶりおーしゅ・しすたーずハ、まりー・まーまノ、ひだりうでヲ、きってイイ」

三姉妹が、わけのわからない甲高い声をあげた。善悪の区別がついておらず、言いつけを守っているだけといった幼い様子だが、それでもホスピタルに危害を加えることは気が引けるのか、三人ともキドニーの泣き顔と右拳の間で視線を行ったり来たりさせていた。

「ぶりおーしゅ・しすたーずハ、まりー・まーまノ、ひだりうでヲ、きってイイ」

キドニーが両目から涙を流しながら繰り返した。

三姉妹がホスピタルに顔を戻した。一人が、巨大な肉切り包丁を勢いよく振り下ろした。

ホスピタルの左の二の腕が、一振りで切断された。

傷から血が噴き出し、銀の滴がそれに混じった。三姉妹が手を離すと、ホスピタルがテーブルからずるずると滑り落ちて床へくずおれた。バジルが電線を袖に戻し、ラスティがホスピタルに駆け寄った。早くもホスピタルの出血は止まり、傷は塞がれようとしていた。

「さあ、それを〈キング〉へ渡しに行きなさい、キドニー」

ホスピタルが床にひざまずいたまま、蒼白の顔を上げて言った。

キドニーが斬り落とされた腕をつかみ、胸に抱えた。〈エンジェルス〉がテラスのガラス戸を開いて外へ出ていった。キドニーも、どすどす音をたててテラスへ出た。怪物たちが、ホスピタルのことを気がかりそうに振り返りながら、テラスの縁を乗り越え、まるでビルから飛び降りるかのように姿を消した。

入れ違いに、カラスの群が舞い降りてきた。ひときわ巨大なハザウェイがテラスに足をつけ、人間の言葉を発した。

「警告が遅れてしまった。おれの群でも止められなかった」

《ハザウェイが警告してくれたときには、侵入されていた》ジェミニの左の顔が悔しげに言った。《下の階の通路からビルの外に出て、壁をつたって入ってきたんだ》

「そんなのはおれだって考えやしなかった。ジェミニ、お前たちが悪いんじゃねえ。ホロウ、悪いがホスピタルについていてくれ。それと、お前のグループに、こう伝えてくれるか。

ハンターと一緒にシザース探しの最中で動けないが、心配することは何もねえってな」

ケイトが、おのれの血の海に膝をついたホスピタルを一瞥した。これぞ心配すべきことという光景だが、素直にうなずいた。

「あなたの懸念は理解しています。ご心配なく。仲間には、そのように伝えます」

それからケイトとラスティがホスピタルを部屋に運んでベッドに寝かせ、シルヴィアとオーキッドが上がってきて、元の姿に戻ったエリクソンから事態を説明された。

ラスティがリビングに来て銃を拾い、乱暴にホルスターへ戻したとき、コール音がした。

ラスティが釘打ち器を拾いながら携帯電話を取り出して耳に当てた。

「おれだ。ああ……わかった。兄貴に知らせとく。〈ガーデン〉のほうは大丈夫だ。ああ。問題なかった。ジェミニが……、ちょっとシステムを調整してただけだ」

ラスティが通話している間に、みながめいめいソファや椅子に腰を下ろし、疲れたように顔を撫でたり、天井を仰いだりした。

「〈白い要塞《ホワイト・キープ》〉からの連絡か？」

バジルは椅子に座り、キッチン・テーブルに刻まれた包丁の切り込みと、飛び散った血を昏い目つきで見つめながら報告を促した。

「〈イースターズ・オフィス〉が、ネズミを解放するための書類を法務局に提出した。二日以内に連中が〈スパイダーウェブ〉に来る」

「三日後にゃ、また化け物どもがホスピタルの手足を取りに来る。ハンターと一緒にどこかへ隠すか。いや、くそ……シザースのことがわかるってのは、ハンターの居場所が読めるってことか？　あのホームレスの男みてえに……。なら都市の外に……いや、守りが薄くなる。隠せる場所は……大してねえな」

みながバジルを見ていた。猟犬たちも。リーダーの指示を待っていた。

やがて、バジルは再び立ち上がり、仲間たちへ告げた。

「ハンターとホスピタルとホロウを移す。あと何人かにだけ、今のハンターの状態を教えて守らせる。〈白い要塞《ホワイト・キープ》〉のショーンとスケアクロウ、〈ファウンテン〉のヘンリーだ。あいつらは、おれたちを裏切らねえ。オーキッドとエリクソンは兵隊を集めろ。クォーツの連中を駆り出せ。おれたちでネズミを守る。このむかつく気分は〈スパイダーウェブ〉で〈イースターズ・オフィス〉の連中にぶつけてやれ」

23

ハンプティ＝ダンプティのリビングのモニターには、ルーズベルト・ホテルの屋上に並ぶ人々の愕然とした様子が映し出されていた。

ミラー、スティール、クレア刑事、フォックス市警察委員長、レイ・ヒューズ、アダム・ネイルズ、ケネス、そしてマルコム・アクセルロッド捜査官だった。誰もが、今すぐ逃げるべきか、はたまた〈イースターズ・オフィス〉が素晴らしい戦力を得て戻ってきたのか、判断に迷っていることが姿勢からうかがうことができた。

何しろ巨大なタマゴの周囲を、とてつもない数の空飛ぶサメが泳ぎ回っているのだ。凶悪きわまりない顔の大小様々な――といっても、最も小さいもので全長三メートル半もあるのだが――魚の群が降下してくるや、みなが思わず後ずさるのも当然といえた。

彼らが恐れをなして逃散する前に、ハンプティ＝ダンプティの隔壁が開き、イースターが姿を現して手を振ってみせた。それで安心した人々が手を振り返した。

隔壁のパーツが階段を作り、空飛ぶセーフハウスの中にいる者たちが残らず降りた。

イースターが電子眼鏡《テク・グラス》の弦を指でなぞって操作し、隔壁が元に戻っていったが、本体は屋上から一メートルほどの宙に静止したままだ。サメの大群はそれより十数メートル上空を円を描くようにして泳いでいるが、今のところ屋上にいる人々しか気づいておらず、ホテルの宿泊客が気づいて恐怖の絶叫がさんざめくといったことはなかった。

マルコムがずかずかとイースターに歩み寄り、頭上の魚群を指さして言った。

「あれはなんだ？　君たちがエンハンスメントしたのか？」

「〈楽園〉のセキュリティを司る生き物たちです。エスコートを攻撃しない限り、危害を加えることはありません」

「エスコート？」

「彼です。トゥイードルディと呼ばれています」

マルコムが険しい顔を向けると、トゥイードルディがにっこりと笑顔を返した。

「あの忌まわしいエンハンスメント・エイリアンは収容したのか？」

「ええ、問題なく」

「あの男、額に変なものが生えているぞ」

「電子的干渉のためのエンハンスメントのせいです」

「〈楽園〉のエンハンサーとはな。悪人どもを、空飛ぶサメの餌食にする男《フライング・シャーク・フィーダー》というわけだ」

「あくまでセキュリティです。違法エンハンサーを〈楽園〉へ送るための」

マルコムがうなずいたが、イースターの言い分をてんで聞いていない様子だった。

「〈楽園〉の使者となれば、君に管理を任せざるを得ないな。具体的な作戦が話し合われると思うが、君が要約して私に教えろ。いいな？」

「イエス、マルコム」

「私はこれで失礼する。くれぐれもあのサメどもが、無関係な一般人を食ってしまったなどと私に報告するなよ」

マルコムはそう言うと、その場にいる者たちに適当に手を振ってみせながら、さっさと屋内に入っていってしまった。

「まったく、あの男、いったいどこに何をしに行くの？」

クレア刑事が、アダムに叱りつけるような調子で訊いた。

「ケネスの兄さんが言うように検察局でだぼらを吹いてるってこと以外、さっぱりさ」

「あなたたちが呼んだんでしょう？」

「カンベンしてくれ、クレアの姉さんよ。おれたちにゃ、あの男に首輪をつけることなんてできないんだぜ」

「それは私の仕事だな。あの男から目を離さないでおく」

フォックスが帽子を脇に抱えた凛然たる佇まいで断言すると、クレアもアダムもぴたりと黙った。この二人を同時に黙らせることができる人間がいるということに、誰もが感心させられた。

マルコムを除く全員が、ホテルに入って速やかにいつものカンファレンスにて席に着いた。

テーブルにはスティールが几帳面に並べたタブレットと水の入ったグラスが並んでおり、タブレットに表示された名前が、誰がどこに座るべきかを示している。

「今日ここにお集まりくださったことに感謝します」

イースターが口火を切り、管理用タブレットに指を走らせ、ミッドタウンにあるニューフォレスト保健福祉センターの図面と周囲の地図を表示させた。

「こちらのビル・シールズ博士の証言により、我々のメンバーであるウフコック・ペンティーノが、この施設で合法的拘禁の状態にあることが判明した。その拘禁を解除するための手続きについては、いつでも開始することができる」

「手続きをした時点で、敵を守りに入らせることができるわけだな」

フォックスが淡々と言った。こうした作戦であれば何百回となく行ってきたという自負がにじみ出るようだった。ライムがちらりとフォックスを見たが何も言わず、バロットは二人を見比べたが、ポーカーフェイスという点ではまさに親子だというしかなかった。

「その通りです、フォックス委員長。今作戦では、我々のメンバーを保護証人として確保するため、相手の戦力をあらゆる手段で削ぐことが重要です。そのためのストッパーを各方面で同時に展開しますが、まず〈円卓〉との交渉によるストッパーを、私とケネスで実行することになります。ケネス？」

「えー、書類は用意済みです。このタブレットでも見ることができますが、恩師に協力してもらって作成した、完璧な書類です」

ケネスの言葉に、バロットは思わず目を丸くした。ケネスの恩師と言えば、クローバー教授しか思いつかないからだ。あの教授がどうして協力してくれるのか、罠の可能性はないか、是非とも確かめたいところだった。

「君は、オクトーバー社の不正について、一切の言論を自ら封じるというのかね？」

意外そうに尋ねたのは、ビル・シールズ博士だった。

「ええ、シールズ博士。あなたがいれば、おれが騒ぎ立てる必要もありません。それに、おれにはおれの役割があります」

「役割……？」

ケネスがにやっとした。言えないということだ。法的戦術が、敵対する相手に決して漏れないよう、たとえ味方であっても話さないというのは、法戦士《ロー・ウォリアー》にとって基本中の基本だ。ケネスは何もかも諦めるつもりでオクトーバー一族と和解するのではないのだ。バロットにとっては、ハンターと交渉した席でケネスが援護射撃のために持ち出した件であるため、心のどこかで申し訳なく思っていたのだが、ケネスには別の算段があるとわかって安心させられた。

イースターが、ケネスとビル・シールズ博士の両方にうなずきかけ、話を進めた。

「続いて、我がオフィス・メンバーによるストッパーです。我々のターゲット確保に対し、敵対的行動を取るであろう〈クインテット〉のメンバーを、作戦開始と同時に足止めします。ミラー？」

「おれの担当は、旧〈ルート44〉のエンハンサー、〈プラトゥーン〉だ。イーストリバーのゲート・ブリッジの向こう側へ行き、やつらが都市内に入るときに使う前線基地、モーテル〈アリス・イン〉にある車のプラグを全て抜くなりタイヤをパンクさせるなりする。そのあとで、おれが車輛破壊の罪に問われないかが心配だがね」

「何の問題もない」フォックス委員長がこともなげに断言し、こう付け加えた。「なんなら車輛に火をつけて回っても構わない」

ミラーが楽しげに口笛を吹きつつ、聞いたか？　というようにみなを見回した。ライムがちょっと眉をひそめた以外、誰もがフォックス委員長の冗談半分とはいえ予想外に攻撃的な態度に頼もしげな笑みを浮かべていた。

イースターが手を上げて話を戻させた。

「オーケイ、ミラー。あくまで敵の足止めが目的だから過剰な戦闘で君の救出が必要になるような状況は避けてくれよ。スティール？」

「僕の担当は、〈ディスパッチャー〉と〈シャドウズ〉ですね。ニューフォレスト保健福祉センターは、〈クインテット〉の麻薬管理所の一つでして、両グループが管理を担っています。彼らの移動ルートは明らかですから、阻止線を構築しておきますよ。僕一人でね」

どうせ間抜けな連中だからどうとでもなるというような、メンバーにとっては久々といっていいスティールの非人間的で悪辣ですらある笑みを、フォックス委員長が物珍しげに見つめて言った。

なのかね？」
「ファイルを見たが、〈ディスパッチャー〉というのは本当に、十七番署の刑事課の人間
「ええ。間違いありません。ウィラードとピットというエンハンサーたちです」
「彼らは十七番署のステップフォード署長とメリル刑事部長が惨殺された現場で、ともに
死んだとみなされた。だがジレット刑事部長の葬儀が済んでしばらくして、ひょっこり署
に現れたそうだ。私は二人が再び科学の力でよみがえったのか、それとも同じ力で見知ら
ぬ誰かが彼らになりすましているのか判然としない」
「エンハンスメントによって姿を変えることは可能です」イースターが言った。「スティ
ール、その点も考慮に入れておいてくれ」
スティールが、また針金細工みたいな笑みを浮かべた。
「了解です。もしそうなら、僕が化けの皮を剝がして差し上げますよ」
「その素敵な笑顔を、連中に披露してやるんだな、スティール坊《ボーイ》や」
ミラーがからかうと、スティールが珍しくうなずき返した。
「ええ、たっぷりとね」
イースターがまた手を上げて話を進めた。
「ありがとう、スティール。さらにストッパーとして、クレア刑事指揮のもと警察隊にニ
ューフォレスト保健福祉センターを包囲してもらう。ここにストーンとアビゲイル、ネイ

ルズの人々、レイ・ヒューズズ、そして、〈楽園〉のエスコートであるトゥイードルディも待機してもらう予定だ」

「ちょっと待ってちょうだい。ネイルズの私設警備隊を組み込めっていうの？」

クレア刑事が挙手して異議を唱え、アダムが口をへの字にしてみせた。

「腕利き揃いの〈ネイラーズ〉だぜ、クレアの姉さんよ。法務局からは、きっちり警備機構と同等に扱われてんだぜ」

クレアはアダムを無視して、イースターに食ってかかった。

「警察の民営化じみたことには賛成しないと言ったはずなのに、よりにもよって私の管轄にさせるの？」

「つまり、いざというとき屋内に突入する人員が要《い》るということかね？」

フォックス委員長が割り込むや、クレアがぴたりと口を閉じた。

「そういうことです。全ての指揮は、こちらのライムが執ります」

イースターが告げた。フォックス委員長が嬉しげにライムを見やり、ライムのほうは目線を逸らすという状態になった。おかげでライムに話を振ろうとしていたらしいイースターが、自分で説明することになった。

「えー、ニューフォレスト保健福祉センターに交渉役の人間が入ってのち、武力行使が必要となった際は、我々と契約関係にある人員がまず突入し、救助する。警察隊による包囲は、その救助を支援するためのものさ」

「契約関係？」とクレア。

「君ら警察以外の、後日そう説明できる人員さ。この施設は私有地なんだ。警察が踏み込めるのは、施設の人間が通報したときだけだろう？　ウフコックの確保に向かう者が危機に陥ったとき、速やかに動けるチームが必要なんだ」

だがクレアは両手を組んで、ちらりとバロットを見やった。

「確保に向かう者が誰かというのが問題よ」

「あー、ウフコックの合法的拘禁の解除について、直接交渉を担うのが、こちらのルーン・バロット・フェニックスだ。バロット？」

バロットは、みなの視線を受けながら勢い込むことなく、カレッジのディスカッションでさんざん鍛えられた平静な態度で、自分がやるべきことを告げた。

「ハンターが、ケネスの交渉の場にいるか、それともこの施設にいるかは、わかりません。いずれにせよ、過去に二度、彼と対話をした経験がある私が、ウフコックの拘禁解除のため施設に赴くことが最善と考えます」

これにクレア刑事が真っ先に反論した。

「あなたが攻撃の的にされるかもしれないのよ？」

するど黙って聞いていたトゥイードルディが、いきなりタブレットに干渉して言った。

《だったら、僕が一緒に行くよ。セキュリティで守れるし》
イースターが手の平をトゥイードルディに突き出した。
「お互いに攻撃し合うような状況は絶対に避けるんだ。バロットが行くのは、ハンターと話し合ったという実績があるからさ。それに、君には役割があるだろ、トゥイー？」
《この建物のセキュリティを全て奪えばいいんでしょう？》
「そうだ。オフィスのメンバーと、トゥイードルディムと協力して――」
《チーム名を決めていい？》
「なんだって？」
《このデータにいっぱいチーム名があるでしょ。トゥイードルディムと、どんなのがいいかなって話してたんだ。あなたのところにいる人とも話し合いたい》
「あー、うん。後でゆっくり決めるといい」
トゥイードルディが満足げに微笑んだ。その場にいる多くの者が、今のが符牒めいたやり取りなのか、それとも本当にこの〈楽園〉の使者がティーンエイジャーじみたことを言い出したのか、判然としない様子だった。
「まあ、おれらは〈ネイラーズ〉だ。よろしくな、角を生やしたハンサムな兄さんよ」
アダムが言うと、トゥイードルディが実に嬉しそうにうなずいた。
ミラーが火のついていない葉巻をくるくる回しながら言った。

「ヘイ、スティール坊や。おれたちも決めるとするか。〈グレート・ミラー〉とか」

「ははは、傑作ですよ。一人で名乗ってください」

「ねー、ストーン。あたしら、なんかチーム名あったっけ？」

「何かあったはずだ。ライム？」

「お前が適当につけたろ、アビー。〈びっくり箱《ジャック・イン・ザ・ボックス》〉って」

「あー、そうだっけ。いいじゃん、それで」

　イースターが仕切り直す前に、バロットが声を高めて言った。

「私が、ウフコック・ペンティーノ解放のため、ハンターとの交渉に赴きます。何か問題があるのでしたら、おっしゃってください」

　クレアが悲しげにバロットを見つめたが何も言わなかった。アダムが、クレアを慰めようというようにウィンクを送ったが、かえってクレアの怒りに満ちた眼差しを浴びせられた。

「私には問題ないように思える。バックアップは十分以上といえるしな」

　フォックス委員長が言うと、ミラーがにやりとした。

「それに、ウフコックのパートナーとして、ふさわしい人選ってやつでもある」

　これにはスティールも同意した。

「実績を問題にするのであれば、ウフコックとルーンが果たした実績以上のものがありますか？　オクトーバー社側のエンハンサーを撃退し、フェンダー・エンターテインメント社を壊滅状態にしたんですよ」

　アビーが頼もしげにバロットの肘に手を置き、ストーンがその向こうでうなずいた。

　そこへライムが淡々と言った。

「冷静沈着《ステイ・フロスト》でいられるなら問題ないだろうな」

　バロットが何か言い返す前に、それまで沈黙を保っていたレイ・ヒューズが、こう言った。

「視界良好《クリスタル・クリア》でいられるなら、というわけだな。これは全面的な抗争を起こそうという作戦ではない。交渉による中立化だ。彼女には、それができる。銃やナイフや格闘の訓練を積んだという以上に、それがルーンの才能だ。彼女は今度こそ、私以上のロードキーパーぶりをハンターに見せつけるだろう。そう思うから、私もここにいる」

　このバロットにとっても望外の評価に、クレアが深々と溜息をついて言った。

「オーライ。私たちは、陰働きに徹する。市警が対決姿勢を見せたら、ハンターたちも後には引けなくなる。そういうことでしょう？」

「相手の頭を上手く引っ込めさせたところで、機会を見て一網打尽にする」フォックス委員長が言った。「ということだ、ミズ・クレア」

「イエッサー、フォックスヘイル委員長《チェアマン》」

クレアがきびきびと返して、完全に承諾したことを示した。

バロットも口をつぐんだまま、イースターを見た。自分が言うべきことはもう何もなかった。

「オーケイ、バロット。ありがとう。以上がみなの配置だ。フォックス委員長には現場にいていただき、マルコム捜査官のストッパーになっていただく。作戦実行時、ハンターがどこにいようとも、やるべきことは変わらない。我らが同胞であり、〈クインテット〉の犯罪を証明する最高の証人であるウフコック・ペンティーノの解放と保護だ。我々の勢力《パワー》は、彼によって復活する。彼の名において、挑むべき事件が定められる。以上だ。決行に備えてくれ」

24

夕暮れが来る前に、バロットが住むイーストサイドのアパートメントに、ストーンとレイ・ヒューズが姿を現した。

玄関へ出るバロットの手を取って、ベル・ウィングが言った。

「あたしは何も心配しちゃいないさ。あんたが、聖霊を取り戻しに行くんだから。レイも、アビーやストーンもいる。でもね、一人でぼんやり待つっていうのは苦手なほうなんだ。早く戻ってきてくれるよう、神様に祈ってるさ」

「うん。すぐに戻ってくる」

バロットがベル・ウィングを抱きしめると、横からアビーもそうした。ベル・ウィングが嬉しげに二人に腕を回し、それから優しく送り出してくれた。

バロットは、愛車〈ミスター・スノウ〉の後部座席にアビーとレイ・ヒューズを乗せ、バイクを駆るストーンとともに〈イースターズ・オフィス〉に向かった。

オフィスの駐車場に車を停め、イースターの執務室に入ると、そこにイースター、ライム、ケネス、そしてさらにバロットにとって意外な人物の姿があった。

「こんばんは、ミズ・フェニックス。君はずいぶんと課外活動に熱心なたちだな」

クローバー教授が悠々と脚を組んでソファに座り、驚くバロットを面白がるように見上げて言った。

「こんばんは、クローバー教授。……ケネスのために？」

ケネスがうなずいてバロットに微笑みかけた。

「教授と一緒に、これからフラワーとオクトーバーのやつらに、ひと泡吹かせてくるよ」

すかさずクローバー教授が指を立ててケネスに注意を促しつつ言った。

「詳細を話すことはできない。万一にも戦術が漏れては、君の苦労が水の泡だからな」

「話しませんよ。やつらの驚く顔が見たいですからね」ケネスが笑って言った。「ただ、教授のおかげで覚悟ができたと言いたかったんです。ありがとうございます」

「こちらこそ感謝する。この都市でただ一つ、法の巨大な城壁構造に扉を開いた09法案の申し子たちと仕事ができるのだから。そのうえ、歴史に残るであろう法的闘争に参加できるかもしれないとなれば――」

「詳細を話してはいけませんよ、教授」

ケネスが言った。ボディガードに囲まれて陰鬱な顔をしていたときとは打って変わった、挑戦的といっていい生気をたたえていた。

「うっかり重要な情報を漏らしてしまいそうに見えるかね？　それは私が罠を張り、敵に誤った推測を抱かせるための常套手段だよ」

クローバー教授はそう言って片眉を上げてみせた。この教授が、こんなふうに道化《どうけ》てみせるところをバロットは初めて見た。講義のディスカッションのときのエネルギッシュさとはまた異なる、意気軒昂ぶりだ。

イースターが電子眼鏡《テク・グラス》の弦をなぞり、モニター上で状況を確認しながら言った。

「オーケイ。みな配置についた。ライム、そっちは任せたぞ。レイ・ヒューズ、あなたがいることに、このうえない頼もしさを覚えますよ」

「この老骨にそれほど出番があるとは思えないがね。ただもし、ルーンとアビーがトラブルに巻き込まれたときは、つい余計なことをしてしまうかもしれない」

「ぜひ存分にお願いします」ライムが言った。「市警が文句を言うとは思えませんし」

レイ・ヒューズがうなずいた。

「君の父上が、お目こぼしをくれるだろうしな」

ライムは、ええ、としか返さず、これからその人物のそばで仲間に指示を送ることになるという点については口を閉ざした。

代わりにイースターが別の話題を振った。

「重要なのはハンターがどこにいるかだ。我々が確認してから行動してくれよ」

《ドクター、お時間ですわ》デスクのスピーカーがエイプリルの声を放った。《ご準備をなさってください》

「了解だ、エイプリル」イースターが言って、執務室のドアを開けた。「作戦開始だ」

全員で駐車場に向かい、イースターが自分の車にケネスとクローバー教授を乗せて出発した。

バロットも自分の車の運転席に乗った。助手席にライム、後部座席にレイ・ヒューズとアビーが座った。ストーンがバイクに腰を乗せ、腕組みして静かに待った。

バロットは車のスピーカーを操作し、自分の能力《ギフト》を使って〈ウィスパー〉の見えざる根を引き寄せた。すぐにオフィスの新たな電子戦部隊の賑やかなやり取りが伝わってきた。

《接続簡単、こんなの楽勝》トレインが浮き浮きおかしなリズムに乗って言った。《行くぞ我ら〈ストーム団〉の力を見よ、感謝感激、はいセキュリティ押さえちゃったもんね》《すっげえ楽しいなあ！》トゥイードルディムがわめいた。《しかしこの〈ウィスパー〉ってやつ、おれのこと肥料だと思ってんのか？　すげえ絡みついてくるぞ》《君を解析したくてしょうがないんだ》トゥイードルディが笑った。《僕の脳にも入ってこようとしてる。あはは、くすぐったい》

「あのイルカに乗りたかったなあ」アビーがぼやいた。

「この声の主たちは何をしているんだ？」レイ・ヒューズが真面目に訊いた。

「おれたちにわかるとは思えませんね。新人類とトマトとイルカの交流ですよ」ライムも真面目くさって返した。

バロットは電子戦担当者たちの和気《わき》藹々《あいあい》としたやり取りを通信から外し、肝心な報告が来るのを待った。ライムもインカムを装着し、オフィスの備品であるタブレットをオンにして〈ウィスパー〉が管理する情報通信プログラムを起動した。

《到着だ。これからフラワー法律事務所に入る》

イースターから報告が来た。バロットはぐっと顎に力がこもるのを覚えながら、イースターの眼鏡が収録情報をリアルタイムで送ってくる様子に耳を澄ませた。

《クローバー教授？》フラワーの呆気にとられた声。《いったい何をしにここへ？》

《さて、フラワー。当ててみるといい》クローバー教授の挑発的な声。

《ミスター・ハンターはいないのかい？》イースターが訊いた。

《彼がここにいる必要があるか？》バロットの知らない男の声。《私はルシウス・クリーンウィル・オクトーバー。そちらのケネスの兄だ。今回の契約は私とケネスの間で――》

ライムがインカムを通して、参加メンバーに告げた。

「ハンターはグランタワーにいない。ルーン、予定地点へ向かってくれ」

バロットは大きく息をついて気持ちを落ち着かせてから、車を駐車場から出した。イースト・アヴェニューに入り、まっすぐミッドタウンへ向かった。ストーンのバイクが滑らかについてきた。周辺の地図はすっかり頭に入っていたから、バロットはナビを見もせず進んだ。

ライムが通りを眺めながらインカム越しに言った。

「そろそろパーキングだ、クレア刑事。入れてくれ」

ニューフォレスト保健福祉センターに近いショッピング街の一角にある二階建ての無人式パーキングに向かうと、遮断機が自動的に上がって入れてくれた。

パーキングは市警の貸し切り状態だった。使用中止の看板が出され、中は完全に市警とネイルズの車輛で埋め尽くされている。

包囲のための前線基地。数日前からクレアがここに陣取り、人員をニューフォレスト保健福祉センターに続く道々に配置して、施設に出入りする者をチェックしていた。

バロットとストーンが私服警官に指示され、パーキング中央の大型バンの隣に車とバイクを停めた。クレアとフォックス委員長がバンから出てきて、バロットたちを迎えた。

「作戦開始よ。準備はいいわね?」クレアが訊いた。

バロットは手振りで自分の白い上下のスーツを示し、それから胸元をぽんと叩いた。ウフコックに買い物に付き合ってもらった思い出の装いだったし、その懐に必要な書類が入っていた。

クレアが惚れ惚れとバロットを眺める横で、フォックス委員長が自分の腰のホルスターに入れた銃に手を当てながら言った。

「武器は必要ないかね?」

バロットは、それを与えてくれる存在を迎えに行くのだと言いかけてやめた。

「必要ありません。ありがとうございます」

ライムが小さくうなずいてバロットに言った。

「君の仕事は交渉だ。ドアをノックしたあと何が出てくるかわからんが、すっかり包囲されていると言ってやれ。市警に〈ネイラーズ〉、〈ジャック・イン・ザ・ボックス〉にレイ・ヒューズ、そして〈ストーム団〉の一人とサメの群が君を守る。いいな?」

「はい」

「ハンターがあの中にいるかどうかは不明だ。法務局の書類から、誰か来ることはわかっているはずだし、君が現れたとなればハンターが出てくる可能性が高い。前回みたいに、まずは上手く交渉してくれ。おれたちのバックアップがあることを強みにしてな」

「わかりました」

「よし。冷静沈着《ステイ・フロスト》で行けよ」ライムが締めくくった。

「そして視界良好《クリスタル・クリア》に」レイ・ヒューズが付け加えた。

「はい。では、行ってきます」

バロットが人々に向かって言うと、みな力強くうなずき返してくれた。バロットはきびすを返し、パーキングを出て、きらびやかな通りを渡った。数分ほど歩き、大きなビルの横を通って裏手に出ると、広々とした敷地にそびえ立つ建物が見えた。

窓の明かりはまばらで、駐車場に入るためのエントランスのゲートは開いたままだった。バロットはそこから敷地に入り、玄関へ歩いて行った。玄関のドアの上にドーム型の監視カメラが設置されており、それを見上げながらインターフォンに手を伸ばしかけ、足を止めて振り返った。

駐車場側の薄暗い場所に、真っ黒い姿の誰かが立ってこちらを見ていた。

全身を自作のプロテクターで覆った人物。バロットは頭の中のリストから、シルヴィア・フューリーという名を引っ張り出した。

「またあなた？」シルヴィアが呆れた調子で言った。「帰って〈イースターズ・オフィス〉の所長に伝えなさい。ネズミは渡さないし、痛い目を見るのはもうこりごりでしょうと」

だがバロットはきっぱりと言い返した。

「ハンターにお伝えください。私とウフコック・ペンティーノとの面会を妨害することは許されません。彼の合法的拘禁《インプリズン》は解除されます」

「ここは私有地よ」

「それが何か？　私を止められるものがあるとすれば、再拘禁を命じる書類だけです。あなた方はそれをお持ちですか？」

「その口を今すぐ閉じて」シルヴィアが、脅すというより心から忠告するというように言った。「綺麗なお顔のお嬢さん。あなたは今、とても危険な一線を越えかけているの。命にかかわることよ。悪いことは言わないから、帰りなさい」

綺麗な、お顔。その言い方で容易にぴんときた。顔の傷痕。シルヴィア・フューリーのプロフィールというより、おそらくそのパーソナリティに暗い影を落とすもの。

バロットは、ただちに全面的かつ容赦なく、相手の心の暗がりを刺激した。

「私の顔は一度焼けただれましたが？　あなたの顔のひどい問題は、エンハンスメントのついでに治してもらわなかったのですか？」

シルヴィアが仁王立ちのまま微動だにしなくなった。信じがたい侮辱を受けたと思い、血の気が引いたといったところだろう。

「後悔しても遅いわ」

冷然とした憤怒の声とともに、シルヴィアの右手がさっと払われた。ワイヤー・ワームを放つことはわかっていた。電撃をもたらす、生けるテーザー銃。バロットは自分の首に、二つのワイヤー・ワームの小さな棘《とげ》が、ちくりと刺さるに任せた。

電撃が来た。ウフコックのパートナーだったロックに浴びせられたのと同じ力。だがそれはバロットの皮膚の表面を素通りし、地面へと流れ込んでしまった。避雷針のように。電磁波で肌を焼かれたり、電撃弾を叩き込まれるならともかく、体内に入り込もうとする電気を受け流すなど、バロットの全身を覆う皮膚にとってはしごく容易なことだった。

バロットには、シルヴィアの能力《ギフト》であればいかようにもできるとわかっていた。ウフコックが収集したデータからそう判断することができたし、イースターも同意見だった。彼女が真っ先に現れてくれたなら、早くも問題を一つ片づけたに等しいのだと。

ここですべきことは、何をしても無駄だということを速やかにシルヴィアに理解させることだった。バロットは相手を見つめたまま、ワイヤー・ワームをつかんで引き抜き、放り捨ててやった。ちょっと挑発的すぎる気もしたが、示威《しい》が目的なので、バロットは、きちんと気後れせずにやってのけた。

「本当に後悔したいのね」

シルヴィアが大股で近づいてきた。着込んだロボット・スーツの腕力にものを言わせようというのだろう。バロットはそのスーツをくまなく感覚した。僅かな隙間から感覚を潜り込ませ、正確に内部構造まで把握することができた。

——ぶっとばしちゃいなよ。

ジニーの声がよみがえったのは、そのときだ。

相手をそうするのではない。バロット自身を解き放つということだ。その能力《ギフト》を。

そしてまた、ひどく懐かしい言葉が、ジニーの声につられて脳裏をよぎった。

——シートベルトをして。歩行者に気をつけて。それから、車をぶっとばせ。

ウフコックに守られ、生まれて初めて電動カーを操作したときの言葉だ。車という大きなものを操ることができた、最初の体験だった。

シルヴィアが無造作に踏み込んできて右の手の平をバロットの顔めがけて振るった。彼女なりに手加減していることが感覚でわかったが、食らえば簡単に吹っ飛ばされたろうし、頬骨を砕かれたかもしれなかった。

バロットはすっとその手をよけた。シルヴィアの空振りした手が握りしめられ、より勢いを増してバックハンドで振り直された。バロットはスェーバックでかわした。ぶんと唸りをあげて目の前を拳が通り過ぎていった。

シルヴィアが左手を手刀にして突き出し、それがかわされると、立て続けに何度も蹴りを放った。さらに腹立たしげなステップで迅速に接近し、左右の拳を振り抜いたが、羽毛のような軽やかさで動くバロットを一度としてとらえることはできなかった。

シルヴィアの体内で発生する電気が一気にロボット・スーツに流れ込み、駆動音とモーター音が激しく響いた。いよいよ肉も骨も粉砕するほどの力を発揮し、恐ろしい速度で手足が繰り出されるのを、バロットはつぶさに感覚した。車のエンジンを連想しながら。あるいはハンドルを。

やがてロボット・スーツが、シルヴィアの制御ぎりぎり一杯まで駆動力を発揮した瞬間、バロットは電子的干渉の見えざる手を伸ばして操作しながら、頭の中で想像したハンドルを思い切り回していた。

バロットを狙うシルヴィアの右拳が、急激に軌道を変えた。もはやシルヴィアにも制御できはしなかった。至近距離から放たれる弾丸のごとく、ヘルメットで覆われたシルヴィア自身の頭部に、猛烈な勢いで拳が叩き込まれた。

シルヴィアが転倒し、両足がバロットの頭よりも高い位置に上がった。全力疾走の最中に、何かと頭部が衝突したような格好だ。そのままもんどり打って地面に倒れ、ぐったりと動かなくなった。

ひしゃげたヘルメットには亀裂が走っており、バロットはひやりとなったが、シルヴィアが息をしていることがわかって、ほっとした。

《お見事だな》

玄関のインターフォンが声を発した。

ライムの声だった。施設のセキュリティをひそかに制圧した証拠だ。バロットは監視カメラに向かってうなずきかけた。すると、かちりと音をたてて玄関のロックが解錠された。

バロットはシルヴィアをその場に残し、ドアを押し開いた。

暗い、がらんとしたロビーを進んだ。こつこつと靴音をたてながら、堂々とエレベーターに乗り、そして四階で降りた。

施設の構造はしっかり頭に入っていた。スティールが入手した図面を思い出しながら通路を進み、大きなドアの前に立つと、仲間の支援を待たずに電子的干渉で操作した。

ドアのロックが電動音をたてて解錠された。ドアの外から室内の灯りに干渉して点灯させると、ドア下から光がこぼれた。

バロットはドアを開き、部屋に入った。

中は、ちょっとしたパーティが開けそうな広さだった。奥の壁に強化ガラスがあり、右側に頑丈そうな隔壁扉があった。完璧に閉ざされた空間。バロットにもガラスの向こうは感覚できなかった。

待ち伏せはなく、がらんとしていた。ガラスに光が反射しているため、すぐには向こう側が見えなかった。バロットはガラスに向かって歩み、そして小さな影が見えたところで、はたと立ち止まった。

間違いなかった。相手がガラスの向こう側からこちらを見ていた。遠くからでもその毛並みがずいぶんと荒れてしまっているのがわかり、再会できた喜びだけでなく悲しさと痛ましさを抱きながら、大きな声でバロットはその名を呼んだ。

25

ずっと探していた。長い時間をかけて。やっと見つけた。この手に取り戻すことができた。

それなのに。

バロットは膝をついたまま動けず、手の上から見つめ返すウフコックがどこへも行かないようにするにはどうしたらいいのかと考え続けた。だが答えを得ることはかなわなかった。冷酷なほど平静なライムが指示をした。

《ミスター・ペンティーノの願い通りにするなら今しかない。ルーンが無理なら、アビーとストーンにやってもらう》

バロットは息を呑み、慌ててウフコックを両手で囲おうとした。奪われまいとして。

だがその前にウフコックがライムへ通信を返していた。
《ウフコックと呼んでくれ。もう少しだけバロットと話したい、ミスター・ソフトフライム》
《ライムでいい、ウフコック。一分だけ待つ》
《ありがとう、ライム》
それからウフコックはバロットに微笑んでみせた。
「おれは大丈夫だ、バロット。君のおかげで、今は心からそう言えるんだ」
まぎれもない喜びを込めて言った。ウフコックを囲い込もうとしていたバロットの指が、小さな体が放つ喜びの念に押されるようにして、ゆっくりと開いていった。
「また、つらい目に遭うかも……」
「そうやって恐れていたら、おれは何もできなくなる。心が殻に閉じこもったままになってしまうだろう。ロックが死んだときのように。あのガス室の中でそうだったように。確かにいろいろなことで、体も心もすり減るような思いをしてきたが、今はそうじゃない。おれはもう二度と、おれ自身を濫用しないと君に誓う」
バロットの目に、また新たな涙が浮かんだが、こぼれ落ちる前に右手だけウフコックから離してぬぐい取った。それからその指先で、涙で濡れたウフコックの頭や小さな肩に、そっとふれた。

《そろそろ一分だ》

ライムが無情に言った。バロットの決心を促すためにそうしていることは、ウフコックにもバロットにもわかっていた。

やがてバロットの匂いが変わるのをウフコックは感じた。諦めでも自暴自棄でもない、静かで清廉といっていい決意の匂いだった。ウフコックはそのかぐわしさに目を細め、バロットがその気持ちを口にするのを待った。

バロットが立ち上がり、言った。

「私が、あなたを送り出す。必ず迎えに行く。あなたをブルーと一緒に帰らせる」

「ありがとう、パートナー」

その一言でバロットはまたしても涙が込み上げるのを覚えたが、どうにか微笑みを返すことができていた。

「あたしとストーンも手伝うから、安心してね」

アビーが横からウフコックを覗き込んで言った。アビーの後ろでストーンも力強くうなずいてみせた。

「君たちは素晴らしいチームだ。何も心配していない」

ウフコックが言った。すぐにライムが割り込んできた。

《じゃあやるぞ。時間がない。アビー、全員で今すぐそこから五階に上がれ》

ウフコックは要請なしに、ぐにゃりと銃へ変身《ターン》した。バロットがしっかりと、限りなくソフトに、そのグリップを握った。

アビーのナイフが階段を作り、三人がそれを素早くのぼった。バロットが銃で窓を撃って五階の通路へ入った。後から来たはずのストーンが一瞬でバロットの前に現れ、アビーが入るとナイフが魚群のように追ってきた。

《反対側の階段へ行け。連中がハエ男を救助しに行った。適当に撃ち合って、ミスター・ウフコックをハエ男の道具にして送り込め。顔につけるやつに。本物のほうはストーンが拾っておけよ。カマキリ爺さんのほうはレイ・ヒューズに説得してもらうついでにミスター・ブルーの所在について何か話さないか仕掛けてもらう。カブトムシ野郎が出たら対抗せず逃げ回れ》

《了解《コピー》》

バロットとウフコックが同時に告げた。ストーンがあっという間に姿を消し、バロットとアビーが通路を走った。

「確かに適切な品だ」

ウフコックが感心して呟いた。バロットもその点では同意して言った。

「そういうのを見抜くのが得意な人なの」

黒衣の狩人たちが必ず持ち帰るものを考えたとき、彼らの武器は必ずしもそうではない可能性が高かった。

一階では多腕のガンマンであるベルナップが失神から目覚め、仲間に傷の応急処置をされているところだが、彼が屋外で落としてしまった銃を誰も拾いに行かなかった。それどころか二階のあちこちに、ネイルズたちとの戦闘で弾を撃ち尽くし、捨てられた大小様々な銃が転がっている。彼らが愛するのはもっぱら観念としての銃であり、むしろいくらでも使い捨てにできることを喜ぶといってよかった。執着の対象となるほど貴重な銃ならば、実際には使わず、部屋に飾っておくことを好むのだ。

曲がり角を通過したとき、エレベーター・ホールで銃声が轟《とどろ》き、銃火が通路を照らすのが見えた。

ストーンの先制攻撃に慌てて応射しているさまを感覚しながら、バロットは一方の手で背側のヘッドギアを引っ張り上げて頭部に装着した。ついで、アビーのナイフが二人の前で大きな盾を作った。

バロットとアビーが並んでエレベーター・ホールに入るや、階段を少し下がったところで待ち構えていた二人の黒衣の男が銃撃を浴びせかけてきた。ナイフの盾が弾丸を防ぎ、バロットがその陰から飛び出して素早く撃った。

男たちが電撃弾を胸や肩に食らってよろめいた。銃撃が止まったところで二本のナイフが盾から離れて飛び、男たちの手を刺し貫いた。男たちがたまらず階段を降りてゆき、アビーがナイフを戻して盾を作ったまま前進し、床でうごめくハエの群を踏んでしまい、うえっと呻き声をあげた。バロットがナイフで払い落とした、イライジャのハエだった。

その横でバロットが盾の陰から左手だけ突き出し、牽制のために適当に連射した。階段の踊り場には、今しがた負傷した二人のほか、倒れているのが二人、銃を構えて応戦する者が三人いた。倒れているのはハエ男ことイライジャと、ストーンに打ち倒されたばかりの別の男だ。

バロットが感覚した限り、目当ての品はそこにはなかった。

「拾っておいた」

ストーンが、バロットとアビーの後ろに現れ、それを持った手を掲げた。

バロットが突き出した銃が、がちっと音をたてて弾詰まりを起こした。メイド・バイ・ウフコックの品にはありえないことだ。ウフコックが自らそうしない限りは。

「おれを落としてくれ、バロット」

盾の向こうでウフコックが言った。バロットは突き出した銃をぐっと握りしめた。手放すまいとするのではなく、必ずこの手に帰らせると誓うために。

バロットは、がちがちと無駄に二度引き金を引こうとし、それが不良品であることを階下の男たちに十分示してから、腹いせとばかりに、放り投げた。

銃は階段でひと跳ねし、転がってイライジャのそばに落ちた。バロットが手を引っ込めたとき、ずんずんと重々しい音をたてて折り返しの階段から四つん這いの巨漢がのぼってきた。口から機関銃を生やす人間カブトムシことダグラスが、戦車の砲身を旋回させるように銃口を階上に向けた。

「アビー、下がって！」

バロットがアビーの腕をとってエレベーター・ホールへ駆け戻るや、とてつもない火線が背後で勃発した。アビーが大急ぎでナイフをそばに戻したが、間に合わずに何本も撃ち砕かれ、鋭い破片が飛び散り、そこらじゅうに突き刺さった。

幸い、火線は角度的に直撃するものではなく、階段やエレベーター・ホールの天井を穴だらけにしただけだった。かと思うと、ダグラスが階段をのぼってきて問答無用の掃射を見舞い、エレベーターのドアと通路の壁や窓をめちゃくちゃに引き裂いた。

だが誰もそこにはいなかった。三人とも、アビーが綺麗に空けた窓の穴から出て、ナイフの階段で地上へ降りていくところだった。

そのときにはウフコックも、とっくに姿を変えている。

イライジャがかけていた黒縁の眼鏡だ。ざっと色合いと形状を模しただけだったが、すぐに地上に降りたバロットから精密なデータが送られ、あらゆる点で本物と同じ品にすることができた。

《レンズも普通。ただの眼鏡みたい》

バロットが言った。ストーンから受け取った眼鏡を握ってしっかりと構造を感覚してくれているのだ。彼女の感覚によるものなら、どんなデータよりも信じることができた。

《ありがとう、バロット》

そのとき男たちの一人の手が伸びてきて、拾い上げられた。

これをイライジャに渡せば感謝されるはずだという男の内心が、匂いで察せられた。逆に回収を忘れたら、どんな目に遭うかわからないという匂いもしていた。

やはりこの眼鏡は、イライジャの特徴をなす装いの一つであり、彼らの黒衣に等しく、捨てずに持ち帰るべきものであることが、はっきりした。暗がりに潜むシューターがわざわざ身につけてきたのだから、彼のジンクスを象徴する品なのだろう。

黒衣の男たちは、二人が手に怪我を負ったものの移動に支障はなく、ストーンに打たれた一人も、ややあって意識を取り戻した。彼らは昏倒したイライジャを首尾よく救出することができ、ダグラスにしんがりを任せ、速やかに階下へ退いていった。

建物の外では、バロットたちが倉庫のシャッターの前に戻り、アビーが靴の裏にこびりついたハエの体液を地面にこすりつけて落としながら、その靴で踏んだナイフを一本ずつハンカチで拭いていた。

「もう、最悪！　今日だけで何本壊されたんだろ。ストーン、造るの手伝ってくれる？」

「ああ。素材はまだだいぶ残っている」

二階の窓が開き、ピエロのメイクをしたアダムの顔が現れた。

「ようし、撤収だ。びっくり箱のみなさんよ、ちょいと場所を空けてくんな」

バロットたちが脇にどき、ピエロたちが窓の縁に救助袋を設置した。細長い袋が垂らされ、まず元気な者たちから降りた。それから負傷した者が降ろされ、バロットもストーンとともに彼らを受け止めてやった。

二階では、まだマクスウェルとパラサイト・ジョニーが練り歩きながら、巧みに物陰に潜むレイ・ヒューズと声をかわしていた。

「どうしたのだ、レイ・ヒューズ。まさかこの私にそうまで恐れをなすとは」

「今ここで、お前の正面に立つ気はないぞ、マクスウェル。もう我々はどちらも、この建物に用はないんだからな。ここを出るべき者は、とっくに立ち去った。私たちが撃ち合う理由は何もない」

「お前が私の理由だ。お前が生きて動いているということが」

「こんな私たちの知るストリートとかけ離れた場所でか？　洒落た建物に囲まれた、おかしな実験施設みたいな場所が、決着をつけるのにふさわしい舞台だというのか？」

「お前はどこまでも口達者のうぬぼれ男だな。とはいえ、確かにお前が倒れるべきはここではなさそうだ。私の右腕の血で染まったチェルシー通りのあの場所がふさわしいという気がするな」

「ああ。そこでお前のもう一つの腕を同じように吹っ飛ばしてやるさ、マクスウェル」

「そうはならんよ、レイ・ヒューズ。どう考えても、それはない。お前の血肉を私が食《は》むまで、壮健に保っておくことだ。我が体内に迎え入れるに値する身でいるがいい」

「お前の新しい流儀にはぞっとさせられるな。首だけ生かすという〈スポーツマン〉の流儀はお気に召さなかったらしい」

「いいや。トロフィーになることがお望みであれば、特別に私の寝室に飾ってやろう」

「ふと思い出したが、首無し死体が発見されたことがあったな。まさかお前たちではないだろうが。〈イースターズ・オフィス〉のつわものを、そのような目に遭わせることができたとは、さすがに思えん」

「お前の鈍さにはときどき驚かされるぞ、レイ・ヒューズ。お前は、まさにトロフィーとなった者を目の当たりにするだろう。つわものとやらがどのような姿をさらしているかを知れば、いかに心の働きが鈍いお前でも、おのれの運命を察するに違いない」

「同じことを、チェルシー通りでお前に言ってやれるときが楽しみだ、マクスウェル。お前こそ残された左腕を大事にしておくのだな。さて、私は一目散にここをあとにする。お前が無事に脱出できることを願っているぞ」

「壮健にな、レイ・ヒューズ。お前の血肉は私のものだということを忘れるな」

マクスウェルがきびすを返し、パラサイト・ジョニーとともに階段へ戻って行った。そのときには黒衣の一団はあらかた地下道へ撤収しており、一人が眼鏡姿のウフコックを弾薬とともにサイドバッグにしっかりしまっていた。

《彼らが撤収する》ウフコックが言った。《こちらは順調だ。気づかれないよう現時点で通信を絶つ。ブルーを見つけたら連絡する》

《オーケイ》ライムが言った。《連絡を待つ》

《ウフコック》

思わずバロットが呼んだ。ウフコックの、優しいが決然とした声が返ってきた。

《行ってくるよ、バロット。では、通信アウト》

それきり何も聞こえなくなった。

バロットは毅然と振る舞おうとしたが、駄目だった。とても無理だった。涙が溢れ出し、両手でおのれを抱きすくめるようにした。メイド・バイ・ウフコックのスーツを。だがそれは空っぽだった。銃を四挺も装備し、弾倉をどっさり身につけているせいで、ひどく重く感じた。そのくせ、それは抜け殻にすぎなかった。

バロットはつい、かつてウフコックのパートナーだった男が、ウフコックの抜け殻である銃を握り続けたのを思い出していた。最期まで。自分も、ああなるのではないかと思い、ぞっとしたとき、アビーが無言でぎゅっと抱きしめてくれた。

レイ・ヒューズが救助袋で降りてきて、みなが泣き濡れるバロットを神妙な顔で見ていることに気づき、こう言った。

「ラジオマンの決意を、ライムから聞いた。まさしくこれが彼の帰り道なんだ、ルーン。ラジオマンは今、帰り道を辿っている。おれたちがいる側へ。君のいる場所へ」

そこへまた別の声が飛んだ。

「味方は誰も《ノーバディ・ノーウェア》いないって気分だったろうな、ずっと」

バロットたちが振り返ると、タブレットを手に持ったライムが、芝生を横切ってまっすぐこちらへ近づきながら言った。

「この建物の中で、自分の死ばかり想像しながら過ごしてたんだ。だが彼はもう、そんなふうに思っちゃいない。君が迎えに来たとき、そう思うのをやめたんだ。彼は必ずおれたちに連絡をよこす」

バロットは涙を拭い、心配そうなアビーに微笑みかけ、そして感謝を込めて抱き返した。

誰かが寄り添ってくれるこの温もりのもとに、ウフコックが帰ることを願いながら。

あなたはそれに値する人なのだから。

そう心の中で繰り返し祈り続けた。

26

――おれの名はウフコック・ペンティーノ。

暗がりを進む銃狂いの男たちの血と汗の匂いを嗅ぎながら、ウフコックは自身の中に蓄えるレポートの最後にそう付け加えた。

新たな始まりとして。

それは地獄のような忍苦の日々を帳消しにするほどの喜ばしい何かを彼にもたらしてくれていた。巨大な都市は彼を死の部屋へと運んだが、それは彼をこの世で最も信頼すべき使い手のもとに辿り着かせるための導線でもあったのだ。そう思えることは彼の救済を意味するだけでなく、それまでいかんともしがたかった天国《マルドゥック》への階段の、そこだけは越えられないと思っていた階梯を、ものの見事に踏破してやったという気分すらもたらしてくれていた。彼なりの足取りで。暗闇をさまよい続けた末に。

――おれはもう匿名《アノニマス》の存在ではない。

他ならぬ至高のパートナーのもとで保護証人となることに同意し、それが今ただちに、彼のこうした活動への復帰が、合法的である根拠となっている。その事実はまた、彼がこれまでしてきたことを追認するとともに、それが価値ある行いであったことを主張する根拠ともなるのだ。

――この先どんな暗がりに運ばれようとも、おれはおれの名を呼んでくれる者のもとへ帰る。彼女のもとへ。パートナーの手へ。

ウフコックはその誓いの言葉をレポートに加えながら、静かに待ち続けた。

今、狭い地下道から男たちがどこともつかぬ暗い倉庫のような場所に出て、そこに置かれていたピックアップ・トラックやバンに乗り込んでいった。ウフコックを腰のサイドバッグに入れた男が、バンの助手席に座り、黒衣で覆われた顔を窓から出して周囲を警戒した。自分が潜入者を携えているとは夢にも思っていないことが匂いでわかった。

車列が動き出した。追跡装置の有無を念入りに調べる者はいない。異常はなかった。順調なスタートを切ることができた。

このまま男たちの拠点に運ばれれば、長らく虜囚の身にされたオフィス・メンバーの居場所を明らかにすることができるはずだ。レイ・ヒューズがマクスウェルから聞き出した言葉は、そのことを明らかに示唆している。

そこで自分が見るもの、聞くこと全てが、決定的な証拠となり、〈イースターズ・オフィス〉が攻勢に出るうえでの有用な材料になるという確信が彼にはあった。

自分がどこで果てたとしても誰かにそれらを遺すべきものだったし、今はその遺されるものが、自分という存在がいた証しとなることを疑わなかった。長い潜入捜査の日々を通して得ることのかなわなかったそうした実感が、閉ざされた空間で虐げ続けられた彼に、新たな、真の備えを与えようとしてくれていた。

覚悟を。かつて少女だったバロットと同じように。彼女が自分を使いながら発揮したのと同じ勇気を奮わねばならなかった。

やがて来たるべき日、このマルドゥック市《シティ》において。輝かしい街の裏側に潜んで見聞きし、また嗅ぎとった全てを、万人の前で証言する者として。

彼は、名乗りをあげることになるのだ。

（七巻に続く）

本書はＳＦマガジン二〇二〇年六月号から二〇二一年二月号に連載された作品を、大幅に加筆修正したものです。

マルドゥック・フラグメンツ

冲方 丁

『マルドゥック・スクランブル』『ヴェロシティ』、第三部『アノニマス』――コミック化、劇場アニメ化と、なお広がりをみせるマルドゥック・シリーズ。本書ではバロット、ウフコック、ボイルドの過去と現在、そして未来を結ぶ5篇に加えて、『アノニマス』を舞台にした書き下ろしを収録。さらに著者のロング・インタビュウ、『スクランブル』幻の初期原稿を抜粋収録するシリーズ初の短篇集。

OUT OF CONTROL

冲方 丁

日本SF大賞受賞作『マルドゥック・スクランブル』から時代小説まで、ジャンルを問わずエンタテインメントの最前線で活躍し続ける著者の最新短篇集。本屋大賞受賞作『天地明察』の原型短篇「日本改暦事情」、親から子供への普遍的な愛情をSF設定の中で描いた「メトセラとプラスチックと太陽の臓器」、著者自身を思わせる作家の一夜を疾走感溢れる筆致で綴る異色の表題作など全7篇を収録

ハヤカワ文庫

虐殺器官〔新版〕

伊藤計劃

Cover Illustration redjuice
© Project Itoh/GENOCIDAL ORGAN

9・11以降、〃テロとの戦い〃は転機を迎えていた。先進諸国は徹底的な管理体制に移行しテロを一掃したが、後進諸国では内戦や大規模虐殺が急激に増加した。米軍大尉クラヴィス・シェパードは、混乱の陰に常に存在が囁かれる謎の男、ジョン・ポールを追ってチェコへと向かう……彼の目的とはいったい？　大量殺戮を引き起こす〃虐殺の器官〃とは？　ゼロ年代最高のフィクションついにアニメ化

ハヤカワ文庫

ハーモニー〔新版〕

伊藤計劃

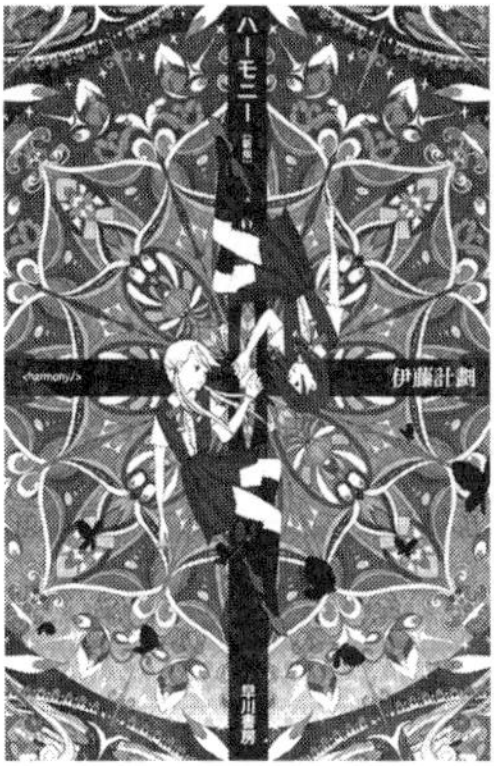

二一世紀後半、人類は大規模な福祉厚生社会を築きあげていた。医療分子の発達により病気がほぼ放逐され、見せかけの優しさや倫理が横溢する〝ユートピア〟。そんな社会に倦んだ三人の少女は餓死することを選択した——それから十三年。死ねなかった少女・霧慧トァンは、世界を襲う大混乱の陰に、ただひとり死んだはずの少女の影を見る——『虐殺器官』の著者が描く、ユートピアの臨界点。

ハヤカワ文庫

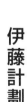

新・航空宇宙軍史

コロンビア・ゼロ

谷 甲州

〔日本SF大賞受賞作〕外惑星連合が航空宇宙軍に降伏した第一次外惑星動乱から四十年。タイタン、ガニメデ、木星大気圏など太陽系各地では、新たなる戦乱の予兆が胎動していた——。第二次外惑星動乱の開戦までを描く全七篇を収録した、宇宙ハードSFシリーズの金字塔、二十二年ぶりの最新作。解説／吉田隆一

ハヤカワ文庫

疾走！　千マイル急行（上・下）

小川一水

名門中等院に通うテオは、文明国エイヴァリーの粋を集めた寝台列車・千マイル急行で旅に出た。父親と「本物の友達を作る」約束を交わして——だが途中、ルテニア軍の襲撃を受ける。装甲列車の活躍により危機を脱するも、祖国はすでに占領されていた。テオたちは救援を求め東大陸の采陽《サイヨー》を目指す決意をするが、苦難の旅程は始まったばかりだった。小川一水の描く「陸」の名作。　**解説／鈴木力**

ハヤカワ文庫

象《かたど》られた力

謎の消失を遂げた惑星〝百合洋〟。イコノグラファーのクドウ圓《ヒトミ》はその言語体系に秘められた〝見えない図形〟の解明を依頼される。だがそれは、世界認識を介した恐るべき災厄の先触れにすぎなかった……異星社会を舞台に〝かたち〟と〝ちから〟の相克を描いた表題作、双子の天才ピアニストをめぐる生と死の二重奏の物語「デュオ」など全四篇の傑作集。第二十六回日本SF大賞受賞作

飛 浩隆

Gene Mapper -full build-

藤井太洋

拡張現実技術が社会に浸透し遺伝子設計された蒸留作物が食卓の主役である近未来。遺伝子デザイナーの林田は、L&B社の黒川から、自分が遺伝子設計をした稲が遺伝子崩壊した可能性があるとの連絡を受け、原因究明にあたる。ハッカーのキタムラの協力を得た林田は、黒川と共に稲の謎を追うためホーチミンを目指すが——電子書籍の個人出版がベストセラーとなった話題作の増補改稿完全版。

ハヤカワ文庫

ゲームの王国（上・下）

小川 哲

〈日本SF大賞・山本周五郎賞受賞作〉

ポル・ポトの隠し子とされるソリヤ、貧村に生まれた天賦の智性を持つムイタック。運命と偶然に導かれたふたりは、一九七五年のカンボジア、バタンバンで出会った。テロル、虐殺、不条理を主題とした規格外のＳＦ巨篇。解説／橋本輝幸

ハヤカワ文庫

ゼロ年代の想像力

宇野常寛

かつて社会を支えた「大きな物語」が失効した今、私たちはどう生きていくべきなのか。ゼロ年代に生まれた想像力は新たな物語を提示しえたのか——。文学、アニメ、ゲームからテレビドラマまでを縦横無尽に論じ、「批評」を再起動させた衝撃のデビュー評論。文庫版追加原稿「ゼロ年代の想像力、その後」を収録。

ハヤカワ文庫

著者略歴　1977年岐阜県生，作家『マルドゥック・スクランブル』で日本ＳＦ大賞受賞，『天地明察』で吉川英治文学新人賞および本屋大賞，『光圀伝』で山田風太郎賞を受賞

HM=Hayakawa Mystery
SF=Science Fiction
JA=Japanese Author
NV=Novel
NF=Nonfiction
FT=Fantasy

マルドゥック・アノニマス 6

〈JA1474〉

二〇二一年三月 二十日　印刷
二〇二一年三月二十五日　発行
（定価はカバーに表示してあります）

著者　冲《うぶ》方《かた》丁《とう》
発行者　早川 浩
印刷者　西村文孝
発行所　株式会社 早川書房
郵便番号　一〇一 - 〇〇四六
東京都千代田区神田多町二ノ二
電話　〇三 - 三二五二 - 三一一一（大代表）
振替　〇〇一六〇 - 三 - 四七七九九
http://www.hayakawa-online.co.jp

乱丁・落丁本は小社制作部宛お送り下さい。
送料小社負担にてお取りかえいたします。

印刷・精文堂印刷株式会社　製本・株式会社フォーネット社
©2021 Tow Ubukata　Printed and bound in Japan
ISBN978-4-15-031474-3 C0193

本書のコピー、スキャン、デジタル化等の無断複製は著作権法上の例外を除き禁じられています。

本書は活字が大きく読みやすい〈トールサイズ〉です。